나는 매일 엄마와 밥을 먹는다

나는 매일 엄마와 밥을 먹는다

© 정성기, 2016

펴낸날   1판 1쇄 2016년 12월 5일

지은이   정성기
펴낸이   윤미경

펴낸곳   헤이북스
출판등록 제2014-000031호(2013년 6월 13일)
주소   경기도 성남시 분당구 황새울로 234, 607호(수내동, 분당트라팰리스)
전화   031-603-6166
팩스   031-624-4284
이메일   heybooksblog@naver.com

책임편집 김영회
원고정리 송지유, 전민지
디자인   류지혜
일러스트 봉현
마케팅   김남희
찍은곳   한영문화사

ISBN 979-11-957146-6-7 03810

나는 매일 엄마와 밥을 먹는다

스머프할배의 세상에서 가장 맛있는 밥상 일기

정성기 지음

헤이북스

밥상을 차리며

나의 글은 아름다운 문학작품이 아니다. 고통과 소진 속에서 절규하며 남기는 기록이다. 억지로 미화하거나 감추고 싶지도 않았다. 우리들의 생로병사가 오로지 아름답기만 할 것이라고 믿는 것은 거짓이고 위선이며, 그렇다고 해서 지친 영혼들의 비극처럼 보이게 하는 것도 우스운 일이다. 나는 단지 엄마와 함께 지낸 지난 10년간의 이야기를 통해 인간의 탄생과 죽음 그리고 가족이라는 관계 속에서 가는 사람과 보내는 사람의 모습을 담담하게 남기고 싶었을 뿐이다.

미국의 기독교 윤리학자인 조셉 플레쳐Joseph Fletcher가 쓴 《상황 윤리Situation Ethics》를 보면 '새로운 도덕the new morality'이란 말이 나온다. "인간이 살아가는 공간에는 경직된 율법적 태도로 '옳다/그르다, 선이다/악이다'를 판단하기 어려운 '회색 지대 the gray area'가 있다."고 했다. '어떤 행위의 정당성은 법이나 보편적 관습에 의해서보다는 발생된 상황과의 관계에서 판단되어야 한다'는 것이다. 내가 요리하는 것도, 이 이야기를 남기는 것도 그런 연유다.

물론 간병하는 동안 겪었던 일 중에서 형제지간의 이야기나 자식들에 대한 엄마의 감정을 쓸 때는 잠시 고민을 하기도 했다. 내 마음 편하게 정리하자고 가족들의 삶을 날것으로 드러내는 것이 옳은 일인가 싶은 마음에서였다. 결국 나는 홀로 사는 것이 아니었다. 엄마와 나, 가족의 이야기는 우리 모두의 이야기이기도 하다.

아버지의 임종을 지키지 못한 불효로 응어리진 마음이 채 가시기도 전에 엄마가 치매 진단을 받으셨다. 의사는 1년 이상은 어렵다는 진단을 내렸고, 나는 '1년쯤이면' 하는 마음으로 엄마를 요양원에 모시지 않고 직접 간병하기로 결심했다. 그렇게 내가 '징글맘'이라고 부르는, 정말 징그러운 우리 엄마와의 시간이 시작되었고 올해로 10년째가 되었다. 돌이켜보면 지난하기 그지없는 시간이었지만 엄마와의 알콩달콩 행복했던 짧은 순간순간들이 나를 지금까지 오게 했다.

내가 간병의 시간 동안 가장 정성을 들인 것은 엄마가 젊었을 때 나와 내 가족에게 그랬던 것처럼 매일 삼시 세끼 밥상을 차려 엄마와 함께 밥을 먹는 일이었다. 잘 먹고 죽은 귀신은 어떻다는 옛말도 있고 좋은 식단으로 죽을병을 고쳤다는 이야기도 있으니, 다른 건 몰라도 엄마에게 정성을 다해 건강에 좋은 밥상을 차려드리고 싶었다. 그 요리와 레시피를 꼼꼼히 기록해 놓았다. 나는 그렇게 해서라도 점점 기억을 잃어가는 엄마와의 순간들을 오래도록 기억하고 싶었다.

치매가 진행되면서 새벽이면 시작되는 엄마의 발광적 상태는 점점 심해졌고, 나는 순간순간 같이 죽고 싶다는 생각을 할 때가 잦아졌다. 해가 뜨기도 전에 쌀을 씻어 새벽밥을 안치고 또 하루를 시작한다. 설거지를 하고 대소변 빨래를 하고 간식을 챙기고 잠시 깜빡 졸기라도 할 수 있다면 참 좋겠는데, 징글맘은 "배고프다, 밥 다고! 밥 다고!" 또 노래를 하신다. 정말이지 이제는 그만 끝내고 싶은 마음에 "엄마, 나도 죽을 것 같아. 이제 그만 좀 하세요."라고 소리를 지르는 날이 자꾸 늘어난다. 그때마다 나는 밖으로 뛰어나가 담배 한 대 피우고 들어와 기도를 했다.

'하느님! 저에게 집중력을 주시고, 이렇게 저의 긴 여정을 견딜 수 있도록 건강을 지켜주셔서 감사드리며, 이 모든 영광을 당신께 바칩니다.'

요양사가 와 있는 시간에 맞춰 자전거를 타고 소래포구를 달린다. 인터넷 블로그에 어제 만든 요리의 레시피를 올리고 응원해주는 댓글을 읽는다. 그러다 보면 어느덧 저녁 메뉴를 생각하며 흥얼거리는 내가 있다. 'Oh, deep in my heart, I do believe that we shall overcome someday(마음속 깊이 나는 믿는다. 언젠가 우리 승리하리라).' 하며 찬송가 〈We shall overcome(우리는 승리하리라)〉를 부른다.

사람이 살면서 서로에게 너무 완벽을 바라다 보면 파탄과 파멸을 초래한다. 부부간에도 마찬가지고, 부모와 자식 간에도 그렇다. 나는 완벽보다는 부족하지만 성실하게 노력하는 것이 중요하다고 믿고 지금까지 징글맘을 지켰다. 우스갯소리지만, 아마도 인공지능 로봇에게 내가 징글맘과 생활하는 일상을 보여주면 '제기랄!'이라 소리칠 것이다. 그 로봇은 분명 '나는 빌어먹을 이 시스템에서 나가고 싶어!'라고 지껄일 것이다. 그러면서 '너는 돌대가리니 참지만, 나는 인공지능 로봇이야!'라고 할 것이다.

백세 인생이니 뭐니 말들을 하지만 오래 산다고 능사가 아니다. 죽는 그날까지 삶의 의미를 잃지 않고 감사하며 산다는 것도 쉬운 일이 아니다. 백세까지 아프지 않고 건강하게 살 수 있다면야 무슨 걱정이겠느냐만, 어디 그게 말처럼 쉬운 일인가. 누구나 내 나이 칠십에 백세 부모와 함께할 날을 맞이할 수 있다. 부모가 병이 날 수도 있고 내 몸이 성치 않을 수도 있다. '어떻게 할 것인가, 어디로 가야 하나?' 나는 내 이야기를 통해 누구에게나 올 수 있는 일들을 회피하지 않고 긍정적으로 준비할 수 있기를 바라고 있다.

요즘 나는 하루하루가 너무 벅차고 힘들다. 하지만 젊고 건강했던 엄마가 늘 하시던 말씀처럼 '자물쇠가 있으면 반드시 열쇠가 있는 법'이니 힘든 면만 보지 말고 열쇠를 찾아보려 한다. 친구 몇 놈처럼 퇴직하고 '삼식이' 소리나 들어가며 살 수도 있었는데, 오히려 삼시 세끼 요리사가 되었다. 어쩌면 엄마가 나한테 주신 마지막 선물인지도 모른다. 덕분에 운동도 열심히 하게 되었고, 이렇게 책도 내게 되었다. 감사한 일이라고 마음을 고쳐먹는다.

"애비야, 내가 올해 아흔셋이니 딱 7년만 더 살련다."

"아이고, 우리 엄마 아들 잡으시겠네. 이제 좀 그 강을 건너가세요."

"야, 이놈아. '죽어라, 죽어라' 하면 더 안 죽는다는 옛말도 모르냐? '오래 사세요' 해야 빨리 죽는다, 이놈아."

"네, 엄마 먹고 싶은 거, 하고 싶은 거 다 하고 가세요."

못 말리는 징글맘을 위해 오늘은 어떤 밥상을 차릴까 행복한 고민을 시작한다.

2016년 가을, 스머프할배

차 례

단맛

요리는 진실한 사랑을 담았네

쓴맛

스스로 지는 짐은 무겁지 않아

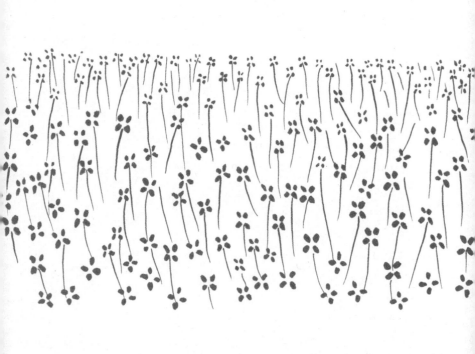

단맛

요리는 진실한 사랑을 담았네

밥상 변천사

"위이잉, 위이잉……."

오늘도 꽤나 요란하게 돌아가는 믹서 소리로 또 하루가 시작된다. 인터넷 블로그에서 '스머프할배'로 불리는 나는 지난 2008년부터 현재까지 9년째 나의 어머니인 '징글맘'의 취사병으로 복무하며 매일 삼시 세끼의 밥상을 차리고 있다.

바쁘게 돌아가던 모터가 멈췄다. 믹서의 뚜껑을 열면 오늘 아침 밥상에 올라갈 메인 메뉴인 이른바 '생명의 죽'이 제 모습을 드러낸다. 밥과 국과 반찬을 섞어 갈아서 만드는 이 죽은 요즘들어 거의 징글맘의 주식이 되고 있다. 믹서로 갈려져 나오는 만큼 모양새야 거기서 거기지만, 그날그날 국과 반찬이 조금씩 다르다 보니 날마다 약간의 맛과 색깔의 차이는 나기 마련이다. 내가 '생명의 죽'이라 이름 붙인 이 죽은 징글맘을 위한 최후의 비상식량이다.

아기는 세상에 태어나면 제일 처음 모유를 먹기 시작하고 이유식을 거쳐 밥을 먹는다. 성장할수록 식이食餌의 변화는 점점 더 발전적으로 나아간다. 그러나 노인은 이와 반대로 치아가 부실해지고 소화력도 약화되면서 해가 갈수록 그 밥상 위의 메뉴들이 오히려 퇴화되는 과정을 밟는다. 징글맘 역시 그 역순의 밥상을 받고 계시는데, 내가 징글맘의 취사병으로 복무하며 기록해 온 '스머프할배의 취사 일기'를 돌아보면 징글맘의 밥상 변천사가 고스란히 보인다.

지금까지 징글맘의 음식 선호도는 크게 세 단계로 달라져 왔다. 첫 번째 단계인 스머프할배의 취사병 1년차에 자주 등장하는 메뉴는 달걀장조림이었다. 한번씩 만들어 놓으면 며칠은 상에 올릴 수 있어서 김치처럼 떨어질 때쯤 되면 다시 갖춰 놔야 하는 기본 반찬이었다. 그 외에 양미리조림, 간장게장도 즐겨 찾고 생태회무침처럼 얼큰한 것과 아욱이나 근대를 된장으로 무친 반찬도 잘 드셨다. 그러면서도 어머니가 가장 선호하시는 식재료는 고기였다. 육류는 기본으로 들어가야 하고, 생선회도 좋아해서 자주 찾으셨다. 어머니는 특히 고추냉이를 곁들인 일본 스타일을 좋아해서 취사병의 요리 실력 발전에 많은 기여를 하셨다. 그런데 이즈음부터 된장찌개나 청국장을 조금씩 거부하고, 감자샐

러드나 생굴처럼 부드러운 음식과 고기를 갈아서 만든 미트볼이나 함박스테이크 같은 식감이 질기지 않은 육류 요리를 선호하셨다. 치아가 부실해지면서 아무래도 씹기 쉬운 음식들을 찾기 시작하셨던 것이다.

두 번째 단계인 취사병 3년차로 접어들면서부터는, 애호박새우젓볶음과 생선구이를 좋아하는 한편 간장게장과 생선회는 지속적으로 요구하셨다. 특히 구이는 물론 어머니 입맛에 맞게 소스를 개발해서 조림과 찜 등 생선 요리도 많이 했는데, 여기에 회까지 상에 올리려면 비용도 비용이지만 손이 보통 많이 가는 게 아니었다. 취사병 5년차인 2012년부터는 광어회보다 좀 더 부드러운 연어 회를 매일 찾으셨다. 문제는 연어 회 비용이 만만치 않은 것이었다. 한 달에 연어 회 구입비용만 80만 원을 넘고 기타 부식비로 50만 원이 소요되니 식비만도 웬만한 가정의 한 달 생활비와 맞먹게 되어 경제적 부담이 클 수밖에 없었다. 뿐만 아니라 이즈음부터 캐러멜을 드시기 시작하였는데, 식사를 하지 않을 때면 늘 찾다 보니 구입할 물량도 비용도 감당이 버거워 갔다. 또한 매번 간장게장을 담가 날라야 하는 아내 역시 스트레스를 받는데, 특히 징글맘은 당신의 입맛에 따라 짜도 욕을 하고, 싱거워도 욕을 하시니 듣는 입장에서는 그러려니 하다가도 울컥 감정이 치솟게 된다. 그래서 이 당시에는 징글맘을 '총장님'이라고 호칭했다. 어디 총장이냐고? 바로 욕대학 총장님이다. 지금도 블로그 이웃 중에서 그 시절을 기억하며 총장님 안부를 묻는 이들이 종종 있을 정도다.

그렇게 매일 연어 회와 간장게장을 드시던 징글맘이 취사병 6년차인 2013년부터는 비린내가 난다고 게장을 물리셨다. 이후에는 햄을 비롯해 더 부드러운 요리를 찾았다. 아울러 하루에 두 잔씩 마시던 커피를 거부하기 시작하셨다. 이렇게 세 번째 단계로 접어든 취사병 7년차부터 그야말로 '고난의 행군'이 시작되었다. 이때쯤 전체 틀니를 하면서 딱딱한 음식을 더욱 못 들게 됐고, 짜장면도 뿌리치기 시작하셨다. 문제는 보다 새로운 요리를 찾아야 한다는 것이었다. 부드럽고도 어머니의 까다로운 입맛을 만족시킬 수 있는 것! 바로 그것이 달걀찜을 비롯해 햄을 이용한 여러 가지 요리를 개발하게 된 이유다. 햄도 딱딱한 질감이 아니라 말랑말랑한 햄이어야 한다. 취사병 8년차이던 작년에는 밥상의 등장 메뉴들이 생과일주스와 달걀찜, 영양가 높은 죽 요리로 변했는데, 이때 타락죽(우유죽)을 베이스로 응용한 생명의 죽이 탄생했다. 작년에 어머니가 영 기력을 못 차리고 자리보전하여 이제 정말 가시는 건가 걱정하며 가족들과 함께 장례 문제를 상의까지 했다. 최소한의 곡기는 드시게 해야 할 것 같아서, 요양사가 들려준 중환자실에서 노인들께 드린다는 음식 이야기에서 아이디어를 얻어 죽을 준비해 드렸다. 그런데 그걸 들고는 놀랍게도 기운을 차리고 일어나신 게 아닌가. 처음에 이 죽을 징글맘께 드리기 시작했을 때는 '마지막 연명延命 죽'이라고 불렀는데 나중에는 '회생回生 죽'으로 부르다가 지금은 보다 존엄한 가치를 부여해 '생명의 죽'이라고 명명했다.

생명의 죽은 형태는 같아 보여도 종류는 매일 달라지는데, 찌개라든지 반찬을 매일 다르게 준비하는 등 계속 다양하게 변화를 시도하고 있다. 우리 집에 오는 요양사가 하는 말이, 다른 집 할머니들은 한 번도 못 드실 식재료를 어머니는 매일 드신다고 하니 당분간은 징글맘의 건강을 이렇게라도 챙기는 것이 다행이지 싶다. 노인들의 죽음은 거의 대부분 영양부족과 폐렴 등이 원인이 되는 경우가 많은데, 차선책으로 선택했지만 어쩌면 이 방법이 최선일 것이라 믿는다. 더불어 요사이는 죽과 쌀가루, 찹쌀가루, 옥수수 가루 등으로 수프도 번갈아 드리느라 바쁘다.

간혹 내가 만드는 생명의 죽을 일반인의 눈높이로 따져서 폄하하는 사람들이 있다. 하지만 비단이 귀하고 비싼 고급 섬유지만 아기들이나 노인들의 기저귀로 사용할 수 없고, 순금이 비싸고 좋은 재물이지만 음식을 조리하는 냄비로 만들 수는 없는 법이다. 치아가 튼튼하고 건강한 젊은 사람들이 즐겨 먹는 비싸고 맛있는 스테이크도 틀니를 하고 겨우 오물거리면서 살아가는 노인들에게는 그림의 떡일 뿐이라는 것을. 그들도 언젠가 그 길을 가게 될 때야 알게 될지 모르겠다.

아직 건강과 젊음을 누리고 있는 우리들에게는 작고 사소한 것일지라도 노인들에게는 다 아쉽고 소중한 것들뿐이다. 눈이 찡그려질 만큼 따갑게 지는 햇살조차 아쉽고 아까울 시간이 아니던가. 이 음식은 목적이 순수한 사랑에서 출발했기 때문에 그 존재의 가치가 충분하다고 믿는다. 어쩌면 생존을 연장하기 위한 최후의 방법이며 연명을 위한 마지막 선택이겠지만, 아직 지는 햇살의 그림자를 잡고 계시는 징글맘을 위해 앞으로도 얼마든지 생명의 죽을 끓이려고 한다.

후회하고 싶지 않아

"배고프다, 배고파! 밥 주라, 밥!"

숟가락을 내려놓은 지 한 시간도 채 되지 않았는데, 징글맘은 또 밥 타령을 열창하신다. 밥상 치우고 설거지하고 커피 한 잔 겨우 마신 참인데, 한숨이 절로 나온다.

치매 환자인 징글맘은 이제 아무런 꿈도, 희망도 없는 사람이 되셨다. 거의 대부분의 시간에는 정신도 놓고, 생리 현상도 조절하지 못하신다. 갈수록 걷잡을 수 없는 상황이 되고 있다. 처음에는 이 정도로 상태가 나빴던 것은 아니었다.

10년 전 돌아가신 아버지도 치매를 앓았다. 그것도 '제왕적 치매'라고 부를 만큼 폭력을 행하는 치매이어서 요양원에 모셔야만 했다. 엘리트였던 젊은 날의 삶이 무너지고 상심이 깊어지면서 병을 얻기 시작하셨다. 위궤양 수술로 위의 3분의 2가량을 잘라내야 했던 아버지는 직장 생활을 못하게 되었다. 이때 심해진 우울증이 치매로 이어진 것이다. 결국 요양원에 가신 지 3년 만에 돌아가셨다. 워낙 폭력적인 성향을 보이셨기 때문에 가족들과의 격리가 필요해 자주 찾아뵙지도 못했는데, 돌아가신 후 그게 너무 한이 되었다. 어머니 역시 그 3년 동안 아버지를 만나 보지 못했던 것이 가슴에 남는다고 두고두고 말씀하셨다.

아버지가 돌아가신 후 홀로 남은 어머니는 여동생(4남1녀인데, 내가 맏이고 여동생은 넷째다)이 사는 경기도 부천에 집을 얻어 사셨다. 우리 집은 좁다며 둘째네 집으로 갔다가, 보름도 안 되어 답답하다며 셋째네 집으로 갔고, 또 일주일도 안 되어 그곳에서 못 살겠다 하시니, 그나마 딸이 돌봐 드리는 게 낫겠지 싶어서 부천에 소형 아파트를 얻어 드린 것이다. 그러나 혼자서 어머니를 감당하기 힘들었던 여동생은 나한테 SOS를 치기 시작하고, 어머니도 생활환경이 바뀐데다가 아버지가 돌아가신 후부터 자꾸 무섭다며 주말만이라도 와 있어 달라고 하셨다. 하는 수 없이 나는 서울 보문동 집에서 매 주말마다 부천에 와서 음식도 챙겨 드리고 병원도 모셔 갔다.

그러다 어머니에게서 조금씩 이상 증세가 보이기 시작했다. 자꾸 깜박깜박 정신을 놓고, 유독 욕을 많이 하셨다. 원래도 욕을 잘하셨던 분이기에 나이 늘면서 더 심해지나 보다 구시렁거리기만 했는데 점점 그 정도가 지나쳐 갔다. 아버지 돌아가시고 거주 공간을 옮기면서 불안감이 들어서 그러시나 하면서 병원에 갔더니, 건망증이라고 진단이 나왔다. 심각하게 생각하지 않았는데, 그때부터 난리가 벌어지기 시작했다. 어딜 나갔다 하면 집에 돌아오질 못하셨다.

"어머니, 무조건 핸드폰 1번만 누르세요. 무조건 1번이요!"

걱정이 되어서 혼자서는 절대 밖에 나가시지 말라고 신신당부도 하고, 핸드폰에 저장한 단축 번호 1번을 누르라고 몇 번이나 설명도 해드렸다. 하지만 정작 상황이 벌어지면 1번을 눌러야 한다거나 누구를 찾아야 한다는 것도 의식하지 못한 채 길을 헤매기 일쑤다. 경찰 지구대나 파출소에서 연락이 와서 다급하게 어머니를 모셔 오기를 몇 번이나 반복하고 내가 큰소리를 내고서야 지금까지는 혼자 어디를 나가려고 하지 않으신다. 대신 그 뒤로는 하루에도 몇 번씩 핸드폰 1번을 누르시니 결국 내가 밖에서 모든 일을 접고 부천으로 달려오는 일이 반복되었다.

또 제일 위험한 게 가스레인지에 불을 켜놓고 잊어버리는 것이었다. 보리차를 끓인다고 가스레인지에 주전자를 얹어놓고 잊어버리는 바람에 주전자가 까맣게 타버린 사건을 비롯해 몇 번이나 화재가 날 뻔했다. 이렇다 보니 어머니가 음식을 혼자 만들다 보면 집에 불이 날 것 같아서 혼자 둘 수가 없었다.

결국 2008년부터는 아예 부천에서 어머니와 살게 됐다. 처음에는 고문으로 근무하던 회사가 서울 잠실에 있어서 나는 매일 부천에서 출퇴근을 했다. 낮에는 여동생이 와서 어머니를 챙기고 아침과 밤으로는 내가 모셨다. 어머니는 점점 무슨 일이 없어도 핸드폰 1번을 누르셨고, 나는 전화를 받으면 택시를 타고 부천까지 달려왔다. 택시비가 4~5만 원씩 나왔는데 그런 일이 일주일에 서너 번씩 되다 보니 업무 보기가 어려울 정도였고, 회사에도 눈치가 보일 수밖에 없었다. 회사 생활을 6개월만 쉬어보자고 마음을 먹고, 모든 일을 완전히 정리했다. 그렇게 아예 모든 바깥 생활을 끊고 외출도 제대로 못하기 시작한 것이 2009년부터였다.

그 당시 부천의 한 대학병원에 어머니가 보름 동안 입원을 하셨는데, 의사들 말로는 어머니 체력으로 봐서 6개월 내지 1년밖에 못 사실 것 같다고 했다. 위암, 대장암 증세도 보이지만 노인들은 내시경을 잘못하면 위험할 수 있다고 해서 검사도 포기할 정도로 건강이 좋지 않으셨다. 게다가 평소 짜게 드시는 편인데도 저염 증세가 있다고 하는데, 그건 영양부족 때문이라며 의사가 누군가 옆에서 간병을 해야 한다고 했다. 그래서 내가 감당하기로 했다. 아버지 경우처럼 한을 남기지 말아야겠다는 생각에, 길어야 1년 정도이니 어머니 수발을 들어야겠다고 시작했다.

이 생활이 벌써 9년이 됐다. 그 사이에 어머니는 참 많은 퇴행을 하셨다. 그렇게 명석하고 매사에 신중했던 분이 어느 날 갑자기 어린아이로 변하고 말도 이눌해지고 혼자서는 아무것도 할 수

없게 되셨다. 뿐만 아니라 숟가락 놓고 바로 돌아앉았으면서도 '배고프다'는 말만 반복하기 시작하셨다. 갓난아기가 울 때면 배가 고프거나 배변이나 배뇨를 해서 불편할 때가 아니던가. 이제 어머니도 아기처럼 가장 단순한 욕구들만 표출하신다. 물론 이유를 알 수 없이 아기들이 울 때도 있는 것처럼 어머니도 도대체 왜 그러는지 짐작도 안 되는 행동들이나 괴성을 지르실 때도 있다. 신생아는 유아가 되면서 재롱을 떨고 유치원, 초등학교를 다니며 몸도 생각도 성장하지만, 징글맘은 하루하루 아기가 되어 가고 몸도 영혼도 시들어 가는 것 같아 곁에 있는 나도 슬프기만 하다.

'천국에 가는 가장 유효한 방법은 지옥에 가는 길을 숙지하는 것'이라고 《군주론》에 나오는 마키아벨리의 이야기를 생각한다. 징글맘과 마지막 그날까지 지내려면 갓난아기를 키우는 것과 비슷한 인내심과 보살피는 법을 숙지하는 길밖에는 없는 것 같다. 아기가 왜 우는지를 엄마가 육감으로 알아차리는 것처럼 징글맘이 왜 괴성을 지르시는지를 알아채고 그에 대응할 수 있어야 하는 것이다. 갓난아기에게 '너 조용히 해!'가 통용이 안 되듯이 징글맘에게 '엄마, 나도 좀 자자.' 이런 말이 통할 리 없고, 갓난아기가 젖을 달라고 우는데 참으라고 하거나 징글맘이 사고를 벌여 놓고 '배고프다'고 설치실 때 '엄마, 참으세요!'가 통할 리 없으니 말이다. 그러니 도를 닦는 수준으로 인내하고 좀 더 빨리 징글맘의 요구를 들어주어야 뒷일이 편하시 않겠는가.

"애비야, 밥 말고 달달하고 시원한 것 있잖아?"

이번에는 징글맘의 달달 타령에 떠밀려 돌아선 지 얼마 안 된 주방으로 다시 들어선다. 냉장고에서 딸기와 우유, 복숭아 캔을 꺼내 믹서에 갈기 시작한다. 연명 죽과 더불어 요즘에 가장 많이 해 드리는 게 '생과일주스'다. 복숭아 캔과 우유를 베이스로 해서 그때그때 다른 과일을 섞어서 만든다. 싸고 싱싱한 제철 과일을 냉장고에 떨어뜨릴 수 없는 이유다. 다만, 어머니는 수박이 들어가면 귀신같이 알고 싫어하신다. 단 걸 좋아하기도 하지만 이상하게 과일주스에는 수박이 섞이면 맛이 없다고 하신다. 더욱이 지금은 수박도 안 드신다. 그래서 한창 여름이라도 제철인 수박을 우리 집에서는 찾아보기 어렵다. 과일즙도 우유랑 배합 비율이 좀 차이가 나서 묽거나 질면 마시다가도 탁 내려놓고 배가 부르다 하시니 이렇게 유별나고 까칠한 징글맘을 어느 며느리가 비위를 맞출 수 있겠나 싶다. 그러니 차라리 나 하나 이렇게 지내는 것이 낫겠다며 손발을 열심히 움직일 뿐이다.

"하하하. 달다, 달아."

오늘은 입맛에 맞는지 만족스럽게 생과일주스를 비우고는 곧바로 캐러멜도 정신없이 까서 입에 넣으신다. 저렇게 단 걸 드시니 치아가 남아날 리 없지 싶지만, 이제 달콤함만이라도 실컷 만끽하길, 그래서 달콤한 기억만 가져가시길 물끄러미 어머니를 바라보며 소망해본다.

징글맘이라 부르는 이유

어제는 오전에 일이 있어서 아침부터 징글맘의 밥상 준비를 서둘렀다. 멀건 된장국에 달걀 하나를 깨서 노른자만 띄우고 밥 대신 우유가 들어간 크림수프를 차렸다. 3년 전 완전 틀니를 한 이후로는 밥알 씹는 것도 힘든 터라 최근에는 죽 아니면 수프를 밥상에 메인 메뉴로 많이 올린다.

주로 '쌀가루크림수프'를 많이 준비하는데, 밥하는 것보다도 손이 더 가고 정성이 더 들어가야 한다. 수프를 만들기 위해서는 먼저 쌀을 씻어 3시간 이상 불린 후 체에 걸러 물기를 빼고, 다시 절구에 넣어 빻는다. 이렇게 만든 쌀가루와 버터 조각을 작은 냄비에 담는다. 여기에 생수를 붓고 쇠고기와 표고버섯, 햄, 각종 채소류로 만들어 놓은 국을 한 국자 넣고 중긴 불도 끓인다. 이때 국은 매일 다르니 그때그때 다른 재료들이 들어간다고 보면 된다. 여기에 또 우유를 붓고 약한 불로 끓이면서 바닥이 눌지 않도록 살살 저어야 한다.

아침부터 이렇게 불 앞에 서서 땀을 뻘뻘 흘리고서야 겨우 밥상이 완성되었다. 해놓고 보니 달랑 한 그릇의 수프일 뿐인데 과정은 제법 손이 간다. 어차피 한 그릇의 요리라는 것이 대부분 그렇지 않은가. 아기들 이유식 역시 온갖 야채와 고기를 갈다시피 해서 죽이나 수프처럼 몽글게 만들 듯 말이다.

"나는 나중에 먹으련다."

웬일인지 징글맘이 아침 식사를 미루시는 것이 아닌가. 갓 끓여서 따뜻할 때가 제일 맛있는데, 혼자 구시렁거리면서도 볼일이 바빠 나만 쇠여물 먹듯 대충 밥을 비벼서 먹었다. 그리고는 아마도 잠시 후면 찾으실 걸 알기에 징글맘의 밥상을 차려놓고는 요양사에게 부탁하고 집을 나섰다.

솔직히 고백하자면, 처음에는 병원에서 어머니가 1년을 넘기기 힘들 거라고 했기에 내 생애 1년 정도는 어머니에게 올인All in 하겠다고 취사병을 자처했었다. 아버지 때처럼 한을 남기기 싫은 마음에 거꾸로 매달아도 그 정도 기간은 견딜 수 있을 것 같아서 선택을 했던 것이다.

그런데 아, 이것이 웬일인지! 풀풀거리며 지내다 보니 어느새 9년이 훌쩍 지나가 버렸다. 문제는 시간만 흐른 것이 아니라

어머니 병세가 점점 악화되어 갔다는 것이다. 안 그래도 집에 갇혀 있다시피 하는 것만으로도 힘든데, 불쑥불쑥 튀어나오는 어머니의 이상 증세가 보태져 더욱 견디기 힘든 시간들이 나를 숨막히게 했다. 특히나 제일 견디기 힘든 것이 수면 시간도 일정치가 않은데다 매일 밤마다 '찌찌지' 하는 고장 난 전축처럼 동물적 괴성을 지르니 감당하기가 버겁기만 하다. 한밤중에 깨어나 효자손으로 쓰레기통이며, 플라스틱이며 요란하게 두드리면서 '배고프다', '캐러멜 내놔라' 등 원하는 것을 큰소리로 요구하신다. 그럴 때면 나는 아파트 주민들이 깰까 봐 새벽 1시고 3시고 상관없이 일어나서 밥을 차려야 한다. 게다가 평소 아무리 영양가 있는 음식으로 맛있게 해 드려도 다른 식구들이 오면 '저놈의 새끼가 나를 굶겼다!'라고 하시니 정말 가슴을 칠 일이 한두 번이 아니었다. 뿐만 아니라 이제는 옷 입은 채 배변을 하고는 하의도 거리낌 없이 벗어젖히니 아무리 아들이지만 난감하기가 이를 데 없고, 하루에도 몇 번씩 세탁기를 돌리다 보니 총체적인 스트레스가 한계를 넘어서고 있다.

2013년부터 이렇게 부쩍 증상이 심해지면서 괴성을 지르고 밤마다 잠을 설치게 하는 어머니를 '징글맘'이라고 부르기 시작했다. 사실 지저분한 속옷 빨래를 하루에도 몇 번씩 하고 한밤에 괴성을 지르는 어머니를 보다 보면 말이 곱게 나가질 않는다. 듣기 좋은 소리도 한두 번이고 혼자 괴로운 푸념을 하다 보니 저절로 '에구, 징글징글해.' 소리가 절로 나오는 것이다. 그렇다고 원색적으로 표현할 수는 없고, 짤랑짤랑 종소리의 '징글'에 '징그럽다'와 '엄마(맘)'의 조합으로 '징글맘'이라고 부르기 시작했다.

7년차로 접어들던 해에, 하루하루 잠도 못 자면서 스트레스 지수가 높다 보니 이러다가는 내가 먼저 미치거나 쓰러질 것 같아 어디론가 도망가고 싶고 징글맘도 요양원으로 보내고 싶어졌다. 국민건강보험공단에 찾아가 상황을 설명하고 2014년 2월 28일에 노인장기요양인정서를 받았다. 어머니가 요양원에 갈 수 있는 등급을 판정받은 것이다. 그러고 나니 비로소 숨이 트이는 것 같고 사면초가의 나무 꼭대기에 한 줄기 동아줄이 내려온 것만 같았다.

그런데 참 묘한 것이 막상 징글맘을 보내버리고 싶어서 노인장기요양인정서를 받았건만, 그동안 그렇게 힘들어 도망이라도 가고 싶었던 마음은 사라지고 오히려 징글맘에 대한 안타까움이 올라오는 것이었다. 멍징한 정신을 잃고 저렇게 본능만 남은 어머니를 어디론가 보내버려도 되는지 자식 입장에서 마음이 혼란스러웠다. 결국 고민 끝에 징글맘을 요양원으로 보내지는 않았지만, 그래도 평일에는 매일 요양보호사가 방문해 징글맘을 돌봐주니 낮에 서너 시간 외출할 수 있어서 숨통은 다소 트이게 되었다.

'어르신이 벌써 설사를 4번째 하셔요. 어찌해야 하나요?'

어제도 요양사의 도움을 받아 외출을 했는데, 갑자기 문자가 오는 것이 아닌가. 문자를 보고는 일도 다 뒤로 하고 바로 집으로 달려왔다. 어머니 상태며, 옷이며 난리도 아니었다. 급히 약국으로 뛰어다니다 결국 종합병원 응급실까지 모시고 다녀와야만 했다. 힘들 때면 속으로 '이제 그만 좀 끝내고 싶어요!'라고 비명을 지르면서도 막상 비상이 걸리면 병원과 약국을 눈썹이 휘날리도록 다니면서 화들짝 놀라서 수습하느라 여념이 없으니, 어느 것이 진짜 내 마음인지 나도 잘 모르겠다.

집에 돌아와 징글맘의 하의와 상의, 속옷을 세탁했다. '시찌브七分 팬티'는 노랗게 변하기 때문에 먼저 찜통에 삶은 후 세제와 베이킹소다를 넣고 빨아 건조하느라 또 한참을 매달려야 했다. 징글맘의 대형 사고를 다 수습하고 겨우 의자에 엉덩이를 붙이니 하늘에서 별이 반짝거리는데, 내 정신은 무서운 속도의 롤러코스터에서 내려온 기분처럼 후들거리고 말도 못할 지경이었다.

이렇게 다른 날보다 더 정신없는 하루를 보낸 후에야 겨우 한시름 돌리는 시간, 베란다에서 담배를 피우며 수습 방안을 생각했다. 사고의 원인은 아침 식사로 차려놓고 나갔던 크림수프가 화근이었다. 요양사가 버터와 우유가 들어간 수프를 데우지 않고 그냥 드렸던 탓에 이런 사고가 일어난 것. 그러니 앞으로는 외출할 일이 있어도 서둘러서 꼭 식사를 챙기고 나가야겠다고 마음먹었다.

오늘 아침에는 평소대로 오전 7시 17분에 아침진지를 차려 드렸다. 일일 점검 수준으로 모든 과정을 진행했는데, 특히 크림 수프에 버터를 확실하게 빼고 조리를 하였다. 혹시라도 어제와 같은 일이 있어서는 안 되겠기에 버터 대신 우유를 넣은 새로운 조리법으로 끓이고, 당분간 날달걀 급식도 중지하기 위해 달걀을 미리 크림수프에 넣어 익혀서 드리는 방법을 택했다.

다행이 나름 입에 맞는지 징글맘은 싹싹 긁어서 드셨다. 그리고 어제 사과를 넣고 새로 담근 물김치도 밥상에 올려 드렸더니 수프 한 숟가락에 물김치 한 숟가락씩 번갈아 가며 맛있게 드시는 모습이었다.

"식사 끝! '하늘에 계시는 우리 하느님, 똥깡이 놈이 만들어 준 맛있는 수프 잘 먹었습니다. 저놈이 성질만 덜 내게 해주세요. 나사렛 예수님의 이름으로 기도합니다. 아멘.'"

정신은 오락가락하면서도 식사를 마치면 꼭 이렇게 외치며 감사 기도를 드리는 모습이 참 신기할 정도다. 오랜 시간 동안 배인 습관은 그래서 무서운 법인가 싶기도 하다. 그러고는 숟가락을 놓자마자 바로 밀크캐러멜을 까서 입에 넣고 오물오물 맛나게도 드신다.

그래, 징글맘은 갓난아기보다 더 조심해야 한다. 다시 한 번 되새김질하노라니 아기처럼 천진한 그 모습에 맥 풀린 웃음만 나온다.

일일 다큐멘터리 '삼시 세끼'

아침부터 두 번째 밥상을 차리고 돌아서니 한나절이 지난 듯 진이 빠진다. 징글맘이 기껏 차려놓은 밥상을 보고는 먹을 반찬이 없다고 그릇을 확 밀어버리셔서 음식이 바닥에 다 떨어졌다. 징글맘의 생트집에 확 치워버리고 한 끼는 그냥 건너뛰고 싶은 마음이 굴뚝 같았지만, 한숨 한 번 쉬고는 그저 묵묵히 밥상을 다시 차렸다. 어쩌겠는가, 그래도 나이 들수록 '밥심'으로 살아가는 것이니 오늘도 일일 다큐멘터리 '삼시 세끼' 아침 편을 다시 찍는 수밖에.

　요즘 텔레비전을 켜기만 하면 '먹방'이니 '쿡방'이니 하면서 온통 음식과 요리 관련 프로그램이 많이 나오던데, 아는 사람을 만나면 '식사하셨습니까?', '밥 먹자'라는 말을 건네는 것이 우리네 인사이고 정이니 새삼스러울 것도 없겠다. '한국인들은 밥심으로 산다'는 말처럼 갓 지은 따끈한 쌀밥과 국을 먹으면 몸과 마음이 든든해지는 기분이 든다는 건 한국인이라면 누구나 공감하는 일일 것이다. 특히나 노인들에게 밥심은 매우 중요하다. 노인들이야말로 곡기를 끊으면 이승과의 이별이 멀지 않다고 한다. 그런 차원에서 징글맘처럼 치매 환자이거나 다른 질환으로 앓고 있는 노인들에게 아무리 영양 주사를 투여해도 밥심만 못하니, 보호자나 간병인은 삼시 세끼를 따뜻한 음식으로 차려 드리는 것에 신경을 써야만 한다. 스스로 곡기를 끊는 환자는 없다. 다만, 기력이 약해지고 치아나 식도에 이상이 생기기 전에는. 곡기를 끊은 후에는 간호할 시기가 지났으므로 그때는 병원이나 시설에서 할 일이겠지만, 그 마지막 순간까지도 최선을 다해야 한다고 본다.

다행히도 징글맘의 취사병을 하면서 매일 삼시 세끼를 갓 지은 밥과 소박해도 정성 들여 만든 반찬으로 공양을 한 그 밥심이 오늘까지 징글맘을 버티게 한 힘이 되었을 거라고 자부해본다. 수면 부족으로 너무 힘이 드니 속으로 '어서 안식의 강을 건너가세요.' 하면서도, 차린 음식을 맛있게 드시는 모습을 보면 나도 모르게 '징글맘의 식탐이 참 다행이다.' 하며 좋아하니 정말 모순이겠지. 원하는 것은 어떻게 하든지 관철시켜 꼭 드시고 마는 징글맘의 요구에 부응하느라 몸과 마음이 너덜너덜해질 때도 있지만, 그래도 기껏 힘들게 만들고 차린 음식을 타박하고 안 드시는 것보다는 낫지 않겠는가.

삼시 세끼마다 먹는 밥도 어떻게 짓느냐에 따라 그 맛은 천양지차天壤之差다. 밥하는 게 뭐가 어렵냐고, 그냥 쌀을 씻어 밥통에 안치면 되는 거 아니냐고 생각할 수도 있다. 하지만 직접 경험해본 바로는 좋은 쌀을 한 시간 불리고 밥을 지으면 그 맛이 확연하게 다르거니와 수분을 머금고 있어서 그런지 훨씬 좋다. 금이 간 쌀알은 수분이 많이 빠져나가 밥을 지었을 때 찰기가 없고 맛도 떨어진다. 오래된 쌀은 금이 간 사이로 녹말 성분 등에 섞여 영양분도 손실되기 때문이다. 때문에 쌀을 만졌을 때 하얀 가루가 많은 것으로 밥을 지으면 찰기도 없고 맛도 떨어진다. 죽을 쑬 때도 밥을 지을 때와 마찬가지로 좋은 쌀로 물에 한 시간 이상 담가 불린 후에 쑤어야 맛이 더 좋다.

찌개나 국도 바로 끓여서 먹어야 맛이 더 좋다. 아무리 훌륭한 셰프chef가 만든 요리라도 식은 것이나 한번 밥상에 올렸던 것은 신선도 문제를 떠나 그 맛이 떨어지고 먹는 사람 입장에서도 느낌이 다르다. 때문에 삼시 세끼를 바로 지은 밥이나 반찬으로 먹는 것과 식은 밥이나 묵은밥을 전자레인지에 데워서 먹는 것은 엄연히 다르다.

징글맘이 좋아하셔서 적어도 하루 두 번은 밥상에 올리고 있는 달걀찜도 밥솥에서 밥을 지을 때 같이 만든 것이 가장 맛이 있고 영양가도 좋다는 것을 경험으로 터득했다. 상황이 안 된다면 차선책으로 찜냄비에서 수증기를 이용해 달걀찜을 만드는 것도 그 맛이 좋다.

예전에야 어머니가 그리고 아내가 차려 주는 밥상을 받아서 먹기만 하다가 이렇게 직접 해보니 비로소 보는 것도 느끼는 것도 다르다는 것을 깨닫게 되었다. 음식을 만드는 이의 정성과 수고로움이 반찬 한 가지, 밥 한 그릇에서도 느껴지는 만큼 징글맘의 밥상에 쌀 한 톨, 고기 한 점도 마음과 정성이 담기지 않고는 올릴 수가 없다. 때문에 힘들어 죽겠다고 끙 소리를 내면서도 매 삼시 세끼마다 꼬박꼬박 새로 밥을 하거나 죽 또는 수프를 끓이고 있다.

징글맘과 씨름하고 나니 어느새 하루가 또 훌쩍 흘러갔다. '삼시 세끼' 저녁 편을 또 찍을 시간이 되었다는 이야기다. 사실 예전과 달리 완전 틀니를 한 이후로는 징글맘의 아침, 점심, 저녁 메뉴가 비슷비슷해졌다. 아침과 저녁은 달걀찜이 들어가고, 점심 한 끼는 달걀찜 대신에 날달걀만 드리는 패턴이다. 기본적으로는 어머니 전용으로 국을 끓여 놓는다. 필수 반찬은 애호박볶음, 물김치, 달걀찜과 김가루 정도이고 여기에 그날그날 스페셜 메뉴가 추가된다.

따라서 오늘 저녁에도 역시 어머니가 좋아하시는 달걀찜을 만들어야 한다는 이야기다. 특히 싱글맘 전용 달걀찜에는 쇠고기가 필수다. 이른바 '쇠고기달걀찜'을 만드는 것인데, 어렵지는 않지만 나름의 노하우는 필요하다. 재료는 쇠고기와 달걀, 대파, 소금 약간이다. 젊은이들이 좋아하는 포차에서도 혀에 불이 날 듯 매운 음식을 먹을 때면 꼭 곁들일 정도로 온 국민의 사랑을 받는 달걀찜인데, 그 완성된 비주얼에 비해 재료는 참 단출한 편이다.

먼저 밥그릇에 갈은 쇠고기와 잘게 썬 대파를 넣는다. 여기에 티스푼 반 정도의 소금을 뿌리고 달걀 하나를 깨서 넣은 후 소금과 달걀이 잘 섞이게 젓는다. 오늘은 밥 대신 죽을 끓이기 때문에 밥 위에 달걀 그릇을 얹을 수가 없다. 하는 수 없이 차선책인 찜냄비를 이용하기로 한다. 찜냄비의 중간 판 위에 달걀찜 재료를 담은 밥그릇을 놓고 물은 중간 판 아래로 2분의 1 정도 채운다. 뚜껑을 닫고 5분 정도 센 불로 끓인다. 물이 끓기 시작하면 중간 불로 줄인 후 15분 정도 더 끓인다.

뚜껑을 여니 노르스름하니 잘 익어 탱글탱글해 보이는 쇠고기달걀찜이 얼굴을 드러낸다. 뿐인가, 찜냄비에서 올라온 수증기가 안경알을 뿌옇게 만들 정도로 천연 수분 팩은 덤이다.

"애비야, 오늘 것은 정말 맛이 더 좋아. 나는 왜 이런 걸 느그 애비에게 못해 주었는지, 내 가슴이 아파."

"엄마도 아버지한테 잘하셨어요."

"아니냐, 내가 못된 년이야."

역시나, 오늘도 갓 끓인 쌀가루크림수프에 쇠고기달걀찜을 싹 비워내고 배를 두드리시는 징글맘의 만족도는 '엄지 척'이다. 그러고는 다시 숟가락 내려놓기 무섭게 캐러멜부터 까서 입에 넣으시니 세상천지에 바랄 것도, 부족할 것도 하나 없는 지극히 만족스러운 미소가 얼굴에 만연해진다.

　　에구, 그 모습을 보니 파르르 끓으며 뽀얗게 피었다 가라앉은 수증기처럼 오늘의 일일 다큐멘터리 '삼시 세끼'가 네 끼가 되면서 피어올랐던 끓는 감정도 부스스 사라지고 만다. '그래, 오늘은 네 끼까지만 찍자고. 다섯 끼는 사양이라고!' 주문을 팍팍 넣으면서 말이지.

요리 삼매경

요즘 요리하는 남자가 인기라던데, 요리하는 할배도 인기 리스트에 오를 수 있을까? 직업이 아니면 내 나이 또래의 요리하는 할배는 찾기도 쉽지 않을 것이다. 우리 시대 남자들은 부엌에 들어가는 것도 흔치 않았으니 말이다. 물론 시대가 달라져서 최근에는 남자들이 갖춰야 할 필수 덕목 중 하나가 요리라고 하던데, 어린 손자 녀석한테도 좀 더 크면 틈틈이 요리를 가르쳐야 할까 싶다.

사실 나도 징글맘과 살기 전에는 라면도 잘 안 끓여 먹었다. 그러니 칼질인들 제대로 했겠는가. 처음에 요리를 시작했을 때는 손도 무지 많이 베였다. 한번은 무채를 썰다가 손바닥을 크게 베여서 병원에 가서 꿰매기도 했다. 그 다음부터는 한동안 채

써는 것에 대해 공포가 생겼다. 물론 지금은 실처럼 가늘게도 썰 수 있게 되었지만, 그렇게 실력을 쌓을 때까지 몇 번인가 더 손에 크고 작은 흔적을 남길 수밖에 없었다.

칼질할 때 유의해야 할 점이 있다. 단순히 가늘고 잘게 썰 수 있는 기술을 터득하는 것만 중요한 것이 아니다. 제대로 요리를 하려면 최소한 세 가지 이상의 부엌칼이 필요한데, 육류를 썰기 위한 것과 생선을 자르는 것 외에 채소류를 써는 것 정도는 구분해야 한다. 또 칼이 무디면 육류가 썰리는 것이 아니라 찢어지게 되므로 칼날도 잘 갈아 놓아야 한다. 적재적소에 맞는 칼을 선택해 사용하는 것도 요리할 때 갖춰야 할 덕목이며, 재료와 요리법에 따라 칼날을 세우는 것도 다르다는 것을 알게 되기까지는 그 뒤로도 한참의 시간이 필요했다. 뿐인가. 처음에는 화상도 많이 입었다. 얼마나 요란하게 음식을 하기에 화상까지 입을까 싶지만, 사고의 대부분은 어머니가 원인이었다. 가장 큰 화상 사고는 어머니가 좋아하시는 곰국을 끓일 때였다. 뜨거운 국물을 다루고 있는 내게 어머니가 자꾸 말을 걸고 신경을 분산시키는 바람에 덜컥 화상을 입고 말았던 것이다. 게다가 제대로 치료를 안 한 채 대충 약만 바르고 계속해서 물을 만지다가 더 크게 덧이 났다. 하는 수 없이 병원에 갔다가 의사의 엄중한 경고를 듣기도 했다. 이후로 요리할 때는 어머니를 주방에 오시지 못하게 해야만 했다.

그렇게 우여곡절을 겪으며 징글맘 전용 취사병으로 요리에 입문한 나는 젊은 사람들의 인터넷 블로그를 열심히 들여다보았다. 새댁들의 요리 레시피도 꼼꼼하게 보고, 전문가들의 요리도 찾아가며 공부했다. 특히 요리 블로거 중 '비바리'에게는 '쌤'이라 부르며 사사하듯 그의 요리 레시피를 텍스트로 삼았다. 그 외에도 요리 블로거들의 레시피를 살펴보면서 나이와 상관없이 늘 겸손한 자세로 하나라도 더 배우려고 노력했다. 그렇게 배운 것을 복습하듯 여러 번 요리하여 내 스타일로 개선하고 응용하면서 징글맘을 위한 요리의 체계를 세웠다.

지금껏 경험해본 바로는 새로운 요리법이나 식재료에 대해 관심을 갖고 배우는 것도 중요하지만, 자기 나름대로 요리를 직접 해보고 실패도 성공도 경험해봐야 실력이 향상되는 것 같다. 한두 번 레시피를 따라 해서 성공할 수는 있지만 완전히 자기 것으로 익히지 않으면 매번 다시 레시피를 찾아야 한다. 또한 '요리는 손맛'이라는 말도 있지만 김치나 겉절이 하나도 누가 만드냐에 따라 맛의 차이가 나기 마련이다. 연구하고 개선하고 또 머릿속에서 나름의 매뉴얼을 만들어 가며 요리를 한 사람과 관심과 노력 없이 답습만 하는 사람의 결과물은 분명히 다를 거라고 생각한다. 김치를 담글 때도 녹말풀이나 죽을 사용한 것과 그냥 양념으로만 버무린 결과물은 맛도 깊이도 확연하게 차이가 나듯 말이다. 맛집이나 대박 집으로 소개되는 음식점들도 보면 식재료에 대해 연구하고 양념 재료 한 가지라도 더 고민하고 조리법에서 새로운 변화를 시도한 것이 성공의 포인트가 되는 경우가 많지 않던가. 무엇이든지 인풋input이 있어야 아웃풋output이 있다고 믿는다. 그래서 옛 성현들의 '배워야 산다'는 가르침이 진리이지 싶다.

직접 요리를 하는 시간은 징글맘의 삼시 세끼를 준비할 때이지만, 나의 요리 공부는 수시로 진행되었다. 특히 한밤중이나 첫새벽에도 불철주야 주경야독의 표본처럼 요리 공부에 몰두했다. 사실 이것이 순수하게 내 의지는 아니었다. 불시에 잠자리에서 소환 당한 밤마다 잠을 설치며 징글맘의 라이브 공연 또는 라이브 사고 현장 수습을 하거나 밥상을 시도 때도 없이 차려야 했다. 어차피 깨어 있어야 하는 새벽에는 달리 할 일이 없으니 컴퓨터를 검색하며 새로운 레시피를 배우고 또는 책을 읽으며 지냈던 것이다.

수면 부족과 스트레스를 달고 지내야 했던 그 시간에 그나마 내가 요리를 하며 지내지 않았다면, 아마도 견디기 힘들었을 것 같다. 덕분에 이렇게 혼자 배우고 흉내를 내다가 응용하고 개발하면서 인터넷 블로그에 공식적으로 올린 요리가 어느덧 500가지에 이른다. 또한 네티즌들의 주목을 많이 받은 '아하! 그렇구나'에 선정된 것도 40가지에 이르렀으니 그 시간들을 헛되이 보낸 것은 아니리라 믿는다.

특히 나는 요리를 통해 '몰입의 즐거움'을 느끼는 것이 너무 행복하다. 사실 살면서 오롯이 몰입하고 그로 인해 행복할 수 있는 대상을 만나는 것도 삶의 또 다른 기회가 아닐까 생각한다. 좋아하는 일도 상황 때문에 할 수 없거나 좋아하는 일을 찾지 못한 채 온전히 몰입하는 즐거움을 얻지 못하는 경우도 많지 않던가. 이 나이에 이렇게 요리에 몰입하여 나만의 요리를 만들고 또 그 음식을 징글맘이 맛있게 드시는 것을 보면서 행복을 느끼니 나의 취사병 생활은 그래도 성공적이라고 할 수 있을 것 같다. 다른 사람이 보기에는 하찮은 것일 수도 있지만 나는 새로운 요리를 개발하고 또 그것으로 징글맘의 건강을 지금까지 지킨 것에 대해 나름의 자부심도 느끼고 있다.

그렇게 지난 9년 동안 달력에 매일의 식단과 만들 음식을 메모해 가면서 지금까지 계속 요리를 연구하고 있다. 어머니의 식단을 짤 때는 충분한 영양소 섭취와 채소 등 싫어하는 식품도 섭취할 수 있도록 재료와 요리법의 변화를 많이 연구하는데, 그 과정에서 배운 것이 샐러드 요리법이다. 감자를 비롯해 채소류를 안 드셔서 피부 트러블의 원인으로 지적받았는데, 그 부족한 부분을 보완할 수 있는 음식을 개발하기 위함이었다. 이렇게 연구에 연구를 거듭하다 보니 어머니 덕분에 평생 먹어보지 않았던 음식을 만들어보기도 했다.

그렇게 개발된 요리 중 하나가 바로 '고등어스테이크'이다. 징글맘은 맵고 짠 것을 좋아하지 않고 같은 재료라도 토속적인 음식보다는 양식을 좋아하는 터라, 단순한 구이나 조림 방식을 벗어나 값싸고 영양도 좋은 고등어 요리를 맛있게 드실 수 있는 요리법을 연구하다가 시도하게 된 것이었다.

　고등어스테이크를 만들기 위해서는 먼저 뼈와 가시를 발라 낸 고등어 살코기를 백포도주에 담가 비린내를 없애고 풍미도 좋게 만들어야 한다. 없어서 못 마시는 백포도주를 사용하려니 좀 아깝기도 하지만 양질의 음식을 위하여 양보하기로 한다. 소스 재료로 과일은 사과를 선택하고, 채소류로는 고구마와 당근, 양파, 양송이에 추가 양념으로 마늘을 준비했다. 취향에 따라 마늘을 통째로 넣고 파슬리를 넣으면 더 좋다. 아무래도 노인을 위한 요리인 만큼 채소류들이 완전히 익도록 물에 넣어 먼저 끓이고, 그 후에 마가린(또는 버터)과 스테이크 소스, 케이크 시럽(올리고당도 가능하다)을 넣고 후춧가루도 조금 뿌린 후에 고등어 살코기를 재웠던 백포도주를 부어서 양념을 만든다. 다음은 뚜껑이 있는 프라이팬에 식용유를 두르고 고등어 살코기를 얹어서 굽는데 타지 않도록 2분마다 한 번씩 뒤집으면 된다. 이때 기름이 튀어서 위험하니 화상을 입지 않도록 꼭 긴팔 옷과 면장갑 착용을 권유하고 싶다. 고등어 살코기가 노릇노릇하게 잘 구워지면 보기도 좋고 맛도 더 좋은데, 여기에 백포도주를 넣은 소스를 뿌리면 북유럽 스타일의 고등어스테이크를 즐길 수 있다. 여기서 포인트는 고등어를 백포도주에 두 시간 정도 재워 두면 정말 새로운 맛의 고등어 요리가 되고, 식용유가 아니라 버터로 구우면 더욱 풍미가 깊은 고등어구이 맛을 경험할 수 있다.

"애비야, 정말 니는 요리 박사야! 이 스테이크는 생전 처음 먹는 맛이야. 어느 년들도 이런 거 만들어 주지 않았어. 정말 니가 최고야."

욕대학 총장다운 품평이다. 첫 완성품을 징글맘께 드리니 너무나도 맛있다고 박수를 치며 좋아하셨다. 역시 관객의 기립 박수가 배우에게 최고의 칭찬이듯 요리사에게도 먹는 이의 맛있다는 말 한마디가 최고의 보람인 것 같다. 가끔은 미리 카레볶음을 만들어 구운 고등어에 부어서 드리면 이것도 징글맘은 '따봉'이라고 하며 맛있게 드시니 보는 내가 더 행복해진다.

또 내 요리의 팬이 된 사위와 손주들이 좋아하는 '고등어양념구이'도 새롭게 연구한 결과물이다. 저민 마늘과 생강, 굴소스로 양념을 만든 새로운 맛의 고등어양념구이 역시 요리를 즐길 대상의 기호와 재료에 대해 생각하는 것에서 출발한 것이다. '누구를 위해, 어떻게 요리해야 맛있을까'라는 주제는 늘 내 몰입의 화두가 되어준 것 같다. 물론 내 요리에서 가장 큰 화두의 시작점에는 징글맘이 계셨다. 무슨 일이든 미치도록 해야만 이룰 수 있다는 것을 징글맘을 위한 요리를 만들면서 터득하게 되었으며, 요리 그 자체에 몰입함으로써 내 선택과 현재의 삶을 받아들이고 스스로 만족감도 느끼니 바로 이것이 일상에서 발견하는 소소한 행복이 아닐까.

한 사람을 위한 요리

징글맘은 맛에 무척이나 예민한 미식가다. 생선회를 드실 때는 꼭 간장에 고추냉이를 넣고 드시기 때문에 항상 준비해 둬야 한다. 또 간장게장에 달짝지근한 크림수프는 천생연분이고, 달걀찜과도 맛이 어울린다며 꼭 챙겨 드신다.

그런데 이렇게 미식가에 식탐도 당당하게 표출하는 징글맘이지만 입에 안 맞거나 싫어하는 음식은 거의 입에 대지도 않는 까다로운 성격을 갖고 계시다. 잘 드시던 크림수프도 조금만 묽거나 굳어 엉키면 숟가락을 '탁' 하고 내려놓는다. 또 육류에 비해 채소를 싫어하는데, 그중에서도 유독 콩나물과 두부는 절대로 드시지 않으려고 한다. 흥미로운 것은 어머니와 아버지는 식성이 전혀 반대임에도 두 분이 공통으로 싫어하는 식품이 있었으니, 그것이 바로 콩나물과 두부다.

여기에는 사연이 좀 있다. 아버지가 위관 장교로 복무하시던 시절인 1950년대 한국전쟁 중에, 군대에서 군인 가정에 배급해 주던 부식이 주로 두부와 콩나물이었다고 한다. 전시에 다른 먹거리를 구하기도 어려우니 매일 지겹도록 두부 또는 콩나물만 먹어야 했던 것이다. 오죽하면 아버지는 '콩나물 장수 꼴도 보기 싫다'고 할 정도로 콩나물에 질려 하셨다. 우수한 식물성 단백질 식품이고 세계적으로도 헬스 푸드로 손꼽히는 콩나물과 두부이건만, 징글맘 역시 아직도 이들 식품을 싫어하신다.

징글맘의 건강을 책임져야 하는 스머프할배 입장에서는 노인 건강에 꼭 챙겨야 할 식품인 두부를 포기할 수가 없었다. 특히 두부는 부드러운 영양 만점의 요리 재료이면서도 징글맘에게 피부병 치료와 건강 유지를 위해 필수적인 식품이다. 단백질 섭취를 해야 하는데 쇠고기와 같은 육류는 질겨서 씹기 힘들고, 단백질 섭취를 계속 안 하면 피부병이 더 악화되니 두부를 이용하여 단백질을 공급해야만 하기 때문이다. 덕분에 한동안 '두부를 어떻게 요리하면 맛있게 드실까?'는 매우 풀기 어려운 미션이 되어 머리를 아프게 했고, 새로운 맛으로 징글맘의 입에 딱 맞게 요리하기 위해 다양한 방법을 계속 시도했다.

"에미는 두부를 절대로 안 먹어. 문디 자식, 에미에게 두부를 주고 있어. 내가 싫은 것은 절대 안 먹어. 니나 처먹어."

징글맘은 번번이 두부의 질감을 알아채자마자 바로 뱉어버리기 일쑤였다. 두부 요리를 상에 올리면 숟가락을 던지는 건 약과고, 두부가 담긴 접시를 밀어버리니 식탁 밑으로 음식이 다 떨어진 것도 부지기수다. 콩나물은 아예 집어던지는데, 지금은 어차피 씹기 힘드니까 나도 콩나물무침이나 콩나물국은 포기할 수밖에 없다. 하지만 두부는 어떻게든 드시게 하고 싶었다.

두부 요리를 드시도록 하려면 반드시 징글맘과 소통이 필요하다. 먼저 징글맘의 입맛과 취향에 대해 좀 더 연구를 해야 했다. 가만히 지켜보니 일반적인 두부는 안 드시는데 두부를 특별하게 조리하면 드시는 것을 발견했다. 식재료보다는 양념 맛으로 먹는 마파두부나 두부를 들기름에 두르고 양념간장을 해서 고소하고 달짝지근하게 만들면 조금 드시고, 또 두부 위에 달걀을 얹고 갈은 쇠고기를 볶아서 위에 고명처럼 얹으면 드셨다. 즉, 전이나 조림, 찌개 등의 전형적인 요리법에서 좀 벗어난 경우에만 관심을 끌 수 있었던 것이다. 그렇게 그동안 시도한 두부찌개와 두부조림에서 시작하여 마파두부와 새로 응용한 두부 요리까지 열 가지가 넘는데, 그 하나하나가 모두 나의 온 정성이 들어간 요리다.

그중에서도 가장 성공적인 두부 요리는 얼큰한 '사천식 마파두부'였다. 마파두부는 요리법이 쉬워 보이지만 제대로 만들려면 과정이 무척이나 섬세하고 식재료 선정도 까다로운 편에 속

한다. 중국요리를 배우는 단계에서도 중급 수준이라고 하는데, 나는 그중에서도 사천四川식으로 만들었다. 그냥 시판되는 마파두부 소스로 만드는 방법도 있지만, 제대로 만들기 위해 모든 사천요리의 핵심 양념인 두반장豆瓣醬으로 소스를 만들었다. 두반장은 불그스름한 갈색으로 홍고추, 소금, 발효시킨 잠두蠶豆로 만든 걸쭉하고 풍미가 강한 장이다. 녹말 대신 쌀을 미음처럼 끓인 후 체에 걸러서 사용하기로 하고, 갈은 돼지고기와 가로세로 1.5센티미터 정도로 깍둑 썬 두부를 준비한다. 마늘, 생강 다진 것과 양파, 대파, 홍고추를 잘게 썰어서 양념을 준비한다. 먼저 물을 붓고 끓이기 시작한다. 여기에 다진 돼지고기를 넣고 고춧가루 2스푼과 고추씨 기름 그리고 청주(또는 소주) 2잔을 붓는다. 후춧가루도 살짝 뿌린 후 5분 정도 센 불로 끓인다. 바로 두부를 넣고 나무 주걱으로 '좌 삼 삼, 우 삼 삼' 하며 재료가 부서지지 않도록 조심스럽게 저으며 볶아낸다. 체에 걸러 놓은 미음을 넣으면 드디어 황홀한 맛의 마파두부가 완성되는데, 이렇게 이국적인 맛의 마파두부는 징글맘의 입맛을 사로잡아 종종 해드렸다.

여러 번의 시도 끝에 개발한 것이 갈은 쇠고기나 돼지고기를 버터와 스테이크 소스를 넣고 애호박과 버섯 등을 섞어 볶아 만든 두부볶음이다. 이렇게 육류와 함께 버터와 서양식 소스가 들어가면 두부가 들어간 것도 잊은 듯 징글맘은 "맛있다, 맛있어."

하고 드시는데 정말 내 엄마지만 미운 네 살보다도 더 편식쟁이다. 이외에도 일본 소스나 참깨흑임자드레싱을 첨가하고 햄을 약간만 넣고 두부를 으깨어 달달한 맛으로 샐러드를 만들어 드리면, 두부라는 것도 잊을 정도로 잘 드셨다.

일본식 두부튀김이나 차게 먹는 요리도 잘 드시는데, 무엇이 되었든 그 시작은 징글맘이 드실 수 있게 만드는 것이 목표다. 어떻게 요리하느냐에 따라 두부를 싫어하시는 게 맞나 싶을 만큼 잘 드시는 걸 보면 요리 과정이나 결과도 징글맘의 눈높이와 입맛에 맞추는 것이 필요하다는 것을 확인하게 된다.

그러므로 내가 요리를 할 때 기획과 구상은 영화 〈누구를 위하여 종은 울리나〉의 제목을 차용해 '누구를 위하여 요리를 하는가'에서 먼저 동기부여를 하고, '무엇을 어떻게 만드는가'의 기획 과정을 거쳐 식재료의 조화까지 고민하는 사이에 새로운 요리가 탄생한다. 바로 그 고민하고 연구하는 과정이야말로 요리를 즐길 대상과의 소통 과정인 것이다. 대상의 입맛과 기호, 그리고 마음까지 헤아려야만 요리의 소재부터 조리법, 맛까지 그 과정을 통해 탄생된 맞춤형 요리를 먹는 상대도 기쁨과 행복을 느끼게 되는 것이리라.

물론 완성된 요리를 맛보는 사람 역시 마음을 열고 즐긴다면 '음, 바로 이 맛이야.' 정도의 반응은 돌려줄 수 있을 것이다. 그 역시 출발점은 요리를 해준 사람에 대한 배려와 소통에서 시작되는 것일 터이다. 이러니 먹는 사람도 요령이 있어야 더 잘 얻어먹는다 싶기도 하지만, 좀 더 생각해보면 혀에 닿는 미각으로만 음식을 즐기지 말고 해준 사람의 마음까지 함께 즐기면 더 맛있는 식탁을 누릴 수 있지 않을까 싶다. 따라서 요리하는 사람이나 그 요리를 먹는 사람도 서로 소통이 되어야 더 맛있게 만들려고 하고 또 그 요리를 고마워하며 맛있게 먹을 수 있는 것이다.

정말 모든 세상사는 교감이 있어야 한다. 서투른 요리사도 문제지만 믿고 맛있게 먹으려는 자세가 안 된 손님도 요리의 진정한 완성을 방해하는 것이다. 어쩌면 진정한 요리는 만드는 손에서 끝나는 것이 아니라 진심으로 맛있게 먹는 사람의 혀에서 완성되는 것이라는 생각이 든다.

최후의 만찬

나는 징글맘께 드리는 새로운 요리를 만들 때면, 영화 〈라스트
콘서트〉(The Last Concert, Stella, 1976)의 제목처럼 이 요리가 징글
맘을 위한 마지막 요리가 될지도 모른다는 생각을 한다. 나중에
혹시라도 '그때 조금만 더 맛있게 만들어 드릴 걸' 하는 아쉬움
을 남기지 않도록 매번 정성을 다하려는 것이다. 그런데 마음은
비장함에도 불구하고 삶과 죽음의 경계에 선 영화 속 여주인공
인 스텔라와 징글맘의 전혀 다른 이미지에 혼자 키득거리며 웃
기도 한다.

　자, 그러면 오늘도 새벽 2시부터 이른 기상으로 하루를 시작
하신 징글맘을 위하여 몽롱하고 혼미한 머리를 차갑게 깨우면
서 새로운 샐러드와 수프 만들기에 집중해보자.

우선 치아가 부실한 징글맘을 위해 '고구마샐러드'를 만들기로 계획을 세웠다. 먼저 고구마는 푹 삶아 껍질을 잘 벗긴 후 김칫국에 넣어 공이로 으깬다. 견과류도 갈아서 버터로 볶고, 으깬 고구마와 섞은 후 마지막에 마요네즈를 넣고 비빈다. 이때 너무 강하게 비비면 맛이 어우러지기도 전에 떡처럼 되므로 조심해서 살살 섞는다. 무엇이든 '과유불급'이라고 너무 강하면 망친다는 것을 명심해야 한다. 지나침은 모자람만 못하다는 것을 살아오면서 수차례 경험했었는데 음식이나 연애나 정치에도 이 깨달음의 한 수는 적용되는 것 같다는 생각에 혼자 끄덕끄덕 하면서 조심스럽게 마무리를 했다. 이 샐러드의 주재료는 고구마를 사용했지만 감자와 단호박 등 다른 것을 활용해서 다양한 환자용 샐러드를 만들 수 있다.

무릇 요리도 기다리는 여유와 느긋한 마음으로 해야 숙성 발효되듯 깊은 맛을 느낄 수 있는 법이다. 드립 커피를 마시는 사람들은 알겠지만, 원두 가루에 제일 처음 뜨거운 물을 붓고는 잠시 기다려야 한다. 그러면 물에 젖은 가루가 부풀어올라 빵빵하게 되는데, 이른바 '커피빵'이라고 한다. 바로 이 과정을 통해 원두 가루가 숙성되면서 풍미가 커진다. 모든 요리도, 인간관계도 이 커피빵처럼 기다림의 미학이 필요한 법이다. 물론 커피를 내릴 때 너무 길게 시간을 두면 맛이 또 달라져버리니 이 역시 넘치지도 모자라지도 않는 절제의 미학이 필요하다 하겠다.

징글맘의 취사병으로 그리고 간병인으로 또 보호자로 1인 3역 이상을 하느라 때로는 몸도 마음도 지치고 힘들지만, 이 역시 절제의 미학은 요구되는 것 같다. 어머니라는 감정에 저울추가 기울면 징글맘이 원해서 걸린 병도 아니건만 안타까움이 지나쳐 오히려 더 현실이 원망스럽고 어머니의 망가진 모습을 보기 싫은 마음이 한없이 커져서 보호 이상의 통제를 하려는 내 모습을 발견한다. 반면 지금 이 순간은 그냥 아이처럼 백지상태인 환자일 뿐이라고 냉정하게 생각하면 천륜의 무게조차 내려놓을 것처럼 가벼워지고 싶은 마음이 커지기도 한다. 물론 사람의 감정이 이성을 앞지를 때도 있고 모자랄 때도 있지만 때때로 격해지는 마음도, 때때로 회피하고픈 마음도 한쪽으로 치우치지 않도록 절제의 중심을 잡아야만 징글맘과의 생활을 끝까지 유지할 수 있을 거라는 생각을 한다.

고구마샐러드가 다 만들어진 후 국을 대체할 '우유야채수프'도 만들기 시작했다. 이것도 징글맘을 위해 새로 개발한 요리다. 대부분의 한국인들은 매끼 식사할 때 국물을 찾는다. 국이든 찌개든 국물이 있어야 왠지 밥을 제대로 먹는 것 같은 마음이랄까. 그래서 징글맘 식단에서도 국을 대체할 것으로 우유와 채소 등을 갈아 넣어 영유아들의 이유식과 비슷한 수프를 고안한 것이다.

우선 야채수프에서 약방의 감초와 같은 양배추 4분의 1통을 작게 잘라서 믹서에 간다. 징글맘은 익힌 양배추도 씹지 않으려고 하고 뱉어버리니 믹서에 갈아야 한다. 소화 기능이 떨어진 노인들이나 심혈관 질환이 있는 사람들은 기름진 음식이 좋지 않지만, 징글맘에게 필요한 영양 공급을 위한 차선책으로 사골 국물과 양배추를 이용하여 야채수프를 만드는 것이다. 다행히 양배추는 항궤양과 항암 식품이며 혈압을 낮춰주는 효과도 있어 심혈관 질환을 앓고 있는 환자에게도 좋다.

부재료인 양파와 감자도 잘게 썰어야 부드럽게 드실 수가 있다. 바로 냄비에 야채와 다진 마늘, 양배추 같은 것을 함께 넣는다. 냄비에 생수를 붓고 소금을 티스푼 하나 정도 넣고 끓이기 시작한다. 감자가 익을 때까지 끓인 후 체다 슬라이스 치즈 2장을 넣고 중간 불로 끓인다. 다 끓었다 싶을 때 분유를 추가로 넣고 약한 불로 3분 정도를 더 졸이면 우유야채수프가 만들어진다. 오늘의 우유야채수프에는 고기나 햄을 일체 넣지 않고 분유와 함께 유제품인 치즈를 넣었는데, 크림수프와 마찬가지로 노인들에게 기본적인 영양을 공급하는 마지막 단계의 요리에 속한다. 그렇다고 너무 슬퍼하면서 만들지는 말자. 아직 음식을 드실 수 있다는 것은 그래도 희망이니까 말이다.

우리의 인생 여정에서 나이가 들어 기력이 쇠하면 약이나 주사로 연명하는데, 그것은 최후의 수단이지 최선은 아니다. 따라서 소화를 시킬 여력만 있다면 최대한 음식을 직접 섭취해서 생존해야 한다. 그런데 징글맘은 채소보다 육류를 즐기는 터라 영양 불균형의 문제를 해결하기 위해 늘 고민하게 된다. 그렇다고 이제 와서 식생활과 식습관을 바꾸기는 어렵고, 채소를 섭취하지 않으면 균형이 깨져 건강이 위험하니 그것을 '어떻게 요리하느냐' 하는 문제에 항상 봉착했다. 때문에 징글맘이 좋아하는 식품과 싫어하는 음식을 같이 드시게 하기 위해서는 이렇듯 새로운 요리법을 개발하여 응용해야 하는 것이다.

사실 올바른 식이요법이란 각자의 건강 상태나 질병의 유무에 따라 다르지만 근본적인 원칙은 같다고 본다. 건강에 필수적인 식품을 통해 가장 적절하게 영양을 공급하여 질병 치료를 돕고 회복시키려는 것이다. 그동안 징글맘의 취사병으로 복무하며 느낀 것은 우리나라 사람들은 식이요법을 아주 특별한 음식을 먹거나 체중을 줄이는 살 빼기의 동의어로 착각하여 애먼 소리를 하는 경향이 많은데, 그런 모습을 볼 때마다 정말 걱정스럽다. 가끔 내 주변에서도 징글맘에게 달걀을 드리는 걸 지적하며 콜레스테롤이 문제고 버터가 나쁘니 줄이라고도 하는데, 나는 '하나만 알고, 둘은 몰라.' 하며 웃고 만다. 무엇이든 과다 섭취하면 문제지만 생존을 위해 최소의 영양 공급은 중지할 수 없는 것이라고 믿기 때문이다.

징글맘의 밥상을 책임지는 입장에서 나의 신조는 먹고 싶은 것을 먹을 수 있게 조리하는 것이 가장 중요하다는 것이다. 그

보람이 있는 것일까. 이제 징글맘은 오히려 몇 년 전보다 혈색도 좋아지고 혼자 다시 걸을 정도가 되었으니 신체적 건강은 매우 호전된 모습이다. 다만 혼탁한 정신이 문제일 뿐이다. 징글맘은 원초적인 본능만으로 있을 때가 더 많지만, 그래도 이승을 떠나기 싫어 음식을 끝까지 찾으시니 지치고 힘이 들다가도 그 놀라운 본능적 의지에 경이로움을 느끼게 된다.

"그런데 다른 년들은 왜 이런 걸 못 만드니? 그년들은 지 서방 입맛은 알고 내 입맛을 몰라."

"에구, 그만 욕해요. 엄마."

"정말 달달하고 좋아."

맛있다고 야채수프 한 그릇을 국물도 안 남기고 깨끗이 다 드시고는 품평회까지 마친 징글맘께 그저 웃으며 감사 인사를 올린다.

이런 징글맘을 보며 정말 생명력은 누가 억지로 붙잡는다고 피어나는 것은 아니지만, 그렇다고 순순히 놓는 것만이 정답은 아닐지 모른다는 생각이 든다. 징글맘의 혼돈이 점점 더 깊어지고 있음에도 나 역시 쉽게 포기하지 못하는 까닭이 바로 여기에 있다.

'뚝딱 요리' 전문가

무슨 일을 하든 집중해서 정성을 다하는 것과 설렁설렁 대충대충 하는 것은 분명히 다른 결과로 돌아온다. 요리도 같은 재료를 가지고 똑같은 레시피대로 만들어도 사람에 따라 그 맛은 달라지기 마련이다. 물론 요리에도 기술과 감각은 있어야겠지만 무엇보다 중요하게 요구되는 것은 먹을 사람을 생각하며 만드는 마음과 정성이다.

요즘에야 요리 프로그램들이 붐을 이룰 정도로 요리에 대한 관심이 높아졌지만, 그동안 요리 전문가들의 요리 강좌는 나 같은 초보가 따라 하기에는 어려운 경우가 많았다. 너무 복잡한 방법과 좋은 재료를 따지다 보면 그림의 떡처럼 보기에는 좋으나 실제로 해 먹을 엄두가 나지 않는 레시피가 많았기 때문이다.

그래서 요리는 누구나 한번 해볼 수 있겠다 싶도록 재미있고 쉬워야 할 필요도 있다. 매일 삼시 세끼를 궁중 요리처럼 거창하게 만들 수는 없지 않겠는가. 그런 면에서 나는 '뚝딱 요리' 전문이지만 그래도 마음과 정성 하나만은 누구에게도 뒤지지 않는다고 자부할 수 있다. 물론 맛도 징글맘과 내 입에는 딱 좋다.

요리를 어려워하는 이들 중에는 '서투른 목수가 연장 탓하고 선무당이 장구 탓한다'는 속담처럼 무슨 요리 하나 하려면 꼭 집에 없는 게 많아서 못하는 경우가 많다고 한다. 그러나 굳이 멀리서만 찾을 게 아니라 바로 냉장고에 있는 식재료를 활용하는 능력이야말로 요리사의 미덕이 아닐까 싶다. 그 편이 음식물 쓰레기도 줄이고 일석이조라고 생각한다. 나도 징글맘의 취사병 9년차가 되어 그날의 냉장고 상황에 따라 내가 먹고 싶은 술안주도 만들고, 징글맘의 특식도 아주 맛있게 만들게 되었으니 요리사가 갖춰야 할 미덕에는 가까워지고 있는 걸까.

흔히 요리 못하는 사람들도 유일하게 내세우는 메뉴가 있다. 바로 누구나 끓일 줄 안다는 '라면'이다. 그런데 '식당 개 3년이면 라면을 끓인다'며 쉽게 생각하지만 의외로 라면을 맛있게 끓이는 것은 쉽지 않다. 우스갯소리로 '미운 며느리가 끓이면 라면도 맛이 없다'고 하는데, 그것은 '가는 며느리가 보리방아 찧어 놓고 가랴'라는 속담과도 일맥상통한다. 시집살이가 싫어서 떠나는 며느리가 남은 사람들을 위해 방아를 찧어 놓고 갈 일이 없고, 마음에 안 드는 시어머니에게 라면을 정성껏 끓여줄 리 없으니 맛이 없다는 이야기다. 내 식대로 덧붙이자면, 젊은 사람들은 면발이 꼬들꼬들해야 좋아하지만 치아가 부실한 노인들은 푹 끓여야 먹기가 쉬운데, 평소 사이가 좋지 않은 시어머니를 위해 세심하게 물 양을 재고 면발의 강도까지 챙길 정성은 어려울 테니 맛없다는 소리가 나올 수밖에 없을 터이다. 반대로 마음에 안 드는 며느리는 뭘 해도 마음에 들지 않으니 아무리 라면을 잘 끓여도 그 시어머니가 맛있게 먹을 기본적인 마음의 자세가 되어 있을 리도 만무하다.

"네가 해준 것이 정말 맛있다. 또 해줄래?"

징글맘은 늘 내가 해 드린 음식을 싹싹 비우며 맛있다고 말씀하시니 만드는 나도 기분이 좋아 더 맛있게 해 드리고 싶어진다. 일전에 생선 요리를 좋아하지만 평범하게 굽거나 조리면 금세 질려 하는 징글맘께 삼치로 스테이크를 아주 어렵게 만들어 드렸었다. 처음에 징글맘이 그 맛을 보더니 엄지손가락을 세우며 "애비야, 정말 고마워." 하시며 맛있게 드시는 것을 보고는 역시 '지성이면 감천'이라는 생각에 뿌듯했다.

이야기가 나온 김에 오늘은 내가 즐겨 먹는 라면이나 끓여볼까. 징글맘의 삼시 세끼야 맛과 영양 따지고 끼니마다 새로 준비해서 드리지만, 집안일에 요리에 이래저래 지쳐버린 나를 위해서는 특별히 다른 음식을 준비하기가 힘들다. 이렇다 보니 내가 가장 즐겨 먹는 음식 순위에 라면이 빠질 수 없게 되었다. 오늘은 좀 더 특별하게 스머프할배표 '황제 라면'을 끓여보자. 물론 매번 끓이기는 어렵지만 어쩌다 특별하게 요리처럼 라면을 먹고 싶다면 이렇게 최고급 라면을 끓여보는 것도 기분 전환이 될 것 같다.

먼저 무를 얇게 썰어 준비한다. 무는 제철에 나오는 가을무가 아주 맛이 좋고 달콤하고 시원한데, 무가 없으면 콩나물을 넣어도 시원하고 담백해서 좋다. 무채를 냄비 바닥에 가지런히 담고 큼직하고 싱싱한 표고버섯도 하나 얇게 썰어서 그 위에 깔아 놓는다. 그 다음에는 저민 마늘과 얇게 썬 양파에 이어 칼칼한 맛을 내는 청양고추를 송송 썰어 넣고, 대파의 푸른 잎을 어슷하게 썰어 넣는다. 그리고 푹 익은 배추김치도 먹기 좋은 크기로 썰어서 넣고, 이어서 냄비에 물을 붓고 센 불로 끓인다. 이렇게 끓인 후 황제가 먹어도 불평하지 않도록 좀 더 품격을 높이려면 햄도 푸짐하게 넣어주면 더욱 국물 맛이 구수해진다. 햄이 싫으면 취향에 따라 해물을 넣고 끓여도 좋은데, 냉장고에 있는 재료를 최대한 활용하면 되겠다. 국물이 보글보글 끓으면 라면 분말 스프를 절반만 넣고, 건더기 스프는 다다익선이니 전부 넣는다. 이때 나처럼 1인용은 라면을 절반만 넣어 끓이고, 두 사람일 경우에는 라면 하나를 다 넣고 끓이는 것이 적당하다. 이렇게 라면까지 넣고는 2~3분간 센 불로 끓이면 된다.

화룡점정畵龍點睛이라고 여기에 달걀을 하나 넣고 마무리를 하면 드디어 황제가 먹어도 '따봉'이라고 외칠 만한 맛의 황제 라면이 완성된다. 이렇게 만들면 부대찌개 분위기의 황제 라면을 먹을 수 있고, 술꾼들에게는 이구동성으로 소주 한잔을 찾을 정도로 술을 부르는 안주도 된다. 물론 그냥 밥과 함께 찌개 대용으로 먹어도 훌륭한 밥반찬이 된다. 징글맘도 라면 속 햄을 건져 올려 드리니 맛있게 오물오물 드신다. 젊은 시절에 아내가 아파서 내가 직접 라면을 끓이는 모습을 본 징글맘은 남자가 요리를 한다고 한소리 했었는데, 지금은 삼시 세끼를 아들이 해 드리는 음식을 들면서 만족해하시니 정말 사람 일은 참 모를 일이다.

어쨌든, 요리란 그 과정이 진실해야 하고 재미가 있어야 한다. 또한 맛있게 먹는 요리가 되어야 한다. '지성이면 감천'이란 글자 그대로 사람이 무슨 일을 하든 정성이 지극하면 하늘도 감동하여 다 이룰 수 있다. 요리에도 이 같은 정성이 들어가야 한다면 너무 거창하다고 할지도 모르지만, 만약에 처삼촌 벌초하듯 어영부영 대충한다면 어떤 요리가 나올지 답이 나오지 않을까. 역사 속에서도 한 그릇의 음식이 사람의 마음을 움직인 일화들도 많다. 중국 춘추전국시대에 중산군中山君은 고깃국 한 그릇 때문에 원한을 사서 나라를 잃었지만, 찬밥 한 덩이를 베푼 은혜 때문에 목숨을 구하기도 했다. 무슨 일을 하든 그 일에 정신을 집중하고 정성을 다해야 하늘이 감동을 하는 법이니 요리도 바로 '지성이면 감천'에서 출발해야 제대로 되는 것이라고 굳게 믿는다.

징글맘 때문에 밤에 잠을 못 자고 괴로워하면서도 매번 내가 해 드린 음식을 맛있게 잘 드시는 걸 보면 마음이 또 풀어져서 잠시나마 고통스러운 현실을 잊게 된다. 인간의 목숨은 스스로가 어떤 명약과 새로운 의술로도 영원히 연장할 수는 없다는 것을 생각하고 징글맘이 하늘이 내려준 그 명命과 수를 다할 수 있도록 삼시 세끼를 해 드리는 것이라도 제대로 하려고 지금도 풀 풀거리며 하고 있다.

요리는 진행 중

"애비야, 그것 있잖아……?"

또 입맛이 없으신가 보다. 저렇게 서두를 꺼내면 뭔가 드시고 싶은 게 있을 때다. 자, 그러면 1분 대기조 취사병 출동이 즉시로 이루어진다. 이제는 한식과 일식에 중식도 조금 만들고 양식도 어느 정도 흉내를 내고, 모양은 없지만 대충 빵도 구워내니 징글맘 입맛이 없을 때면 기스면도 만들어 바치고 참치스테이크도 뚝딱 차려낸다.

"애비야, 그 서양국시 맛 좀 보자."

이렇게 말씀하시면 또 내가 알아서 척척, 파스타로 만들면 질기니 소면으로 스파게티나 카르보나라를 만들어 드시기 좋게 드린다. 그러면 '맛있다, 맛있어.' 하면서 어린아이처럼 좋아하신다.

내가 두부조림을 만들어 술을 한잔하려고 하면 눈도 밝아 "애비야! 내는 그것 있잖아." 하시는데, 바로 알고 동태 살을 버터로 구워 드리면 오물오물 맛있게 잘 드신다. 징글맘은 정말 연구 대상이다.

"애비야, 내도 저것 만들어 다고."

텔레비전에서 광고를 보고 입맛을 다시며 요구하시면 카레로 연한 새우 살을 가지고 요리를 해 드린다. 한참 요구가 많을 때는 정말 드시고 싶은 것도 많고 주문도 참 다양했었다. 게다가 어머니는 참 입맛이 고급스러운 양반이다. 어느 음식이든 조금이라도 맛이 없으면 벌써 표정이 달라지면서 딱 연상되는 멘트까지 세트로 따라 나온다.

"내 입맛이 없어 그만 먹으련다. 애비야, 이것 니나 묵어라."

숟가락을 밥상 위에 탁 내려놓거나 그릇을 내 쪽으로 밀어 놓는 것을 보면 성질 급한 사람은 속에서 천불이 나고도 남을 일이다. 사실 내 속도 여러 번 화재 경보에 불이 들어왔었다.

오늘도 까다로운 징글맘의 주문은 계속된다.

"오이지 국물이 시원해서 좋구나. 그런데……."

뒷말을 흐리시는 게 이상하다 했더니, 아니나 다를까.

"애비야, 물김치는 시었으니 다시 맹글어라."

징글맘이 물김치가 맘에 안 든다며 숟가락으로 종지를 '툭' 하고 치셨다. 그래서 나는 오후에 또 징글맘의 물김치를 담가야 했다. 내가 징글맘의 물김치와 과일즙에 신경을 쓰는 것은 질병을 예방하기 위한 목적이다. 비타민C 제제를 복용하는 것보다는 신선한 과일과 채소로 만든 주스와 물김치를 충분히 섭취하는 게 좋겠다고 생각해서다.

지금까지 십 년 가까이 김치를 억수로 담아 온갖 김치를 섭렵했지만, 이제 징글맘은 물김치 외에는 못 드시니 매번 조금씩 다양하게 재료를 넣어 물김치를 담근다. 그중에서도 내가 터득한 쉽고 재미있게 맛있는 물김치 만들기를 소개해볼까 한다.

재료는 배추 1통과 무 1개를 준비한다. 먼저 배추를 칼로 4등분한 후 굵은 소금을 과감하게 뿌린다. 이놈들 기를 죽여야 김치 맛이 좋아진다. 찬물을 붓고 무를 크게 썰어 배추가 뜨지 않도록 무게를 실어 위에 올린다. 이렇게 충분히 소금물에 재운 배추와 무를 흐르는 물에 씻고 체에 밭쳐 물기를 뺀다. 배추는 가늘게 썰고, 무는 작은 깍두기처럼 썰어서 준비를 한다. 양파는 가급적 얇게 썰고, 마늘은 저미고, 당근은 가로세로 3밀리미터 이내로 잘게 썰고, 대파는 어슷하게 썰어 놓으면 준비 끝. 여기에 추가로 취향에 따라 과일을 넣는 것이 포인트! 오늘 스머프할배가 선택한 사과도 얇게 썰어 넣는다. 이제 병에 모든 물김치 재료를 넣고 물을 붓고 소금으로 간을 보면 된다. 그리고 냉장고에 보관하여 시원한 물김치를 삼시 세끼 밥상에 올릴 수 있는 것이다.

남이 보면 정말 사소한 일이겠지만 징글맘을 위해 물김치를 담그는 것도 꽤나 스트레스다. 조금만 싱거워도 "니는 소금도 아끼니?" 하고, 조금만 짜도 "이것은 소태다, 소태야." 하시니 항상 '참을 인忍' 자를 새기고 또 새겨야 한다. 징글맘은 물김치의 국물만 드시는 터라 몇 숟가락 휘젓다가 남기면 버려야 하는 것도 아깝고 답답한 노릇이다.

이제 어느 정도 요리를 하다 보니 주스나 수프처럼 혼합 재료를 사용할 때도 식재료의 궁합을 따져 가며 넣을 수도 있고, 무슨 요리를 해도 맛있게 되는 것 같다고 자부도 해본다. 특히 징글맘은 물김치에 사과나 과일을 넣고 상큼하게 만들면 정말 좋아하시는데, 오늘은 물김치를 '신의 한 수'라고 자부할 만큼 정말 맛있게 만들었다. 내가 생각해도 내 혼을 넣고 만든 것 같아서 혼자 뿌듯해하는 게 한편으로는 우습기도 하다.

드디어 다 차려진 밥상 앞에 앉은 징글맘이 물김치 한 숟가락 맛을 보더니 한마디 하신다.

"흠, 오늘 물김치가 너무 맛있다. '딱'이다, 딱! 이 맛이야."

환하게 웃으며 흡족해하시니 밤새 잠 못 자고 괴로웠던 기억들은 또 한순간에 사르르 사라지고 만다. 그러고 보면 나도 그렇게 나쁜 놈은 아닌 것 같다고 또 혼자 히죽거린다.

그런데 바로 그 순간, 징글맘께서 한술 더 떠서 큰소리를 치신다.

"니는 에미 덕에 서양 요리와 청요리에 일본 요리도 배웠으니 굶어 죽지는 않겠다. 그러니 에미에게 고맙다고 하거라."

능청을 넘어 당당한 징글맘의 위용! 인생에서 망백(望百, 91세)이 넘으면 살아 있는 것이나 죽은 것의 구분이 없다는데, 징글맘은 이렇게 당당하시니 말씀대로 감사할 수밖에 없다. 때때로 뒤집어지는 속은 그저 수양이 부족한 내 몫일 테고 말이다.

저녁상을 물리고 한숨 돌리면서 예전의 내 기록들을 들추다 보니 〈엘 불리: 요리는 진행 중〉(El Bulli: Cooking In Progress, 2011)이라는 영화를 본 기억이 떠올랐다. 세계 최고 레스토랑이라고 불리는 '엘 불리'의 주방에서 창조되는 요리와 그 완성되어 가는 과정들을 보여주는 다큐멘터리 영화였다. '요리에서 가장 중요한 것은 모방이 아닌 창조다!'라는 대사를 비롯해 쉽게 접하는 기본 재료로 전혀 새로운 맛을 창조하는 실험적인 요리들을 화면으로 보면서 흥미진진했다. 본래 아는 만큼 보인다고 하는데, 이 영화는 요리에 대한 지식과 관심이 있는 만큼 보이는 것 같아서 나에게는 정말 영감과 기쁨을 준 영화였다. 내가 이 영화를 보기 이전이었던 2011년 7월 30일, 스페인 카탈루냐 주 크레우스 곶에 있는 한 레스토랑이 문을 닫았을 때 〈뉴욕타임스〉와 AP 등 세계 각국의 언론이 앞다퉈 보도하면서 이슈가 되었다. 레스토랑의 이름은 '엘 불리El Bulli'로, 바로 영화에 등장한 곳이었다. 이 작은 식당의 폐업 소식이 어떻게 세계적 이슈가 되었을까 싶기도 한데, 엘 불리는 단순한 레스토랑이 아니라 세계적인 권위의 '미슐랭 가이드'로부터 14년간 최고 등급인 '별 셋'을 받았을 정도로 세계 최고의 레스토랑으로 손꼽히던 곳이었다고 한다.

영화를 보고 난 후에야 이곳에 대해 조금이나마 알게 됐지만 뒤늦게 그 레스토랑이 문 닫은 것이 아쉽고, 요리사들의 혼을 담아 만들어낸 창조적인 요리들을 보면서 감탄과 감동을 받았었다. 그리고 영화 속 요리를 보면서, 물론 초라한 나의 요리 실력을 비할 바는 아니지만 그래도 요리에 대해 조금 배우고 생각하며 지내다 보니 여러 가지 것들이 보이게 되었다.

더불어 요리란 다스리고 꾀한다는 의미의 '요料' 자와 깨닫고 다스린다는 의미의 '리理' 자라고 생각했던 기본적인 틀에 대해서도 다시 돌아보며, 내가 요리를 하는 것은 징글맘의 원하는 바와 필요한 바를 깨닫고 내 마음을 다스리며 도를 닦는 것과도 같은 행위가 아닐까 생각해보았다. 그런 의미에서 이제 징글맘을 위한 크림수프와 달걀찜 하나라도 더욱더 제대로 만들어야 할 것 같다. 내가 징글맘에게 해 드리는 요리도 '엘 불리'의 그것처럼 어제 만든 것과 또 다른 오늘의 것을 만들기 위해 나의 혼을 다 쏟아 새로 만들어야만 제대로 되는 것이 아니겠는가. 그러니 징글맘이 주무시는 동안 또 냉장고를 뒤지며 나의 요리는 아직도 '진행 중'을 이어가기로 한다.

쓴맛

스스로 지는 짐은 무겁지 않아

세월이 흘러

"배고프다, 배고파!"

시계를 보니 새벽 2시 30분. 오늘도 징글맘은 관현악단이라도 불러온 듯 자체적으로 입체 서라운드 효과를 내며 한밤의 공연을 시작했다. 단지 불협화음이라는 것이 문제일 뿐. 깨진 심벌즈가 부딪히는 듯 요란한 괴성으로 시작하더니 효자손으로 드럼을 치듯 방바닥을 두드리며 소리를 외치는 것으로 공연 순서는 이어진다. 그렇다고 치매 환자인 징글맘께 '엄마, 지금이 몇 시야?'라고 물어볼 수도 없고 '그만 주무시라.'고 한들 아무 소용이 없으니, 우는 아기에게 젖을 물리는 엄마처럼 그저 원하는 것을 손에 쥐어주고 달래는 수밖에 없다. 우선 코코아우유와 캐러멜로 소리부터 멈추어야 동네가 소용해진다. 그 다음은 생과

일주스를 갈아 드리는 것으로 밥 안칠 시간을 벌어본다. 덕분에 일요일 첫새벽부터 쌀을 씻고 있으려니 별별 생각이 다 든다.

'그냥 다 팽개치고 도망갈까? 징글맘을 요양원으로 보내자고 동생들에게 말할까?'

아무래도 내 머릿속에서 쫓고 쫓기는 정글이 펼쳐져 버린 것 같다.

벌써 징글맘과 지낸 시간이 만 9년째다. 하루하루 생각해보면 지난하고 길기만 했지만 막상 돌이켜보면 딱히 생각나는 것도 없이 훌쩍 지나가 버린 것 같다. 오로지 한 것이라고는 삼시 세끼를 챙겨 드린 것밖에는 어느 하루도 그다지 다르지 않은 '그날이 그날' 같기만 한 날들이었으니 말이다. 흘러간 시간을 생각하다 보니 중국 동진의 시인 도연명陶淵明의 '세월부대인(歲月不待人, 세월은 사람을 기다려주지 않는다)'이란 말에 생각이 머문다. '성년부중래(盛年不重來, 젊은 시절은 거듭 오지 않는다)'로 화살처럼 흐르는 것이 인생이니 젊은 시절을 헛되이 보내지 말라는 뜻을 되새김질하노라니, 지난 시간이 허망하고 한스러움으로 물들어가는 듯하다.

가끔씩 얼마 안 되는 생필품을 사면서 가정주부들보다 더 아득바득 따지며 몇 백 원, 몇 천 원 때문에 대형 슈퍼와 재래시장을 번갈아 돌아다니는 내 모습에 스스로도 깜짝 놀라기도 했다. 돈을 아끼려고 자전거로 물건을 싣고 다니는 모습을 거울처럼 마주하며 막막하고 불안한 감정들이 발목에서부터 정수리까지 회오리처럼 휘감고 올라올 때도 있다.

'나는 지금 여기에서 무엇을 하고 또 내 존재는 무엇일까.' 이제 평균수명이 길어져 백세 시대라지만 일반적으로 남성은 나이 여든이 넘으면 송장이나 다름이 없다고들 한다. 이제 나도 그 나이가 얼마 남지 않았다. 더구나 혼자 스스로 호구지책糊口之策을 해결할 수 있는 나이는 몇 해 안 남았으니 갈수록 더 불안하다. 한편으로는 이제야 사람이 되고 철이 들었다고 스스로 변명도 해보고, 징글맘의 취사병 생활이 잃어버린 시간은 아니라고 자위하면서도 한 번 돋아난 서글픔은 쉬이 사그라지지 않는다.

하루의 대부분을 유아로 돌아가 버리는 징글맘은 '배고프다' 와 '똥 싸겠다' 같은 소리만 하고 또 하시니, 듣기 좋은 꽃 타령도 한두 번이라고 무한 반복되는 단음절이 저녁이면 산처럼 쌓일 지경이다. 게다가 이제는 용변 처리도 잊어버리기 일쑤고 화장실이든 거실이든 어디서나 거침없이 옷을 내리고 배 아프다고 소리를 지르니 아무리 아들이라도 대처하기가 난감하기 이를 데 없다. 그러다가 졸리면 방에 들어가서 잠을 청하시는 일 외에는 하는 일도 없고 할 수 있는 것도 없다.

내가 취사병 1년차일 때는 징글맘이 그래도 일곱 살짜리 아이 정도는 되는 터라 낮에는 내 업무를 보며 수입원도 챙길 수 있었다. 그런데 4년차가 되면서 세 살짜리 유아로 변해버리니 도저

히 혼자 감당이 안 되고 너무 힘이 들어서 요양보호사 신청을 했었다. 이제 9년차가 되면서는 첫돌도 안 지난 갓난아기 수준이 되어 징글맘 혼자서는 똑바로 서는 것도 제대로 걷는 것도 힘들어 보이는 정도가 되었다. 순간순간 답답하다 못해 얼마나 괴로우면 내가 혼잣말로 '그만 좀 건너가세요.'라고 되뇌일까.

하지만 이런 생활에도 불구하고 징글맘이 너무 조용히 잠들어 계실 때면 혹시라도 자다가 무슨 일이 생겼을까 싶어 코에 손을 대본다. 또 밤새 뜬눈으로 지새우고도 삼시 세끼 따뜻한 식사를 정성 들여 차리고 조석으로 혈압약과 치매약을 챙겨 드리는 내가 가끔은 스스로도 이질적으로 느껴진다. 이렇게 계속 옆에서 모시면서 피로감과 회의감, 그리고 한편의 부채감을 번갈아 곱씹는 것이 진정한 효孝일까 스스로에게 되묻는다. 그렇다고 처음부터 시작하지 않았으면 모를까, 지금에 와서 아기처럼 나만 바라보시는 징글맘을 두고 떠날 수도 없으니 정말 버퍼링 걸린 와이파이처럼 답답한 노릇이다.

베란다에서 담배 한 대를 물고 흘러간 시간들을 반추하다 보니 저 먼 나라로 가신 아버지의 9주기도 곧 돌아온다. 지난 몇 년 동안 '세월'이라는 것이 이렇게 무서운 변화를 가져다주었지 싶은 생각도 든다. 지금과 그 몇 년 사이의 변화가 이런데, 다시 그 세월만큼이 가면 나는 또 어떻게 변할까?

어찌 됐든 지금 내가 해야 할 일은 다시 싱글맘의 괴성이 터져 나오기 전에 밥상을 차리는 일이다. 달걀찜을 익히기 위해 전기밥솥 코드를 꽂고 부지런히 징글맘의 국도 끓여야 한다. 오늘은 밤새 효자손으로 연주를 하느라 기력이 빠졌을 징글맘을 위해 표고버섯과 쇠고기를 이용한 영양탕을 만들어보기로 하자.

우선 표고버섯 큰 것 두 개를 썰어서 준비를 한다. 표고버섯은 냉장고에 보관하면 쉽게 상하므로 넓은 소쿠리에 말리면서 먹는 것이 좋다. 우리나라와 일본에서는 표고버섯을 송이버섯보다 아래로 치지만 중국에서는 표고버섯이 최고의 버섯으로 선호한다. 나는 개인적으로 표고버섯을 참 좋아해서 요리에 베이스로 많이 활용하는데, 육수를 낼 때도 사용하면 그 향과 맛이 좋다. 우리나라에서 표고버섯 대량 생산을 처음 시작했던 곳이 제주도인데, 제주도에 사시던 이모 댁을 자주 방문하면서 접했던 표고버섯의 맛이 지금까지 내 입맛과 요리에까지 영향을 미친 것 같다.

다시 요리로 돌아가서, 물을 부은 냄비에 표고버섯과 다시마, 얇게 썬 당근을 넣고 바로 센 불로 끓인다. 육수가 팔팔 끓을 때 쇠고기를 넣고 끓이면서 거품을 제거한 후 얇게 썬 고구마(감자도 가능)와 양파, 저민 마늘도 넣는다. 애호박도 반달 모양으로 썰어서 넣고, 대파 하얀 부분을 어슷하게 썰어 넣은 후 간장으로 간을 맞춘다. 그리고 뚜껑을 연 채로 5분 이상 팔팔 끓인 후 징글맘이 씹을 수 있도록 부드러운 햄을 필수로 넣어야 한다. 이렇게 완성된 소고깃국은 다양하고 좋은 식재료로 만들어 모든 양양소가 골고루 섞여 있으므로 노인들이 국물만 드셔도 한 끼 식사로 충분할 것 같다. 그야말로 '국물이 끝내줘요.'라는 소리가 운율에 맞춰 절로 터져 나올 맛이다. 이참에 이름도 서양 스타일로 재료를 강조해서 '표고버섯쇠고기영양탕'이라고 명명해볼까.

소고깃국이 끝났으니 바로 중탕으로 녹인 버터와 우유를 넣고 '쌀가루크림수프'를 만들어야 한다. 그래, 내가 먹을 김치찌개도 끓여야겠다. 피곤하고 입이 쓴 것이 칼칼하고 진한 국물이 당긴다.

"어마마마, 수라상을 차리었나이다."

다른 집의 아침은 아직 시작도 되지 않았을 시간, 새벽 5시 16분에 식사 준비를 마치고 징글맘께 전한다. 바로 좌정한 징글맘께서 우선 달걀노른자를 숟가락으로 올려 입 안으로 '슛! 골인' 하고 크림수프를 드시도록 도와드린다. 또 달걀찜의 겉 부분은 숟가락으로 벗겨서 내 밥그릇에 얹어 놓고 부드러운 속의 것을 한 숟가락 크게 덜어서 비벼 드시기 편하게 그릇에 놓아 드려야 한다.

밥상을 물리고 나면 징글맘의 틀니를 뽑아 세정제에 5분 이상 담그고 소독한 후 따뜻한 물에 씻어 다시 틀니 크림을 발라 착용시키고, 아침 혈압약과 치매약까지 드린 후에야 비로소 아침 식사가 끝났다.

아, 아직 후식이 남았다. 오늘도 후식은 달달하기 그지없는 캐러멜과 또 달콤하고 부드러운 아이스크림이지만, 이것은 빼놓을 수 없는 식사 의식 중 일부다. 그제야 비로소 한숨 돌릴 수 있게 된 나는 베란다에서 담배 일발 장전하고 5분간 꿀 같은 휴식 모드에 들어간다.

폭풍우가 치는 밤

"이 새끼야, 배고프다!"

자정을 넘긴 지도 30분이 더 지난 시간, 오늘도 어김없이 징글맘의 한밤의 퍼포먼스와 공연이 또 시작되었다.

"똥 싸겠다! 오줌 마렵다!"

이미 화장실에는 한가득 잔치판을 벌여 놓고, 바지와 속옷에는 배변 사고를 치고는 짓뭉개 놓기까지 한 상태. 징글맘은 이렇게 한밤중에 꼭 서너 시간씩 엽기적인 행동과 괴성을 질러대니 귀를 막지도 못하고 계속 반복해서 듣다 보면 제아무리 신경이 쇠심줄인 사람이라도 날카롭게 신경이 곤두설 수밖에 없다.

"배고프다고!"

"알았어요. 금방 차려 드릴 테니까, 이것부터 하고요."

물티슈와 휴지로 몸에 묻은 오물을 닦아주고 달래어 방에 눕히니 한숨이 절로 따라 나온다. 하지만 이제 시작일 뿐이다. 겨우 치우고 주스 한 잔 만들어 드린 후 눈 좀 붙이려는데, 금방 또 소리를 지르고 기괴한 노래를 불러댄다.

"목마르다! 배고프다!"

이제 겨우 새벽 4시. 한 시간 간격으로 자다 깨다 하니 머리는 깨질 것 같고 날카로운 바늘 100개가 박혀 있는 양 신경이 뾰족하게 곤두선다.

"죽어! 제발 그만 좀 하고 가버려!"

기어이 참지 못하고 폭발하고야 만다. 새벽 내내 생리 현상은 그렇다고 해도 반복적인 괴성과 엽기적인 행동은 정말 더 이상 견디기가 어려워, 결국 터지고야 만 것이다. 더 냉정하게 말하자면 지금 내 눈앞에서 괴성을 지르는 순간의 징글맘은 더 이상 어머니로서의 존경심이나 무한한 애정 대상으로서의 존엄성이 사라져버린, 살아 있는 송장과도 같다는 생각마저 든다. 그러면서도 한편에서는 내 마음의 온도가 이렇게 변해 가는 것이 너무 속이 상하고 화가 나서 또 견딜 수가 없다. 분명히 사랑하는 어머니인데, 당신을 향해 증오와 분노에 찬 말을 거침없이 내뱉는 순간에는 내 얼굴이 악귀와 닮아 있는 것 같아 거울 보기가 두렵다.

"왜! 왜 이렇게 만들어요? 이게 아닌데……."

순간 곧바로 따라오는 후회를 씹느라 터져 나오는 오열을

목구멍으로 삼켜보지만, 이미 내뱉은 말은 불붙은 화살이 되어 죄지은 내 심장을 태울 듯 뜨겁게 꽂히고야 만다. 어머니가 정신을 잃는 시간과 내가 이성을 잃는 순간이 이렇게 교차되어 만나니 이 오갈 데 없는 감정의 부스러기들을 부여안고 깊은 자괴감에 빠져든다. 징글맘에 대한 애증의 감정과 반비례하게 스스로에게 향하는 실망과 분노의 감정도 맹렬하게 타오르는 것이다. 이래저래 불면의 밤은 깊어진다.

징글맘이 치매 증상을 보이던 초기에는 대부분 맑은 정신을 유지하다가 어느 순간 짧게 정신을 놓으셨는데, 2012년부터는 중간 단계로 하루에 반 정도를 맑은 정신과 혼미한 정신이 혼재했고, 2013년부터는 혼미한 상태가 대부분을 차지하고 있다. 요새는 아기들처럼 아무 때나 잠드시는데 평균 수면 시간은 16시간 정도 된다. 깨어 있는 시간이 하루에 6~7시간 정도 되는 셈인데, 그중에서 네댓 번 10분 정도씩 맑은 정신을 되찾으신다. 나머지는 비몽사몽, 추억 또는 공상 세계의 경계 어디쯤을 헤매고 계신 것 같다.

징글맘이 깨어 있는 동안에 하시는 일은 캐러멜과 아이스크림을 먹는 것이고, 그걸 먹지 않는 시간에 하는 일은 화장실 왕복이다. 그리고 이제 화장실은 징글맘에게 새로운 용도의 공간이 되었으니 노래방이나 멀티방 정도의 신개념 공간으로 전환되었다. 일단 한번 화장실에 들어가면 변기에 앉아서 한 시간이고 두 시간이고 노래를 부르신다. 물론 제대로 된 노래는 아니다.

"변기에 가서 똥 눈다……."

'○○한다, ○○ 없다'처럼 출처도 알 수 없고 내용도 알 수 없는 징글맘 작곡·작사의 타령조 노래들만으로도 내 귀는 이미 괴롭다. 노래로만 끝나면 다행이다. 그보다 더 참기 힘든 것은 기괴한 음향 효과처럼 느껴질 만큼 괴이한 신음 소리와 귀곡성鬼哭聲이다. '으으으' 하는 소리도 내고, '아이고, 아이고' 하는 소리를 비롯해 정확하게 음절이나 단어로 묘사하기 어려울 정도로 횡설수설하신다. 그 소리가 주는 스트레스가 장난이 아니다. 입에 오물거릴 뭔가 없으면 저렇게 소리를 내고 괴성을 지르신다.

또 화장실에서 노래와 소리만 지르는 것이 아니다. 일단 화장실에 입실했다 하면 두루마리 휴지 하나는 한 번에 다 버리고 나온다. 무슨 재미있는 놀이인지 대체 가늠이 안 되지만 징글맘은 두루마리 휴지를 줄줄 풀기 시작해서 둘둘 손으로 감거나 말기도 하고, 또 뭉텅이로 끊어서 코를 풀어 아무데나 획획 던져 놓기도 하신다. 목적이 있는 행위가 아니라 그저 노래 부르고 소리 지르면서 손으로는 휴지를 다각도로 연구하고 해체하는 놀이를 하시는 것이다. 이렇다 보니 휴지 값만 한 달에 10만 원 가량 소요된다. 그런데 어머니는 두루마리 휴지는 절대 방이나 거실에서는 사용하지 않으신다. 네모난 종이상자에 들어 있는 휴지만 사용하시는 분이다. 우아한 징글맘에게 두루마리 휴지는 어울리지 않는데 소비는 왜 그렇게 많이 하시는지.

또 배변 후에 변기 레버 내리는 것을 잊어버리는 것은 양호한 정도다. 변기에 청소 도구를 넣어서 휘젓고 그걸 또 짓뭉개고 여기저기 묻혀 놓는데 이건 또 무슨 놀이인지 도통 알 수가 없다. 이런 사고만 하루에 네댓 번씩인데, 매번 황급하게 치우느라 고무장갑도 못 끼고 걸레질을 하다 보니 내 손바닥과 손가락도 엉망이다.

가끔씩 방문하는 동생들은 이런 징글맘 곁에서 한 시간도 못 견디고 일어난다.

"큰형, 요양사가 정말 밤에도 필요한 것 같아. 나는 하룻밤도 못 견디겠어."

셋째가 지난번에 하룻밤을 같이 보내고 한 말이다.

아예 모든 것을 다 잊고 대소변을 못 가리는 상태면 차라리 기저귀를 채워 드리면 될 텐데, 직접 화장실을 들락날락하고 몸에 손대는 걸 싫어하시니까 도저히 채울 수가 없다. 더욱이 어머니도 아들이 남자라는 걸 아는지 오물을 묻혀도 옷 벗는 걸 싫어하고, 그나마 요양사가 오면 '이년, 저년' 하고 욕하면서도 옷을 벗고 닦아주는 대로 가만히 계신다. 하지만 상태가 더 나빠지면서는 아들이 있어도 거리낌 없이 노출하고 가렵다고 벅벅 긁거나 소리를 지르기도 하니 난감하기 이를 데가 없다. 치매 노인들은 정신이 돌이오면 더 단아한 사세로 어진 아버지나 어머니의 모습을 보이지만, 정신이 흐려질 때는 엄청난 추태를 벌이는 극과 극을 달리는 경우가 많다.

이렇듯 매일, 매일이 내게는 영원히 끝나지 않을 것만 같은 길고 긴 밤이다. 이런 아비규환 속에서 벌써 2년이 지나다 보니, 이제 내 몸도 정상 궤도에서 벗어나고 있다. 수면 부족은 건강에도 치명적이라 머리가 어지럽고 눈이 흐릿해지고 손가락도 마비되고 이제는 복통까지 심해 징글맘보다 내가 먼저 쓰러질 수도 있겠다 싶다. 가끔은 징글맘을 멀리 보내버리고 싶기도 하고 정말 못 견디겠던 어느 날에는 번개탄을 피우고 같이 세상을 떠날 생각까지도 했을 만큼 위험한 순간도 있었다. 특히 낮에 요양사가 징글맘을 재우고 난 날은 밤에 더 심한 상태가 되는데, 그 사람도 자기가 편하고 싶어서 그런 거지만 나로서는 도움을 받고 감사했던 마음이 '도로아미타불'이 되고 만다. 그렇다고 징글맘에게 수면제를 투여하거나 팔을 묶고 입마개를 할 수도 없는 노릇이니 갈등과 번뇌만 나날이 커져 간다.

사실은, 아들 입장에서 징글맘의 상태를 이렇게 공개해도 되는지 모르겠다. 하지만 우리 사회가 점점 고령화 되어 가면서 노인 치매 환자가 더욱 증가하는 현실에서, 치매 환자와 그 가족의 실상에 대해 좀 더 직시할 필요가 있다는 점에서 고백성사 하듯 남겨본다. 삶이 소설보다 더 드라마틱 하고, 현실이 영화보다 더 스펙터클 하다는 것을 우리는 모두 알고 있지 않은가. 그러고 보면 옛말에 '벽에 똥칠할 때까지 살라'는 욕이 얼마나 나쁜 저주인지 이제야 절감하게 된다.

밤새 거센 폭풍이 지난 후 새벽에 동이 트는 것을 보고서야 징글맘도 잠드시고 나도 지쳐서 잠들었기에 늦은 오전에 일어 났다. 밤새 겪은 그 일들을 생각하면 이제 징글맘의 건강이나 영 양 같은 것은 신경도 쓰고 싶지 않지만, 그러나 다시 또 밥상을 차리고 약도 챙기는 내 모습이 신기해서 그야말로 헛웃음이 저 절로 튀어나온다. 치매도 아닌데 그 난리의 순간을 잊고 다시 징 글맘의 음식을 만들고 밥상을 차리는 내가 잘하고 있는 것인지 답이 없는 물음표만 머리 위에 둥둥 떠다니는 하루가 시작됐다.

사람이 망각의 동물이란 것이 오늘처럼 감사한 일도 없을 것 같다. 어찌 보면 참 간사한 것 같기도 하다. 물론 망각의 늪에 침 잠되어 치매로 가면 돌이키기 어렵지만, 적당한 망각이 있기에 인생을 살아갈 수 있는 것이리라. 나 역시 힘겨운 하루하루를 이 어나갈 수 있는 것 역시 새벽의 불 같은 분노와 혐오의 감정이 아침이 되면 또 애틋함이 묻은 파스텔 색채로 변해 아무런 일 없 었던 것처럼 징글맘의 밥상을 차리고 있는 것일 테니 말이다.

참 복잡한 기분이 드는 것은, 분노의 순간이 지나면 자기혐 오와 반성의 난간이 밀물처럼 다가온다. 그러면 징글맘의 밥상 에는 조금이라도 더 정성과 애틋함이 들어간다. 간밤의 악몽이 길었던 만큼 오늘의 아침 밥상은 정성을 더 듬뿍 담아 퓨전 '임금님의 타락죽'을 준비하기로 했다. 타락죽이란 원래 쌀을 물에 불려 맷돌에 갈아서 절반쯤 끓이다가 우유를 섞어서 쓴 죽이다. 타락駝酪이라는 이름은 돌궐어의 '토라크(말린 우유라는 뜻)'에서 나온 말로, 조선 시대에서는 우유 제품을 통틀어 타락이라고 불렀으며 내의원에서는 겨울철에 타락죽을 만들어 임금에게 진상했었다.

타락죽을 만들기 위해서는 우선 쌀을 깨끗이 씻어 한 시간 이상 불린 후 체에 밭쳐 물기를 제거한다. 쌀을 맷돌이나 믹서에 갈기도 하고 그냥 쌀을 불려 죽을 쓰기도 하는데, 오늘은 갈지 않고 바로 조리하는 방법을 택했다. 타락죽에 소금이나 꿀을 넣었다는 것 이외에 다른 무엇을 추가로 넣었다는 자료는 없지만 스머프할배표 타락죽에는 먹기도 좋고 영양의 균형도 생각해서 표고버섯과 당근을 잘게 썰어서 영양죽으로 변신을 시켰다. 바닥이 두꺼운 냄비에 쌀을 붓고 그 위에 표고버섯과 당근을 넣고 물도 적당히 부은 후 냄비 뚜껑을 덮고 약한 불로 15분 정도 끓인다. 여기에 버터와 치즈를 넣고는 긴 숟가락으로 눋지 않도록 저어주다가 우유를 붓고 다시 약한 불로 3분 정도 끓인다.

이렇게 완성된 타락죽은 영양도 영양이지만 치아가 부실한 사람이나 어린이 이유식으로도 적격이고, 노인들 간병식으로도 좋아 징글맘께 자주 해 드리는 음식이다. 우리 손주들 이유식도 내가 만들어주기도 하고 딸들한테 이유식 만드는 법을 알려주기도 했는데 그중에 하나가 바로 타락죽이었다.

타락죽과 함께 달걀찜도 만들고 호박볶음과 쇠고기햄국도 올려 드리는데 아들이 앉기도 전에 징글맘은 벌써 열심히 숟가락질을 하신다.

"애비야, 어느 년은 젖가슴만 크고 머리는 나쁜지 음식이 내 입맛에 하나도 안 맞아."

"엄마, 무슨 욕을 그리해요?"

"내가 잘하는데도 욕하는 거 봤어?"

징글맘의 입맛은 정말 귀신이다. 정말 매번 보면서도 신기한 것은 징글맘은 하루 24시간의 거의 대부분을 정신마저 놓고 지내지만 식사할 때는 꼭 정신이 돌아온다. 마치 스위치라도 누른 것처럼 식사할 때만은 이지理智를 차리시니 그 위대한 본능을 끼니마다 확인하게 된다.

이렇게 식사 시간에는 언제 그런 일이 있었으리라고는 상상도 못할 만큼 황제나 황후는 아닐지 몰라도 귀부인처럼 우아하게 진지를 드시니 그야말로 '반전 매력'이란 이런 것일까. 모르는 사람들은 밤새 무슨 일이 있었는지 도저히 연관 짓기 어려울 정도니 말이다. 제아무리 매서운 한겨울 추위도 뒤이어 봄은 오고, 폭풍이 아무리 거세게 몰아쳐도 지나간 후에는 고요가 밀려오기 마련이다. 어쩌면 오늘 밤에도 폭풍 속으로 노를 저어 들어갈지 모르지만 지금 이 순간만큼은 고요한 평화를 만끽해야겠다.

단 하룻밤이라도

얼마 전 해외 뉴스에서 일본 사이타마 현과 군마 현 경계의 강에서 74세의 남성과 81세의 여성이 시체로 발견됐다는 소식을 보도했다. 강변에서 발견된 47세의 용의자는 경찰 조사에서 "치매를 앓는 어머니의 간병에 지쳤다. 저금도, 연금도 없다. 아버지가 '다 함께 죽자'고 해서 세 가족이 차를 타고 강으로 들어갔다."고 말해 일본 사회에 큰 충격을 주었다고 한다. 치매 환자의 가족들이 얼마나 큰 고통 속에 살고 있는가를 보여주는 단적인 사례다.

이외에도 간병에 지친 가족이 환자를 살해하는 '간병 살인'은 이미 일본에서만도 여러 차례 발생한 바 있다. 일본 〈마이니치신문〉에서 소개한 통계에 따르면 2007~2017년까지 간병 중 살인 및 살인미수 사건이 371건 일어났는데, 이는 일주일에 한 번꼴이라고 한다. 특이한 점은 '간병 살인 44건 중 20건이 가해자가 불면증으로 심신이 지친 끝에 범행을 저지른 것'으로 나타났다.

치매 환자는 기억과 이해의 장애로 생각이 멈추고 같은 언동을 되풀이 하는데, 감정적인 불안정함 때문에 옆에서 제어하기도 곤란한 경우가 대부분이다. 더구나 노인성 치매 환자의 대부분은 녹내장 현상을 동반해 보이는 것 자체가 희미해지니 그 발작 현상이 더 악화된다. 특히 낮과 밤도 구별하지 못하고 원초적인 욕구와 행태를 보이며 신체 노출도 거리낌 없는 경우가 많고, 시도 때도 없이 원하는 것을 요구하고 반복적인 괴성과 통제가 되지 않는 행동 때문에 간병하는 사람은 심각한 수면 부족 상태와 정신적으로 체력적으로 스트레스 상황이 된다. 특히 간병 살인이나 동반 자살을 택하는 가장 큰 원인 중 하나로 수면 부족이 꼽힐 정도로 간병인들은 위기의 상황에 처하게 되기 쉽다. 순간 잘못 생각하면 간병하는 가족이 수면제를 복용하는 경우가 발생하기 때문이다. 이 같은 환경으로 인해 간병을 맡은 가족들에게 우울증이나 적응 장애도 많이 나타난다고 한다.

환자를 통제하기 힘든 상황 앞에서 요양원이나 시설에서는 전문가가 객관적인 입장에서 냉철하게 대처하지만, 가족이 간병을 하는 경우는 감정에 휘말리면서 겪는 고통과 그로 인한 상처와 피해가 매우 크다. 이 같은 문제들을 볼 때 개인적으로는 치매 환자의 경우 상황을 냉정하게 직시하여 시설로 모시는 것이 현실적인 선택이라고 생각한다. 나의 경우처럼 처음에 자식이 부모의 간병인이 되었을 경우에는 간병하면서 겪는 갈등과 고통이 매우 큰데도 도중에 포기하기는 정말 어렵다. 따라서 충분히 책임지고 감당할 수 있는지 잘 판단해서 환자에게도 보호자에게도 최선인 선택을 해야 한다.

문제는, 시설에 모시고 싶어도 우리나라에서는 치매 환자의 등급 판정을 받는 것이 무척 힘들다. 등급 판정을 받지 못한 경우에는 비용 부담이 크기 때문에 환자 가족들이 엄두를 내기 어려운 경우가 많다. 물론 여러 가지 이유가 있겠지만 무엇보다도 정부의 복지 정책이나 그 눈높이가 문제라고 본다. 평균수명 100세를 바라보는 시대지만 대부분의 노인들은 늘어난 평균수명에 비해 경제활동은 어렵고, 몸은 여기저기 성한 곳이 없고, 인지능력이 떨어져 보호를 받아야 한다. 그런데 우리나라의 현행법으로는 그 혜택을 받는 것이 매우 어렵다. 나도 이제 칠십을 바라보는 입장에서 어쩔 수 없이 노년층의 자살과 존엄사에 대해서도 한번쯤 생각하게 될 정도니, 우리 사회의 현실이 노인들은 물론 가족들에게도 암울하게 느껴질 수밖에 없는 노릇이다.

나는 경북 영주에 위치한 노인요양기관 '이당원'의 고문으로서 평소 노인 환자들의 문제에 대해 어느 정도 안다고 생각했었다. 그러나 막상 치매에 걸린 어머니와 강산이 변할 만큼의 시간을 지내다 보니 가장으로서의 역할 상실과 사회적 고립감을 비롯해 과거에 대한 회한까지 밀려올 때면 마치 죽음을 앞둔 듯 두려움과 인생의 허무감에 휩싸일 때가 종종 있다. 날이 갈수록 청둥오리가 날개를 다쳐 집오리가 되어 징글맘 옆에서 이렇게 지내는 것 같아 비애를 느끼고, 점점 여기저기 아프기 시작하는 건강 때문에도 더욱 슬프기만 하다.

솔직히 이제는 하루하루가 지옥처럼 느껴진다. 배설 문제는 아기라고 생각하면서 어느 정도 감당할 수 있지만 새벽 2~4시에 한 시간 간격으로 자다 깨다 하면 신경이 바짝 곤두서고 나처럼 느긋하던 사람도 건드리기만 하면 터질 것처럼 날카롭게 되어 버린다. 여기에 단순 욕구를 담아 반복적으로 내뱉는 '배고프다', '똥 마렵다', '목마르다' 등 단음절들의 행진은 지옥으로 인도하는 피리 소리처럼 들린다.

요새는 수면제를 보는 것도 두렵다. 자칫 한순간의 유혹에 빠져 돌이킬 수 없는 강을 건너고 말 것 같아 덜컥 겁이 난다. 그래서 우울하다고 느낄 때면 다른 돌파구를 찾고 있다. 나의 경우는 주로 블로그에 글을 쓰고 노래를 부르거나 지칠 때까지 운동을 하며 스트레스를 해소하려고 애쓴다. 다행히 워낙 낙천적인 성격이라 지금까지 견디고 있는 것이겠지만, 수면 부족은 물론 적응 장애와 심신미약 상태로의 경계를 아슬아슬하게 넘나들고 있는 것도 같다. 그 일례가 바로 작년에 수면 부족으로 몸을 가누기 어려운 상태에서 일이났던 사선거 전복 사고다.

이런 상황 속에서 지내다 보니 지난번에 보건복지부에서 치매 환자를 돌보는 가족들에게 6일간 여행 바우처 사업을 추진한다고 했을 때는 어디 먼 나라 이야기인가 싶었다. 평일에 방문하는 간병 도우미 서비스도 예산을 이유로 요양보호사의 방문 시간이 줄었는데, 정말 환자 가족들에게 필요한 것이 무엇인지 깊이 고민해봤으면 좋겠다는 답답한 마음이 들었다. 사실 나의 지금 소원은 하룻밤이라도 원 없이 잠을 푹 자는 것이다. 한 달에 하루라도 가족들 대신 요양보호사가 24시간 도우미 활동을 해주는 것이 더 간절한 소망이다. 환자와 가족을 위해 정말 가능한 일을 한 가지라도 제대로 해주었으면 하는 바람이다.

밤새 징글맘과 씨름했던 후유증으로 종일 몽롱한 상태인데다 몸도 마음도 진이 빠져 있는 오늘 같은 날은 정말 손가락 하나도 꼼짝하고 싶지 않다. 하지만 징글맘이 '배고파' 노래를 또 부르시기 전에 식사 준비를 해야 하니 억지로 몸을 일으켜 세운다. 멍한 정신 탓에 냉장고를 열고도 한참을 바라만 보고 있다가 겨우 손을 뻗어 야채와 햄을 꺼냈다. 징글맘 특별식으로 개발한 노인 영양식 '야채햄스튜'를 만들기 위해서다. 혹시 스튜와 수프를 구별하기가 좀 어렵다면 이렇게 생각하면 된다. 수프는 일본의 미소시루(みそしる, 맑은 된장국) 같고, 스튜는 우리의 된장찌개에 가깝다.

내가 개발한 야채햄스튜는 펜네(Penne, 원통형으로 된 파스타)

를 이용하는 것이 포인트다. 우선 펜네를 끓이고 체에 밭쳐 물을 빼는데 여기서 중요한 것은 찬물로 헹구지 말고 식용유를 부어 엉키지 않게 하는 것이다. 구순의 징글맘을 위한 요리이므로 끓일 때도 펜네를 푹 삶고 가위로 잘게 썰어야 드시기에 좋다. 다음으로는 양배추와 표고버섯을 잘게 썰어 양파와 함께 담고, 쇠고기 대신에 치아가 부실한 노인들이 씹기 좋은 햄을 잘게 썰어 준비한다. 재료 준비가 끝났으면, 먼저 궁중팬에 물을 약간 부운 상태에서 양배추를 먼저 끓이다가 어느 정도 익으면 버터를 넣는다. 표고버섯과 양파를 넣고 잠시 센 불로 1분 정도 더 끓이다가 슬라이스 치즈 한 장을 얹어 비비면서 볶아야 한다. 펜네와 햄을 넣고 중간 불로 다시 볶다가 적포도주를 첨가한다. 마지막으로 토마토소스를 넣으면 된다. 이때 불 조절이 중요한데 1분 정도는 센 불로 하고 다시 약한 불로 2분 정도 비비면 오늘의 야채햄스튜 완성이다.

스머프할배식 이 변형 야채햄스튜는 우리 표현으로 하면 탕이나 죽이 더 적합하지만 좀 더 애정이 담긴 만큼 노인을 위한 종합 영양식으로 생각하는 게 좋겠다. 전에는 징글맘께도 식감이 쫄깃한 비프스튜를 더 많이 해 드렸지만, 치아 상태가 안 좋아지면서 최근에는 야채햄스튜를 해 드리는 횟수가 더 많아졌다. 이렇게 없는 기운까지 내어서 든든한 점심상을 차려낸 스스로를 격려하며 징글맘과 식탁에 마주 앉았다. 그런데 기껏 준비한 여러 가지 반찬을 다 놔두고 징글맘의 직구가 날아온다.

"애비야, 김과 참기름을 다고. 먹을 것이 없어서 못 먹겠다."

어이가 없어 빈 젓가락을 입에 문 채 헛숨을 내쉬다가, 김과 참기름을 대령할 수밖에 없지. 그러고 보니 결자해지結者解之라 하지 않았던가. 처음부터 시설로 모셨으면 몰라도 지금 단계에서 포기할 수는 없는 노릇이지. 어머니를 모시기로 한 것도 내가 시작한 일이니 결국 내가 그 묶인 매듭을 풀어야겠다고 혼자 곱씹는다. 여기서 멈출 수는 없으니 그 끝이 어디일지 모르나 힘을 내서 가보자고 스스로를 북돋워본다.

보내든지, 떠나든지

새해가 밝은 지도 벌써 한 달이 되어 간다. 이즈음이면 한번씩 떠오르는 기억이 있다. 어린 시절에 방학 때면 동생들을 데리고 이모 댁이 있는 제주도에 가서 지냈었는데, 당시 어린 눈에도 참 신기한 풍속이 있었다. 제주도에서는 묵은해의 마지막 절기인 대한大寒 후 5일째부터 새해의 첫 절기인 입춘立春 3일 전까지, 그러니까 1월 25일에서 2월 1일까지 일주일 동안을 사람이 사는 지상에 하늘의 신들이 없는 때라고 보았으며 이 기간을 '신구간新舊間'이라고 한다.

제주도 사람들은 신구간에 이사나 집수리를 하면 '동티'가 나지 않는다고 믿고 있다. 동티는 재앙을 의미하는데 한자로는 동토動土라고 표기한다. 그래서 신구간 내 이사나 집수리를 많이 한다. 신혼부부의 분가도 주로 이때 이루어진다. 또한 가을 추수를 마치고 보리 파종이 끝난 겨울철인 12월부터 이듬해 2월 사이에 주로 결혼식을 한다. 그 이유가 참 재미있는데, 겨울에 혼인을 해서 짧은 기간을 살다가 신구간에 분가하므로 부모와 지내는 기간이 짧아 고부간 마찰을 일으킬 일이 별로 없기 때문이란다.

잊고 있었던 제주도의 풍속이 문득 떠오른 이유는, 아마도 다가오는 신구간에 나도 제주도 사람들처럼 징글맘을 떠나고 싶다는 심정 때문일 것이다. 그동안의 시간을 따져보면 한 해, 한 해 힘들지 않은 해가 없었다. 특히 최근 3년은 나라는 사람의 한계를 시험하는 시기였던 것 같다. 솔직히 지난 8년보다 요사이의 하루하루가 정말 숨쉬기 곤란할 정도로 힘겹다. 목구멍까지 차오른 절망과 시름의 진액이 한줄기 호흡조차 들이쉬고 내쉬기 힘들게 가로막고 있는 것만 같아 나도 모르게 주먹으로 가슴을 두드릴 때도 있다.

요사이 가장 큰 난제는 어머니의 생리 현상으로 나타나는 배설물을 처리하는 것이다. 똥보다 더 냄새가 심하고 역한 것이 구토와 피가 묻은 속옷을 세탁하는 것이다. 아무리 세탁기가 있다고 하여도 어느 정도 손빨래로 초벌 빨래를 해야 한다. 차라리 화장실에서 사고가 터진 경우는 물청소를 할 수 있지만 방이나 거실에서 발생한 경우는 정말 '초난감 사태'라 얼굴부터 절로 구겨지게 된다. 더구나 어머니도 여자이기 때문에 정신이 혼미해도 몸을 사리므로 씻기고 닦아주는 일은 더더욱 난감하기만 하다. 사고를 낸 어머니도 곤란한 일이지만 중늙은이인 나도 정말 곤란하다 보니 뒷수습을 하는 내내 한숨을 폭폭 내뱉는다.

이런 일이야 생리 현상이니 어쩔 도리가 없지만, 나를 하루하루 정말 고통스럽게 하는 것은 바로 징글맘의 깊은 밤 잠 못 이루도록 열리는 라이브 공연이다. 정상적인 사람에게 가장 무서운 고문이 바로 잠을 못 자게 하는 것이다. 지난 3년간 하루 5시간 이상 수면을 취한 경우가 손가락으로 헤아릴 정도다. 비몽사몽한 채로 징글맘의 '버라이어티 진상 쇼'를 홀로 지켜보노라면 "여기가 지옥이지, 지옥이야."라는 소리가 마치 내 것이 아닌 양 튀어나온다. 그것도 쪽잠으로 자다 깨다를 반복하며 시달리니 그저 하루만이라도 잠만 원 없이 실컷 잤으면 좋겠고, 신구간 동안만이라도 징글맘을 저 멀리 마라도로 보내고 싶다는 생각마저 든다.

어제도 밤늦게 설거지와 빨래를 마치고 겨우 잠들었는데 새벽 1시 50분부터 어머니의 한밤의 기이한 공연이 시작되었다. 귀곡성에 가까운 공연은 나 혼자로 족하지, 이웃들의 잠까지 방해할까 싶어 얼른 캐러멜과 과일즙을 차례로 드리고, 결국은 오전 5시 30분쯤 밥상을 차려야 했다.

"세상은 잠이 들어 고요힌 이 밤, 나만이 소리치며 울 줄이야……."

밥상을 차리며 노래인지 한탄인지가 내 입에서도 저절로 흘러나온다.

"몇 날 며칠을 굶겨 에미의 등짝이 허리에 붙었다!"

잠도 못 자서 멍한 상태인 스머프할배에게 징글맘의 직격탄이 또 떨어진다. 매일 삼시 세끼를 꼬박꼬박 차려 드리는데도 돌아서면 모두 까맣게 잊어버리는 어머니는 아침부터 불만 가득한 욕폭탄을 투하하시니 '허, 참' 소리만 한숨처럼 내뱉을 수밖에.

"애비야, 너는 아직 메밀묵도 못 만드니?"

게다가 오늘 아침에는 메밀묵이 떨어져 못 올려 드렸더니 묵이 없다고 난리였다. 그래서 아침부터 또 욕대학 총장님의 훈시를 바가지로 먹어야 했다.

하는 수 없이 아침상을 물리자마자 바로 메밀가루로 묵을 쑤기 시작했다. 먼저 메밀가루를 계량컵 200밀리리터 눈금에 맞추어 계량하고, 물은 메밀가루의 네 배 분량을 준비한다. 그러고 보면 징글맘 수발뿐만 아니라 메밀묵을 쑤는 것도 '참을 인忍' 자를 열 번은 써야 한다. 세상을 사는 게 다 그렇다. 이렇게 궁중 팬에서 끓이면서 바로 저어주어야 뭉치지를 않으니 불 앞에서 얼굴이 익을 정도로 뜨겁고 아무리 팔이 아파도 꾹 참고 저어야만 한다. 묵의 농도가 걸쭉해지면 색깔이 변하는데 절대로 젓는 것을 멈추면 안 된다. 정말 15분간은 도를 닦듯 수양하며 저어야 한다. 약한 불로 계속 한 방향으로 저으면 엉키지도 않고 걸쭉해지는데 잠시 딴생각을 하다가는 메밀묵이 아닌 누룽지가 되고 마니 정신도 바짝 차려야 한다. 중간에 소금을 약간 뿌리고, 농도가 걸쭉해지면 색깔이 불투명 흰색으로 변한다. 젓는 것을 멈추지 않고 약한 불로 계속 젓는다. 드디어 걸쭉해지면서 말랑말랑한 상태로 완성된 묵은 용기에 부어 상온에서 한 시간 정도 식히는데, 이때 용기에는 미리 기름칠을 해두는 것이 나중에 묵을 분리하기 좋다. 완전히 식은 묵 위에 찬물을 살짝 부은 후 다시 냉장고에 넣어 두 시간 이상 굳혀야 한다.

여기서 또 마음을 비워야 하는 것이, 아무리 급해도 빨리 꺼내면 묵이 망가지므로 충분히 굳을 때까지 기다려야 한다. 특히 메밀묵은 도토리묵이나 청포묵과 달리 묵을 쑤어도 물러서 만들기가 더 어렵고, 잘못 만들면 칼로 썰기도 어렵다. 그러고 보면 메밀묵 하나도 제대로 만들기가 힘이 드니 세상에 쉬운 일이란 없는 것 같다. 이렇게 번거롭고 힘든 걸 내가 먹으려고 만든다면 1년에 한두 번도 만들까 말까 하겠지만, 징글맘이 좋아하시니 어쩔 수 없이 이틀에 한 번씩은 메밀묵과 씨름을 하고 있다. 이대로 조금 더 숙련되면 아마도 메밀묵 도사가 되고도 남을 것 같다.

징글맘이 좋아하시는 메밀묵무침은 묵을 썰어서 간장과 참기름으로 무치고 김과 대파를 썰어 뿌리고 참깨도 없으면 정말 일품이다. 이렇게 메밀묵을 매끼마다 드시는데 섬유질과 탄수화물 공급에 최적격이니, 징글맘과 같은 노인들에게는 도토리묵과 청포묵보다 부드러운 메밀묵이 드시기에 더 좋은 것 같다.

새로 만든 메밀묵 한 그릇을 깨끗이 비우신 징글맘을 보면서 다시 한 번 '신구간만이라도 어딘가로 떠났으면 좋겠다'는 생각을 하다가 문득 어젯밤 꿈이 떠올라 화들짝 놀랐다. 꿈속에서 이모가 내게 하신 말씀이 갑자기 떠오른 것이다.

'간세 말고 요망진 체 마라!'

제주도 말로 '게으르지 말고 꾀부리며 잘난 척하지 마라'는 뜻인데, 이렇게 흔들리는 내 마음이 멀리 계시는 이모께도 전해진 걸까. 비록 꿈속이었지만 이모의 호된 꾸지람에 정신이 퍼뜩 드는 것 같다.

그래, 아직 징글맘은 왕성한 식욕을 채우셔야 하고 내가 쑤어야 할 메밀묵도 한참 남아 있지 않은가. 이제껏 성심을 다해 저어 온 시간이 한순간에 누룽지가 되어버리지 않도록 정신을 더 바짝 차려야겠다.

'넵! 이모, 꾀부리지 않겠습니다!'

홀가분한 이별

"아, 이걸 또 언제 빼셨대?"

오늘도 전기밥솥이며 냉장고의 코드가 빠져 있다. 오후 내내 잠깐 눈도 못 붙였는데 언제 뺐는지 귀신이 곡할 노릇이다. 이럴 때만 행동이 빠르신 걸까. 치매 환자들은 이상하게 집 안의 코드를 다 빼고 다닌다. 징글맘뿐만 아니라 주변에서도 그런 이야기가 들려오는데 무슨 이유인지 알 수가 없다. 덕분에 냉장고에 보관한 코다리찜과 가지무침은 맛이 이상해져서 다 버려야 했다.

징글맘의 이상 행동은 화장실 편이 가장 압권인데, 배변을 보고 청소 도구로 휘저어 놓는 것뿐만이 아니다. 왜 하필 아들의 칫솔로 변기에 묻은 대변을 치우는 건지! 그걸 발견하고 경악했던 순간은 아직도 잊을 수가 없다. 그 대책 없는 깔끔함에 한동안 새 칫솔을 사용하면서도 양치질할 때면 속이 뒤집어질 정도였다. 요새는 내 칫솔을 징글맘 손이 닿지 않는 높은 곳에 감춰 두고 있다.

영원히 끝나지 않을 도돌이표처럼 거의 매일 새벽 1시부터 새로운 하루를 시작하는 징글맘은 이제 낮과 밤의 시간 개념도 없다. 덩달아 나의 하루도 시작이니 밤잠을 못 자는 것이나 배변 사고로 인한 세탁 문제는 일상으로 굳어져서 일일이 다 말하자면 입이 아플 지경이다. 동생들은 하룻밤도 견디기 힘들다는 그 일을 몇 년째 거의 매일 겪고 있는 나의 정신력은 이미 너덜너덜해졌고, 이 고행을 알아주거나 나눌 사람도 없다는 고독감 또한 나를 힘들게 한다.

이번에도 거의 한 달을 혼자 끙끙 앓으면서도 누구의 도움도 받지 못한 채 기나긴 밤 내내 소야곡小夜曲도 아닌 괴성의 아리아를 듣다 보니 어느 날인가는 저절로 내 입에서도 답가처럼 흘러나온 노래가 있다.

"목숨보다 더 귀한 사랑이건만 창살 없는 감옥인가 만날 길 없네……."

새벽부터 박재란의 〈님〉(영화 〈창살 없는 감옥〉의 주제곡)을 부르고 있다 보니 정말 내 자신이 출구도 없는 공간에 갇힌 수인이 된 듯 퍽퍽함마저 느껴져 동도 트지 않아 캄캄한 창밖만 하염없이 바라보았다.

정말 이렇게 1년 365일을 보내면서도 아직까지 제정신을 놓치지 않고 수년간을 견딘 것은 나름 고행을 통한 득도得道의 결과겠지. 새벽녘에 느꼈던 답답함을 해소하고 싶었던지 오늘도 그냥 자전거 페달을 밟고 아무 생각도 하지 않고 무념무상의 상태로 40분 만에 부천 도당산의 벚꽃동산 입구까지 달렸다. 거기서 다시 젊은 사람들도 힘들어하는 고갯길을 10분 정도 더 올랐지만, 내가 무슨 청춘이고 정복할 산이 남았다고 악을 쓰고 오르겠나 싶었다. 이만큼 한 것만으로도 충분하다고 스스로를 대견해하며, 아직 벚꽃이 만개하지 않은 주변을 휘 둘러보는 것으로 만족하고 주저앉아 숨을 돌렸다. 내일은 원미산 진달래동산으로 가야겠다고 동선을 생각하며 잠시 쉬다가 다시 일어났다.

집으로 돌아가기 전에 징글맘의 비상식량인 복숭아 캔을 사기 위해 재래시장을 향해 페달을 밟았다. 징글맘과 살면서 짠돌이가 다 된 스머프할배는 복숭아 캔 하나를 살 때도 싼 곳을 찾아내어 거리가 좀 떨어진 곳인데도 일부러 찾아가 열 통이나 배낭에 챙겼다. 집 근처에서는 한 통이 2300~2600원인데 여기는 1300원이니 좀 멀어도 비용을 아낄 수 있어 찾아갈 수밖에 없다.

또 부지런히 달려 집에 들어오자마자 사과 반 개와 복숭아 캔 반 그리고 우유를 함께 믹서로 갈아서 징글맘께 드렸다. 밖에서 꿀 같은 여유를 누린 것이 언제였나 싶게 집에 돌아오면 숨돌릴 틈도 없이 할 일들이 나를 기다리고 있다. 결국 지난밤에도 혼자 통증을 참으며 날밤을 세웠던 터라 몸 상태는 어제보다 더 안 좋다. 그래도 징글맘의 요구대로 물김치도 새로 담고 도라지도 볶고 된장국도 끓이느라 분주한 오후를 보냈다. 징글맘은 입맛만 동해서 이것저것 요구할 뿐, 실제로는 드시지도 못하니 기껏 만든 음식들이 죄다 쓸모없어지고 만다.

"나쁜 시키, 에미가 먹지 못하게 질기게 볶았어!"

오늘도 드실 수도 없을 도라지볶음을 해 달라고 계속 조르는 통에 하는 수 없이 프라이팬에 볶아 부드럽게 요리해 드렸지만, 씹을 수가 없으니 한 젓가락 입에 넣자마자 욕부터 내뱉으신다. 정말 내내 부글부글 끓고 있던 용암이 한계점을 넘으면서 '펑!' 하고 화산이 폭발하는 심정이었지. 하지만 어쩌겠는가. 백지처럼 하얀 징글맘을 향해 시커먼 화산재를 날릴 수도 없는 일. 하는 수 없이 다시 달걀노른자를 분리기로 받아 된장국에 넣어 드리면서 징글맘을 달래려니 내 속만 저 혼자 화르르 타올랐다 모닥불처럼 사그라지느라 자글자글 시끄러웠다.

하지만 전혀 아랑곳없이 징글맘은 지금도 옆에서 먹을 것만 찾으신다. 도대체 나는 어찌하면 좋을까? 어차피 조금 있으면 또 뭔가 내놓으라며 닦달하실 테니, 징글맘의 성화도 해결할 겸 평소 채소를 싫어하는 징글맘을 위한 '편식 노인용 종합 영양죽'을 만들어 놔야겠다 싶어 자리에서 일어났다. 치아가 부실한 노인들은 채소를 섭취하기 힘들고 질긴 것을 잘 씹지 못하니 연

하고 단 음식만 편식하는 경우가 많다. 그러다 보니 영양의 불균형으로 인해 피부병과 비타민 결핍증 때문에 고생하는데 징글맘이 딱 이런 모습이다. 그래서 이런 증상들을 예방하기 위해 종합 영양식을 만들어 드린다.

단백질과 그 외의 영양소를 고루 섭취시키기 위해서는 먼저 식재료의 선택이 중요하다. 재료로 갈은 돼지고기 300그램, 두부 300그램, 감자 1개, 양파 1개, 당근 약간, 오이고추 3개, 다진 마늘 약간, 달걀 2개 그리고 약간의 소금을 준비한다. 우선 믹서로 감자, 양파, 당근과 오이고추를 각각 갈고 다진 마늘까지 한꺼번에 섞는다. 이것만으로도 비타민C 하나는 어느 정도 보충할 수 있지 않을까? 두부를 으깨어 갈은 돼지고기와 섞고 소금을 약간 첨가해 잘 섞이도록 비빈다. 그리고 프라이팬에 갈아 놓은 채소와 두부, 돼지고기 섞은 것을 합쳐서 물과 식용유를 넣고 센 불에 볶는다. 바닥에 붙지 않게 주걱으로 열심히 휘저으며 10분 정도 끓인 후 풀어 놓은 달걀을 붓고 약한 불로 5분 정도 끓이며 젓는다.

자, 이렇게 완성된 종합 영양죽! 딱히 다른 이름도 필요 없는 이 영양죽은 한 끼의 식사로도 충분한 칼로리가 보장된다고 자부하는 스머프할배표 건강식이다. 특히 징글맘은 육식을 좋아하는 터라 두부와 콩나물을 아예 입에도 안 대시는데, 이 요리는 두부가 들어간 줄도 모르고 매끼마다 한 보시기를 밥에 붓고 맛있게 드시니 스머프할배는 취사병으로 성공했다고 큰소리쳐도 되지 않을까.

창밖을 보다가 문득 4년 전 일이 떠올랐다. 2012년 4월, 징글맘을 여동생에게 맡기고 장례식장으로 출발하였다. 그날은 개나리와 진달래가 화사하게 피었고 내 귓전에는 비발디의 〈사계〉 중에서 '봄'이 들려오던 눈부신 봄날이었다. 세상을 떠난 거래처 임원의 부인은 15년간 루게릭 병으로 고생하다 가셨으니, 돌아가신 분도 그렇지만 남편 역시 고생이 오죽했을까? 루게릭 병은 '근위축성측삭경화증'이라고 부르는데 증상은 서서히 진행되는 사지의 위약 및 위축으로 시작한다. 일단 병이 진행되면 결국 호흡근 마비로 수년 내 사망에 이르는 치명적인 질환이다. 고인을 떠나보낸 그는 30대 후반부터 두 아이를 키우면서 병원에서 살다시피 했으니 그의 삶도 참으로 기가 막힐 것 같았다. 그날 그는 부인을 떠나보내면서 "이제는 홀가분해요."라고 했다. 그 모습이 시리도록 인상적이었다.

장례식장에서 돌아오며 전에 읽었던 데이비드 토머스머와 토머신 쿠시너가 엮은 《탄생에서 죽음까지Birth to Death》에 실린 피터 애드미럴 박사의 '과학 이론 안락사와 조력 자살'이란 글도 떠올랐다. 다른 구명 수단도 소용없이 환자만 고통을 겪고 보호자인 가족들이 경제적으로 부담을 겪는 문제 등에서 어쩌면 환자에게 '자비사慈悲死'를 허락해야 한다는 내용이었다. 우리나라에서도 이제 불치병 환자의 죽음에 대해 생각해야 할 때가 왔다고 느꼈는데, 그때나 지금이나 여전히 답은 없어 보인다.

어쨌든 태어나는 순간부터 점점 좁아지는 생과 사의 경계선을 밟으며 걸어가는 인생에서 어느 누구도 죽음을 두 팔 벌려 환영할 수는 없겠지만, 굳이 잔뜩 경계하며 금기시할 필요도 없지 않은가 싶다. 인간사는 만났다가 헤어지는 순리대로 흘러가는 것이고, 떠나고 싶다고 뜻대로 되는 것도 아닌 인명재천人命在天이니 말이다. 그저 죽는 날까지 겸허한 자세로 살면서 내가 묶었던 매듭이나마 다 풀고 가기 위해 노력하는 것이 최선의 자세가 아닐까. 다만 소망이 있다면, 이제 나도 어느 순간 어디에서 멈출지 모르지만 남은 이들에게 어려움과 고통을 남겨주지 않고 가벼운 마음으로 편히 갔으면 한다.

잠을 못 자서 몽롱한 탓일까. 캄캄한 창밖에서 들려오는 환청처럼 루게릭 병으로 아내를 떠나보낸 그가 들려주었던 마지막 말이 귓가에 맴돈다.

'이제 홀가분하다.'

어쩌면 그의 마지막 말은, 더 이상 아쉬움도 미안함도 남기지 않을 수 있을 만큼 정말 최선을 다했기에 할 수 있는 말이 아니었을까. 4년간 흘린 땀과 노력을 모두 경기에 쏟아낸 운동선수가 올림픽에서 금메달을 따지 못했어도 최선을 다했으니 아쉽지 않다고 말하는 모습이 너무도 당당하고 아름답게 보이는 것처럼 말이다. 그러니 나도 매일 오늘이 마지막일지도 모른다

는 생각으로 한 가닥의 아쉬움이나 회한도 남기지 않도록 매순
간 최선의 최선을 다해 징글맘을 보필해야겠다고 다시 한 번 마
음을 단단히 다져본다.

걱정 말아요

요즘 계속 흔들리던 왼쪽 아래 송곳니가 결국 엊저녁에 빠지고 말았다. 징글맘과 함께 살기 시작한 이후 이번이 아홉 번째로 빠진 치아다. 이제 남은 것은 위아래 합쳐서 총 14개. 하지만 그마저도 흔들리는 것들이 많은데 임플란트조차 힘든 상태니 병원에서는 전체 틀니를 하라고 권유할 정도다. 허참, 여자들은 나이 들면서 머리카락만 빠져도 젊음을 다 잃어버린 양 아까워하던데 나는 숫자도 훨씬 적은 치아가 줄줄이 빠지는 상태니 쓰리고 아픈 속이 꼭 위장병 때문만은 아닐 터이다.

이처럼 징글맘의 올나이트all-night 공연으로 인한 후유증은 파도가 밀려간 후 드러나는 갯벌의 잔해들처럼 한계에 부딪친 정신 건강과 더불어 몸에서 발견되는 이상 증세들로 적나라하게 드러나고 있다. 그중에서도 심한 스트레스로 인해 치아가 빠지기 시작한 것이 큰 충격이었고, 그로 인해 제대로 음식을 씹지 못하고 삼키니 소화불량으로 이어져 도미노처럼 연쇄적으로 다른 장기들까지 망가지기 시작한 것이다. 게다가 매일 기괴한 한밤의 난장 때문에 깨어나 담배를 피워대고, 힘들 때마다 한잔씩 홀짝홀짝 들이마신 독주로 인한 줄줄이 사탕 같은 증세들은 악순환의 연속이다. 특히 새벽에 느끼는 메스꺼움과 어지럼증을 동반한 복통은 하루하루 더 심해지고 있으나 그 고통을 표현할 방법이 없다.

이뿐만이 아니다. 징글맘의 밥상은 매번 영양과 맛과 흡수하기 좋은 정도까지 하나하나 따져서 차려 내면서도 내가 먹는 삼시 세끼는 대충대충 때우는 식이니 위를 비롯해 내과적인 여러 질환이 발생하고 말았다. 그나마 시간이 생기면 해방감을 만끽하느라 무리하게 자전거 주행과 근력 운동을 했던 까닭에 관절과 근육에도 문제가 생겼으니, 아무래도 지나치게 스스로를 과신했던가 보다. 건강 문제에 대한 나의 인식이나 받아들이는 자세가 그동안 너무 안일했던 것도 원인이 되었다. 한 해가 다르게 머리는 억새밭으로 변하고 이가 빠진 얼굴은 늙은 영감의 몰골로 변했으니, 온몸이 시나브로 꺼져 가는 촛불 같아 마음도 하릴없이 심란하기만 하다. 당면한 가장 큰 문제는 급격하게 건강이 나빠지고 있는 것이다. 웅장한 건축물도 아주 자은 균열로

붕괴되는 것처럼 인간의 건강도 아주 작은 일로 시작해 연쇄적으로 망가지는 것 같다.

"다니던 서울의 대학병원을 가기 힘들면 부천에 있는 병원이라도 가서 며칠 입원하세요."

2년 전, 지금 다니는 동네 병원의 의사가 내게 큰 병원에 가 보라고 권유했었다.

"어르신도 참 신기해요. 아마 자전거라도 타니 버티시는 것 같아요. 그래도 올해는 꼭 건강검진을 받으세요."

이번에도 의사는 이나마 유지하는 것도 다행이긴 하지만 종합검진을 세밀하게 받아야 한다며 내 걱정을 했다. 나 역시 내 건강이 위험하다는 것을 알면서도 징글맘 옆을 비우기 어려우니 난감한 일이다. 한두 곳이 아니라 몸 전반적으로 삐거덕거리며 한 달 동안이나 최악의 상태가 계속되면서 약을 먹고 검사도 수차례 하게 됐는데, 결국 총체적으로 건강 붕괴 위기라는 경고를 받을 정도로 꽤나 심각한 상태에 직면하고 말았다.

'이 징그러운 할망구, 영감 잡아먹고 아들도 잡아먹고 가라!'

말이 씨가 된다고 하지 않던가. 그동안 하도 힘들다 보니 죽고 싶은 마음까지 들 때도 여러 번 있었는데, 그럴 때면 나도 모르게 돋아난 독기를 삭이지 못한 채 이렇게 지껄인 말이 결국 부메랑으로 돌아온 것 같다.

치매는 신체적 이상이나 통증이 있는 것도 아니고 그렇다고 급격하게 죽음에 이르는 질병도 아니다. 그러나 감정적인 장애를 수반한 불안정함으로 옆에서 제어하기도 곤란하기에 간병하는 사람이 먼저 지치거나 심한 스트레스로 정신적 또는 내과적 질환도 발병한다. 내가 바로 그런 케이스가 될 줄은 몰랐지만, 어쨌든 내 신체가 버틸 수 있는 극한 상황까지 몰린 지금의 상태에서 과연 앞으로 어떻게 해야 할지 고민이 커지고 있다.

어쩌면 징글맘의 문제를 내가 너무 안이하게 판단하고 지금까지 온 것일까. 솔직히 이제는 내가 왜 삼시 세끼를 온갖 정성으로 차려 드리며 이렇게 고생하는지도 잘 모르겠고, 징글맘의 문제를 여기서 그만 끝냈으면 좋겠다는 마음까지 든다. 정신력으로 버티는 것도 한계에 도달한 것 같아 두렵고, 이제껏 할 만큼 했으니 더 이상은 못하겠다는 자포자기 심정이 걷잡을 수 없이 치닫기도 한다. 더불어 그냥 여기서 나도 이승과 작별했으면 좋겠다는 마음까지 왔다 갔다 한다. 결국 이 모든 결과는 자승자박이고, 부메랑이 된 건 말뿐이 아니라며 자조도 해보지만 이미 문제는 돌이킬 수 없이 심각해진 후다.

지금에 와서 이미 선택은 내 몫이 아닌 것 같아 고뇌는 더 깊어진다. 징글맘을 요양원으로 보낼 방법도 문제고, 징글맘은 이제 딸인 여동생마저도 부정하고 다른 사람들은 모두 필요 없다고 내치면서 눈만 뜨면 나를 찾고 잠꼬대에서도 나를 찾으신다. 최근 들어서는 부쩍 내 상태가 안 좋다 보니 언젠가는 이별을 해야 할지도 모르겠다는 마음에 며칠 동안 징글맘께 일부러 차갑고 냉정하게 대했더니, 무엇을 예감하셨는지 내게 더욱 매달리시기까지 하신다.

"애비야, 내가 니 옆에서 죽게 끝까지 있게 해주라."

이런 어머니를 이제 와서 어떻게 등 떠밀어낼 수 있을까. 요양원으로 안 가겠다고 징글맘이 저렇게 버티시는데 과연 나 혼자 어디로 도망갈 수 있겠는가.

앞으로 징글맘에게 남은 길이란 저승으로 가는 꽃길뿐이니, 지금 여기에서 징글맘의 손을 놓는 것은 바로 이승에서의 이별이라고 볼 수밖에 없다. 어차피 이승에서 저승으로 가는 길은 세상에 나올 때 그랬듯이 결국 혼자 가는 길이지만, 처음부터 내가 모든 것을 다 해드릴 상황에서 오직 나만을 믿고 있는 징글맘을 매몰차게 뿌리치고 돌아설 자신도 없다. 아니, 이 모든 상황에도 불구하고 사실 정말 깊은 내면에서는 그런 결단을 할 마음의 준비도 되어 있지 않은 것 같다. 이처럼 어느 하나도 선택할 수 없으면서 피부로 와 닿는 고통 앞에서는 무릎 꿇고만 싶으니 정말 출구가 없는 미로를 빙빙 헤매고 있는 것 같다.

이렇게 몸도 아프고 속도 시끄러운 채 병원에서 주사를 맞고 돌아올 때는 이제 정말 징글맘을 요양원으로 보내야겠다고 마음먹기도 했다. 하지만 집에 오자마자 또 쌓여 있는 징글맘의 똥빨래를 초벌 빨래해서 세탁기에 넣고 다시 과일주스와 케이크

를 드리느라 정신없는 사이에 아까의 결심은 또 어디론가 훌쩍 먼지처럼 사라져버렸다. 그리고는 또다시 녹두죽을 끓이겠다고 재료를 꺼내어 죄다 늘어놓고 말았다. 녹두는 열을 내리는 효능이 있어 열에 시달린 병을 앓고 난 환자들과 노인들에게 특히 좋은 음식이다. 팥죽에 비해 맛이 담백하여 환자가 아니라도 별미로 손꼽히는 음식이기도 하다.

쌀과 녹두를 보통 1대 2 비율로 준비하는데, 먼저 쌀을 깨끗이 씻어 한 시간 이상 불려야 한다. 녹두는 쌀과 달리 손으로 가볍게 주물러 씻어야 한다. 간혹 그냥 쌀을 씻듯 하면 불순물이 그대로 남으니 유의해야 한다. 녹두와 물의 비율은 끓이는 냄비나 솥의 재질에 따라 다르다. 전통 방식은 물을 10배 정도 넣는데 나는 약 5배 정도로만 하였다. 센 불로 먼저 끓이다가 죽이 팔팔 끓기 시작하면 약한 불로 줄이고 녹두 옆구리가 터질 때 불을 끄면 된다. 불을 끄고도 20~30분 정도 뚜껑을 덮고 뜸을 들이면 좋다. 이렇게 푹 삶은 녹두를 체에 밭아서 국자나 주걱으로 눌러 으깨어 앙금과 녹두 물을 받는다. 이렇게 받은 녹두 물에 불린 쌀을 부어서 끓인다. 쌀이 바닥에 눌어붙지 않도록 나무 주걱으로 돌려가면서 저어주고 녹두죽이 푹 끓어 쌀이 퍼지면 소금으로 간을 맞춘다.

완성된 녹두죽은 맑은 고깃국과 물김치만 곁들여 차려도 영양 만점 녹두죽 밥상으로 손색이 없다. 이렇게 정성을 다해 끓인 녹두죽을 징글맘께 드리니 역시나 언제 그 난리굿을 했던가 싶도록 해맑은 모습으로 연신 '꼬시다'면서 맛나게 드신다. 그 모습을 물끄러미 보노라니 내 안에 회오리치던 갈등과 회한이 또 한소끔 파르르 끓어오르다 푸르르 가라앉은 녹두물이 되는 것만 같다. 아직 체에 밭쳐 걸러내야 할 앙금은 으깨지도 걸러내지도 못한 채 응어리져 있건만 몽글거리는 내 안의 이 감정들을 꾸역꾸역 삼켜보기로 한다.

'어휴, 그렇다고 설마 내가 징글맘과 같이 죽는 순장품殉葬品이 되거나 먼저 죽지는 않겠지……'

치열했던 갈등의 순간이 절정을 찍고 내려오는 길인 탓일까. 세상 이치에 통달한 듯 혼자 허허로워 웃고 나니 내 안에서 뭔가가 스르르 빠져나간 것도 같다.

'그래, 어차피 징글맘을 끝까지 모시려면 나도 살아야지. 내가 이대로 쓰러지면 안 되지.'

다시 힘내야겠다며 육회를 먹기 위해 한우 200그램을 사 들고 왔다. 늘 징글맘의 삼시 세끼를 지극정성으로 챙기면서도 나는 된장찌개 아니면 김치찌개나 라면으로 대충 때우니 이렇게 비실거리는 게지 싶어 만 원짜리 몇 장은 나를 위해 과감히 쓰기로 한 것이다. 그런데 아픈 몸을 챙기겠다고 기껏 마음을 내었지만, 혼자 쇠고기를 먹으려니 아내와 딸들과 손녀들의 눈동자가 눈앞에 아른거려 그조차 목에 걸린다. 그 맛있는 한우 육회가 쇠심줄처럼 질기게만 느껴진다.

　이제 세탁기가 다 돌아가고 빨래를 널고 나면 잠시라도 눈을 붙여야겠다. 그래야 또 움직이고, 움직여야 살아가지. 누우면 죽는 것이니까 말이지. 당장 내 몸이 아프고 힘이 드니 만사가 다 귀찮기만 하지만, 그래도 맑은 정신이 돌아올 때면 징글맘도 무슨 생각을 하시는지 마음이 복잡해 보이고 몸도 자유롭게 움직이기 힘드니 그 속이 오죽할까 싶다. 젊은 시절 누구보다도 억척스럽고 똑똑하시던 징글맘이었는데, 그 아름다운 시절을 잃어버린 것만으로도 절망에 발목을 잡힐 만하지 않을까. 더욱이 징글맘이 애면글면 우리 형제 다섯을 키우던 때를 생각하니, 그 은혜를 모두 돌려 드릴 수는 없어도 결코 쓰러지지 말고 내 몸과 마음을 바쳐 편안히 이별을 맞는 그날까지 가야 한다고 마음을 잡아본다. 그래, 여기까지 왔으니 나는 쓰러지면 안 된다. 무조건 일어서야 해.

　'어머니, 마지막까지 제가 곁을 지킬 겁니다. 걱정하지 마세요. 그러니 하느님도 제발 도와주세요. 제가 쓰러지지 않고 종착역까지 갈 수 있도록 부디 힘을 주세요.'

피투성이라도 살라

"애비야, 내 아침 먹어야겠다."

어제, 징글맘이 자다가 일어나서 갑자기 아침밥을 달라고 하셨다. 시계를 보니 11시였다. 늦은 아침인가 싶었지만, 아침이 아니라 한밤중이라는 것이 문제다. 물론 저녁식사를 마친 지도 한참 됐다. 이제 징글맘은 아침인지 점심인지 저녁인지도 모르고 배만 고프면 '배고프다, 배고파. 먹을 것 다고.' 하면서 효자손을 바닥에 내리치고 괴성을 지르는 것이 정해진 순서다. 하는 수 없이 크림수프에 달걀노른자를 넣어 드리니 설거지 할 필요도 없을 정도로 싹싹 긁어 드신다.

비록 정신은 안개 속에서 청춘 열차를 타고 계신지 모르지만, 징글맘은 삼시 세끼마다 매번 새로 만드는 생명의 숙이나 크림수프와 달걀찜 등을 드시면서 안색이 좋아지고 기력도 좋아져서 다시 부축도 없이 돌아다니신다. 디저트로 생과일주스를 300밀리리터씩 하루 서너 번이나 마시고, 코코아와 캐러멜을 입에 달고 지내니 체력은 충전량을 항상 초과할 정도로 보강되어 괴성도 더 크게 지르고 배출량도 그만큼이나 많으니 한번 사고를 치면 그 볼륨도 대형이다.

징글맘과 반대로 나는 이미 체력이 방전된 지 오래고 내 몸을 침식해 오는 병증과 싸울 기력조차 없으니 몸도 마음도 그저 힘들고 지칠 뿐이다. 오죽하면 지난여름에는 불쑥 자살 충동이 치솟아 자전거를 타고 한강으로 돌진하려고 했을까? 그날, 나는 정말 세상에 미련도 없고 이제 모든 걸 놓아버리고 싶다는 침울한 마음으로 굴포천 둑길을 달리고 있었다. 그 땡볕에서 푸성귀를 줍는 한 노파를 보고 문득 발을 멈췄고, 잠시 자전거를 세운 채 담배를 하나 피워 물었다. 왠지 그 노파에게서 징글맘의 모습이 오버랩overlap 되어 눈길을 뗄 수 없었던 것이다. 그렇게 한참 동안 노파를 바라보고 있을 때, 갑자기 구약성경(에스겔 16: 6)의 한 구절이 머릿속에서 크게 들려오는 것 같았다.

'내가 네 곁으로 지나갈 때에 네가 피투성이가 되어 발짓하는 것을 보고 네게 이르기를 너는 피투성이라도 살라. 다시 이르기를 너는 피투성이라도 살라.'

머릿속에서 울리는 '피투성이라도 살라'는 그 말에 정신이 번쩍 들었고, 다시 평심으로 돌아와 아라뱃길로 페달을 밟았다.

그러고 보니 예전에도 이런 경험을 한 적이 있었다. 16년 전에 새해 일출을 보려고 설악산 공룡능선을 거쳐 중청봉으로 가던 중 길을 잃고 탈진했는데, 어디선가 막내딸이 부르는 소리가 들려오는 것이었다. 일어날 힘도 없어서 주저앉아 있다가 아이들 생각을 하면서 지친 발걸음을 겨우 일으켜 대피소로 향했다. 그리고 대피소에 도착하자마자 쓰러져 결국 정신을 잃고 말았었다. 그곳에서 꼬박 하루를 앓다가 내려올 때도 그 구절을 생각했었다. 그날 그 순간 온몸에 기력이 모두 빠져나간 상태로 모든 것을 포기하고 주저앉고 싶었지만, 머릿속에 떠오른 에스겔 그 구절 덕분에 '그래, 이제 넘겼잖아. 그래도 나는 일어설 수 있어.' 하며 설악산의 매서운 바람을 이겨내고 내려올 수 있었다. 이렇듯 '피투성이라도 살라'는 구절은 위기의 순간, 포기하고 싶은 순간마다 내게 절실한 동아줄이었다.

"재활용! 재활용!"

"아, 벌써 몇 번째냐고요? 어머니, 쫌!"

미처 밀려 올라가지 않는 눈꺼풀을 힘들게 밀어 올리고 보니 희뿌연 눈동자에 비치는 건 징글맘의 손에 들려 느릿하게 흔들리고 있는 노란 캐러멜 포장지다. 깨어 있는 동안은 노다지 입에 달고 사는 캐러멜을 오늘 새벽 동안에도 세 갑이나 드셨다. 그런데 다 먹은 건 좋은데 그 몇 시간 동안 이 캐러멜 때문에 나를 세

번이나 깨우셨다. 그 이유는 종이 포장지를 재활용 분리수거 하라고 하나 버릴 때마다 깨운 거다. 정말 미치고 팔딱 뛰고만 싶다. 뿐인가, 오늘도 줄줄이 뽑아서 화장실 바닥을 빼곡히 도배해 놓고는 휴지가 떨어졌다고 새것 꺼내 달라고 또 깨우셨다. 밤새 징글맘의 난리굿 수습뿐 아니라 재활용 분리수거까지 하느라 자다 깨다를 반복하고 말았으니 또 뜬눈으로 날밤 새우기 신공만 업그레이드 되었다.

"2×9=18······2×9=18······18······18······18······."

결국 오늘 아침도 구구단을 열심히 외우면서 오전 5시 40분부터 아침 식사 준비를 시작했다. 혼미하고 어지러운 와중에도 코코아우유와 과일주스를 드리고 바로 크림수프를 끓인다.

하필이면 토요일이다. 누구도 들여다보지도 않는 긴긴 주말은 또 이렇게 찾아와 한숨이 늘어지게 만드나. 주말이나 공휴일에는 요양보호사도 오지 않으니 징글맘과 단 둘이서만 지내야 하는데, 날이 갈수록 그게 너무도 힘들고 지친다. 대개 48시간 길면 72시간도 넘도록 징글맘의 모든 걸 혼자 지켜보고 수습해야 하기 때문이다. 게다가 잠도 길게 못 자고 더 쪽잠을 자야만 하니 피로도는 더 극심하게 쌓이고 만다.

그런 지경인데 오늘은 몸도 너무 아프고 내 심경도 괴롭고 착잡하기만 하니 정말 바닥에 주저앉아 폭폭 울고만 싶다. 마음도 심난하고 무겁고 중환자실에서 나왔을 때처럼 온몸이 아프고 속이 허해서 아내라도 옆에 있으면 얼마나 좋을까 싶지만, 내 몸은 여기 이 좁은 공간에 묶여 있을 뿐이다. 그렇다고 아기로 변한 징글맘에게 '아들이 아프니 좀 얌전하게 지내요.'라고 말을 해도 통할 리 없으니 그저 혼자 꾹꾹 눌러 삼키는 수밖에 없다. 누구 하나 도와줄 이 없으니 결국 나 혼자 견디고 일어서야 하는 터, 이대로 여기서 쓰러질 수도 없는 노릇이다.

그런데 참 신기하게도 징글맘은 자신의 병을 본인이 먼저 알아채신다. 징글맘은 감기나 설사 같은 작은 질환은 거의 걸리지도 않는데, 유독 심혈관 질환에 해당되는 상황이 오면 바로 나에게 응급실로 가자고 하시니 심각한 상황까지 가기 전에 위험 요인을 잡아내고 지금까지 장수하고 계시는 것 같다. 또 어지럼증이나 메스꺼움 같은 현상이 발생하면 나에게 또 응급을 요청하는데 뛰어난 위기 감각 능력을 본능적으로 발휘하시는 것 같다. 나는 징글맘의 본능적 감각을 유전적으로 이어받지 못해 몸이 이렇게 되기까지 건강도 챙기지 못하고 스스로를 몰아붙이고 참기만 했나 싶지만, 그 대신 다 놓아버리고 싶은 극한의 순간마다 정신적인 의지의 동아줄이 발현되는 것인가 싶기도 하다.

낮 시간, 징글맘이 주무시는 동안 동네 병원에서 주사만 한 대 얼른 맞고 들어와 다시 한 번 에스겔의 그 말씀과 '아빠, 사랑해요!' 하는 딸들의 목소리와 얼굴을 떠올리며 마음을 다스리고는 저녁 식사 준비에 나선다.

기력은 좋아진 것 같지만 하루하루 노쇠해지는 몸은 어쩔 수 없으신지 하루가 다르게 숨소리도 달라지는 어머니를 위해, 오늘은 노인을 위한 특별 메뉴로 비프스튜를 만들기로 했다. 보통은 감자나 완두콩과 당근을 넣는데, 오늘은 단호박과 마카로니까지 넣어 특별한 비프스튜를 만들겠다며 팔을 걷어붙였다.

냉장고에 있는 재료를 사용하다 보면, 일반적인 레시피와 다른 재료들을 과감히 사용하거나 요리법도 기발한 발상으로 도전한다. 비록 엉뚱하지만 나름의 레시피를 새로 만들고 새로운 맛을 구현해내는 시도 자체가 중요하다고 본다. 살아가면서 모든 일이 그렇지 않던가. 물론 대학도 가야 하고 취업도 해야 하고 결혼도 해야겠지만, 이런 삶의 순서대로 한다고 모든 이의 삶이 똑같아지는 것은 아니지 않던가. 요리 역시 레시피대로 한다고 똑같은 맛이 나오는 것도 아니고 때로는 역발상이나 엉뚱한 시도가 오히려 더 획기적이고 새로운 맛을 만들기도 한다. 물론 그래도 기본 레시피는 참고하는 것이 좋겠지만 말이다.

다시 요리로 돌아와서, 단호박은 잘라서 씨를 빼고 준비해 냄비에서 15분을 쪄낸다. 이때 단호박을 자르기가 쉽지 않으니 과감하게 칼을 사용할 때는 매우 조심해야 한다. 마카로니도 15분 정도 삶아서 물을 빼 놓는다. 노인을 위한 요리이므로 일반적인 비프스튜를 만들 때의 원칙은 과감히 무시하기로 한다. 쇠고기 간 것 위에 양송이와 양배추를 넣고 물로 우선 끓이고 잘게 썬 파프리카와 토마토를 넣고는 불을 조절한다. 여기에 다시 체다슬라이스 치즈와 굴소스, 그리고 스테이크 소스를 약간 첨가한다. 중간 불로 끓이다가 잠시 센 불로 조절해서 적포도주를 뿌린다. 단호박과 마카로니가 들어가기 때문에 전분이나 빵가루 등이 필요 없고 쇠고기를 미리 밀가루 등에 바르는 과정도 생략된다. 쪄낸 단호박은 치아가 안 좋은 노인을 위해 방망이로 곱게 으깬 후 끓고 있는 스튜에 넣는다. 끝으로 후춧가루를 살짝 뿌리고 약한 불로 끓여 마무리한다.

완성된 비프스튜를 밥상에 놔 드리니 징글맘이 한 숟갈 입에 넣을 때마다 '맛있다! 꼬시다!' 소리를 연신 외치며 함박웃음을 지으신다.

밤사이 벌겋게 핏줄이 선 눈을 부릅뜬 채 빨래와 화장실 청소를 하다 보니 절로 튀어나오는 욕지거리를 참지 못하고 내뱉기도 했다.

'엄마! 이제는 손을 놓고 싶어요. 나도 좀 훨훨 날아가고 싶어요.'

하지만 천진하기까지 한 징글맘의 웃음 앞에서, 내 안의 못된 아들은 또다시 회한의 눈물을 흘리며 반성의 기도를 올린다.

'하느님, 내 생의 모든 것을 후회 없이 마무리할 수 있도록 지금 여기에 조금만 머물도록 하소서.'

내 어머니의 하루는 이 세상 무엇과도 바꿀 수 없는 소중한 시간이니 그 시간 동안의 웃음을 내가 지켜 드려야지. 그래, 어쩌면 다른 이들이 보기에는 편한 삶의 레시피를 마다하고 스스로 십자가를 짊어졌다고 나를 비웃을지도 모르지만, 나의 엉뚱한 선택이 그래도 징글맘의 아이 같은 웃음을 지키고 있지 않은가. 그러니 '너는 피투성이라도 살라'고 하시는 대로 오늘도 소주 한잔을 벗 삼아 그 길을 걸을 수밖에.

곁에 있어 줘

"애비야, 옆에 있어 다고. 나만 두지 마라."

"엄마, 나는 바로 문 밖에 있을 테니 걱정 말고 주사 맞으세요."

"그래, 어디 가지 말아야 한다."

징글맘의 손을 잡아주고 안심을 시켜드리니 비로소 편안해진 표정으로 눈을 감으신다. 지난 이틀간 과식을 하고 찬 것도 많이 드시더니 어젯밤부터 배탈과 설사를 심하게 앓으셨다. 평소 같으면 새벽의 정적을 깨는 괴성이 가득할 집 안에 끙끙 앓는 작은 신음 소리만 들리니 오히려 적막하게 느껴질 정도였다. 식은땀을 흘리며 어린 고양이처럼 늘어진 채 앓고 있는 징글맘 옆에서 안절부절 못하고 밤을 꼬박 세웠다. 그리고는 아침이 되자마자 징글맘을 휠체어에 태워 동네 의원에 모시고 온 것이다.

영양 주사와 항생제가 들어간 링거를 맞으려면 몇 시간이 걸릴 테니 잠시나마 눈을 붙여야겠다 싶어서 요양보호사에게 징글맘을 맡기고 집에 들어왔다. 하지만 징글맘이 그새를 못 참고 숨 가쁘게 아들을 찾으시니 하는 수 없이 다시 병원으로 달려와 결국은 주사실 밖에서 꼬박 대기할 수밖에. 사실 어젯밤에도 징글맘은 끙끙 앓으면서도 밤새 내가 옆에 있는지 확인하느라 작은 목소리로 자꾸만 나를 부르셨다.

"애비야, 애비야……."

"어머니, 저 여기 있어요."

"그래, 어디 가면 안 된다."

"가긴 어딜 가요. 걱정 말고 주무세요. 아침에 일어나면 괜찮으실 거예요."

힘들고 괴로울 때는 어디론가 멀리 보내고 싶다며 별의별 생각을 다 하고도 막상 징글맘이 고통스러워하니 이렇게 황급하게 휠체어를 밀고 달려가는 내 모습이 참 아이러니하기도 하다. 하지만 어제는 치매약을 처방받으러 그 언덕을 자전거로 달렸고, 오늘은 급한 마음에 휠체어를 밀고 병원으로 달려온 내 모습에서 사실은 징글맘을 조금이라도 더 오래 건강하게 모시고 싶은 본마음을 거꾸로 비추어 발견하게 된다. 더욱이 잠 못 자고 괴로운 밤에는 그토록 외면하고만 싶었던 징글맘인데도, 막상 고통스러워하는 모습을 보니 차라리 괴성을 지르고 사고를 벌이는 게 더 안심이 되겠다 싶다.

그렇게 긴 밤 내내 불안한 마음을 졸이며 한잠도 못 자고 비상대기를 하면서 바라는 것은 오직 한 가지였다.

'하느님, 지금 여기에서 어머니를 돌아가시게 할 수는 없습니다. 아직은 이 땅에서 버틸 체력이 있으니 조금이라도 더 머물도록 허락해주세요. 어머니, 아직은 때가 아니에요. 조금 더, 조금만 더 자식들 곁에 머물러주세요.'

노인들의 건강은 한순간 위험해질 수 있으니, 사실은 늘 불안한 마음을 안고 이렇게 하루하루 보초를 서고 있다.

"애비야, 이렇게 주사를 맞으니 좀 살 것 같구나. 고맙다."

3시간 동안 수액 주사를 맞고 돌아오면서 힘겹게 하시는 징글맘의 말씀에 어쩐지 마음이 이상하고 어수선한 것이 영 느낌이 불안하다. 물론 이와 비슷한 상황도 벌써 몇 번째 겪다 보니 '지난번에도 이러다 말았잖아, 이번에도 괜찮을 거야.'라고 생각하면서도, 그래도 그때마다 절실한 마음이 드는 것은 어쩔 수가 없다. 징글맘이 양치기 소년도 아닌데 익숙해진 만큼 소홀해졌다가 덜컥 큰일이라도 나면 돌이킬 수 없는 일 아닌가 말이다. 그러니 이렇게 또 나를 바라보며 모든 것에 마지막 기대를 걸고 가쁜 숨을 내쉬는 징글맘의 손을 한순간 놓칠까 싶어 나 역시 힘주어 꼭 잡아드린다. 불안해하는 것은 징글맘뿐이 아니라는 것을, 나 역시 어머니를 아직 보내드릴 준비가 안 되었다는 것을 인정하지 않을 수 없다.

집에 돌아와 아이처럼 고요히 잠드신 징글맘을 지켜보다 주방으로 나왔다. 한바탕 앓고 난 징글맘을 위해 영양 보충용 별식을 만들어야겠다. 그래서 선택한 메뉴는 '두부카레볶음'이다. 요사이 징글맘은 야채는 거부하고 고기와 햄 등 육류만 좋아하며, 캐러멜과 아이스크림 같이 단 것만 좋아하신다. 때문에 비타민 결핍을 막기 위하여 야채와 버섯 등을 넣고 두부와 돼지고기로 소화도 잘되고, 치매 예방(이미 치매지만 더 급속한 진행을 막기 위해서라도)에도 좋은 카레볶음을 만들기로 했다. 징글맘은 두부를 싫어하지만 이 요리는 무척 좋아하신다는 게 함정이랄까.

우선 감자와 당근, 양파 등 채소를 다진 마늘과 함께 큰 그릇에 담는다. 다른 그릇에 두부를 으깨어 준비하고 그 위에 다진 돼지고기를 붓는다. 돼지고기와 두부는 보통 동그랑땡을 만들 때 찰떡궁합 재료인데, 여기에 버섯과 각종 야채를 섞어 조리하면 금상첨화가 된다. 야채는 모두 건강에 좋지만 특히 버섯에는 식이섬유가 많이 들어 있어 면역 기능을 높이는 효능과 혈행을 원활하게 하여 건강 증진 및 유지에 도움이 되기 때문에 요리에 가급적 자주 넣는 편이다. 야채를 볶은 후에 다진 돼지고기와 두부를 섞어 센 불로 다시 볶는데, 이때 굴소스를 뿌리면 더 감칠맛이 난다. 이어서 적포도주를 조금 넣으면 맛이 더 개운하고 산뜻해진다. 이제 카레를 부으면 되는데, 카레볶음 요리는 노인성 치매 예방에도 좋지만 각종 암 예방과 위궤양 등에 좋고 다른 요리와도 어울리기 때문에 징글맘의 간식이나 반찬으로도 최적의 요리라고 자부한다.

예전에 내가 병원에 며칠 입원할 것 같아서 미리 이 카레볶음을 만들어서 냉장고에 보관했던 일이 있었다. 그때 의사에게 진료를 받는 중인데도 계속해서 전화가 와서 하는 수 없이 받았더니, 징글맘이 "애비야, 캐러멜 사 와라!" 하시는데 화통을 삶아 드신 듯 어쩌나 목소리가 큰지 옆에서 의사가 웃으며 "슬기롭게 잘 모시네요." 하며 위로해주었다. 그 말을 들으며 웃지도 울지도 못하고 난감했던 기억도 카레 향기와 함께 떠오른다.

그동안 징글맘과 같이 지내며 지켜본 결과, 노인들에게 급격한 변화의 분기점은 바로 마지막 남은 치아가 빠진 때다. 모든 동물이 자연사를 하는 것은 다 이가 빠져 굶어 죽는 것이다. 사람도 나이가 들고 치아가 부실해지면 바로 건강이 악화되어 죽음에 이르게 된다. 아무리 임플란트를 하고 틀니를 해도 나이가 들면 씹는 힘이 부족하니 음식을 삼킬 때 타액도 적어지고 바로 삼키니 소화불량과 위와 장이 망가져 죽음으로 이르는 시간이 짧아지게 된다. 우리의 몸을 유지시키는 음식은 씹어서 먹어야 하는 것이기 때문에 치아의 건강 유지는 가장 중요한 것이다. 음식을 씹을 수 없으면 부드러운 죽이나 수프를 그냥 삼키게 되는데 이마저도 구강의 상태가 안 좋으면 섭취가 힘들어 건강이 악화된다.

씹는 행위는 단순히 식사를 하기 위한 것만 아니라 우리의 뇌와 몸을 유지시키는 중요한 행위이기도 하다. 나이가 들어 씹는 힘이 약해지면 치매에 걸리는 확률도 높아지고 노화도 바로 진행되어 죽음에 이르게 되는 것이 그 반증이다. 중요한 사실은 씹는 힘이 없어지면 온몸의 근육에도 영향이 생긴다. 나이가 든 사람들은 몸의 균형을 잡지 못해 지팡이나 보조 수단을 쓰게 된다. 그 이유는 우리 얼굴의 저작咀嚼 기능을 수행하고 두통과 치통을 유발하는 측두근과, 아래턱을 끌어 올려 위턱으로 밀어 붙이는 작용을 하는 교근 등 음식물 씹는 것을 관장하는 이들 근육들이 제대로 작용하지 않으면 올바른 자세로 서 있거나 걷는 것이 어렵기 때문이다. 나이가 많은 사람들에게서 자주 보는 헛발질이나 넘어지는 이유도 이런 까닭이 있다. 그러므로 우리에게 치아나 구강의 건강 상태는 바로 우리의 수명과 비례한다고 보아도 될 것 같다.

지난번에 어머니도 사고가 날 뻔해서 얼마나 놀랐는지 모른다. 어머니는 일어설 수는 있지만 기운이 없어서 혼자 돌아다니면 안 되는데, 몸 상태는 생각을 못하고 갑자기 벌떡 일어서려고 하다가 중심을 못 잡고 휘청거리는 바람에 화들짝 놀랐다. 다행히 사고는 면했지만 그대로 넘어지셨으면 바로 골절에 뇌진탕까지 될 수도 있으니 아찔한 순간이었다. 뿐만 아니라 이제 징글맘은 음식을 씹을 수 있는 힘이 부족해 새로 한 틀니조차 무용지물이 되었다. 때문에 음식을 섭취하는 마지막 단계인 죽이나 수프와 같은 것만 먹을 수 있으니 옆에서 간병하는 입장에서도 무척 난감하다. 씹는 힘이 있어야 다른 음식도 먹는데 지금 상황에서는 그럴 입장이 못 되니 이제는 천천히 먼 길을 향해 가는 것 같아 음식을 만들 때마다 마음이 아프다.

치매는 아닐지라도 벌써 다 빠져버린 치아 상태를 생각하면, 나 역시 징글맘처럼 섭생에 제한이 올 수도 있는 노릇이다. 그러니 지금 나에게 주어진 현실에 감사하고 먹을 수 있을 때 무엇이든 투덜거리지 말고 맛있게 먹어야겠다. 아직은 자전거를 타면 훨훨 날 듯 자유롭게 달리지만, 언젠가는 내게도 내 뜻대로 움직이기 어려운 날이 오고야 말겠지. 그때가 되면 자식들에게 부담을 주고 싶지 않으니 영주 이당원으로 가야겠다고 마음먹고 있지만, 그 역시 뜻대로 될지는 알 수 없는 노릇이다. 다만 미래를 미리 걱정하는 것보다는 지금 여기 이 자리에서 내가 할 수 있는 최선을 다하는 것이 가장 후회 없는 일이 되리라는 것만큼은 확신할 수 있다. 그러니 아직 다행인 이 순간을 즐기자. 그리고 옆에 계시는 징글맘의 손을 한 번이라도 더 잡아드려야겠다.

인생은 채워지는 것

"애비야, 시원하고 달달한 것 맹글어라."

어제는 고향인 경북 봉화에서 삼촌이 사과와 고춧가루를 보내셨다. 징글맘은 눈이 잘 안 보이고 귀도 잘 안 들리는데도 어떻게 그리 빨리 아시는지, 큰소리로 봉화 사과로 생과일주스를 만들어 달라고 조르기 시작하신다.

이제 징글맘이 드시는 음식은 거의 대부분 믹서를 이용해 만들어야 한다. 크림수프는 우유로 조리하여 드리고 과일도 우유를 섞어 갈아 드리고 각종 음식도 곰국과 함께 갈아서 드린다. 유일하게 날달걀과 달걀찜이 믹서를 통하지 않는 음식이다. 징글맘은 음식을 많이 드시지 못해서 주스도 한 번에 70밀리리터씩 드리는데 대신 양이 적으니 자주 드려야 한다. 크림수프도

100밀리리터 정도를 드려야 적당한 양이 되는 것 같다. 꿀이 송송 박혀 있는 신선한 사과로 만든 과일주스를 깨끗하게 비워 내며 연신 '맛있다, 진짜 맛나다.' 하며 드시는 모습을 보면서도 내 안에서는 복잡한 감정들의 회오리가 몰아친다.

몸이 아프면 통증도 무섭지만 더 힘든 고통은 의욕 상실과 외로움의 엄습이다. 특히 가족을 떠나 혼자 치매를 앓고 있는 징글맘과 지내다 보니 정작 내 자신이 아플 때는 누구의 도움도 받지 못하고 모든 것을 스스로 해결해야만 한다. 이렇다 보니 그 고통과 함께 오는 소외감과 고독감은 극에 달한다. 더욱이 이번에 몸이 아프면서 한밤중이나 새벽에도 깨어나면 통증에 시달리니 주사와 약에 의지해야만 버틸 수 있는 것이 너무도 힘들었다. 이렇게 지치고 힘이 드니 불쑥 못난 속내가 드러난다.

"정말 언제 그 강을 건너가시려나?"

돌아서면 바로 또 내뱉은 말을 주워 담으려 반성의 기도를 올리면서도 말짱할 때의 징글맘이 들으시면 언짢을 말이 이렇게 튀어나와 버린다. '식스 센스'의 초감각 징글맘은 혼미한 정신임에도 금방 눈치를 채셨던지 욕대학 총장다운 촌철살인의 한마디를 내게 돌려주시는 게 아닌가.

"니놈이 내를 죽으라, 죽으라 하면 내가 더 오래 산다. 에미가 죽을까 무서워 벌벌 떨고 챙기면 바로 뒤지니 그리 알아라. 그리고 에미는 누가 데리고 길 때까시 소금만 더 살 거야."

단 한마디로 뒷골을 잡게 하시니 그야말로 징글맘의 펀치에 나는 그만 두 손 두 발 다 들고야 만다. 덕분에 다시 한 번 느낀 것이, 아무리 치매 환자이거나 의식이 가물거리는 중환자일지라도 간병하는 사람들은 자신의 감정을 거르지 않고 표출하면 안 된다. 물론 인간이란 한없이 나약한 존재이다 보니 자식도 부모에게 큰소리를 지르거나 불만을 거침없이 내뱉기도 하는데, 그런 말이나 행동이 환자에게 크나큰 상처를 줄 수 있으니 유의해야 한다.

내가 간병을 하는 입장에서 이렇게 징글맘과의 상황과 힘든 점들을 고백하는 이유는, 가족을 끝까지 보호하라는 것이 아니라 직접 모시든 요양 시설로 모시든 환자의 마음을 헤아리며 이런 부분도 소홀히 하지 않아야 한다는 의미다. 이미 9년여 동안 겪어본 입장에서는 치매 환자인 부모를 직접 모시는 일은 그 누구에게 권하기 어렵다. 효자니 불효자니 그런 문제가 아니고 직접 모시려다 양쪽 모두 어쩌면 더 큰 상처를 입게 될 수 있다는 생각이 들기 때문이다. 만약 같은 상황이 다시 온다면 나도 더는 절대 못할 것 같다.

하지만 아무리 내 몸이 힘들다 해도 이제 와서 어떻게 어머니를 떠날 수 있겠는가. 너무 괴롭고 더는 못 견디겠다고 시도 때도 없이 푸념을 늘어놓기는 하지만, 아무리 힘들어도 보채는 아기에게 엄마가 젖을 끊고 야단칠 수 없듯이 정신이 희미해서 이렇게 막무가내로 변한 징글맘을 이대로 포기할 수는 없지 않은가. 이러니 구시렁거리다가도 잠시 밖으로 나와 자전거를 타다 보면 '내가 좀 참아야 하는데.' 하고 후회를 또 반복한다. 찬송가 〈고통의 멍에를 벗으려고〉를 떠올리며 여기서 쓰러지지는 말자고 스스로에게 주문처럼 반복해서 들려주며 찬바람을 맞으면서도 페달을 세게 밟았다. 그렇게 자전거를 타고 몇 시간을 달리고 돌아오면 또 언제 그랬냐는 듯 아무렇지 않게 징글맘을 위해 새로운 요리를 만들고, "엄마! 이것 드세요." 하며 조금이라도 기분 좋게 해드리려고 없는 애교도 부린다.

오늘도 집에 들어오는 길에 부천자유시장에 들러 콩비지와 돼지고기를 사 들고 왔다. 재래시장에서 파는 비지는 주먹밥처럼 만들어 파는 것과 콩을 바로 갈아서 만든 콩비지가 있는데, 노인을 위한 '콩비지찌개'에는 바로 갈아 만든 콩비지와 갈은 돼지고기를 사용한다. 우선 냄비에 콩비지와 갈은 돼지고기를 넣고, 다진 마늘과 양파와 대파를 썰어서 넣는다. 노인들은 김치를 썰어 넣으면 콩비지찌개가 매워서 드시지 못하니 배추를 잘게 썰어서 준비를 한다. 고추도 매운 고추가 들어가면 곤란하니 오이고추 조림을 잘게 썰어서 넣으면 깔끔한 맛이 나서 좋다. 이제 냄비에 생수 반 컵 정도 넣고 소금으로 간을 맞추며 조리하면 되는데, 이때 불을 조심스럽게 조절하여야 한다. 대략 센 불로 10분 정도 끓인 후 야한 불로 줄여 다시 5~6분 정도 끓이면 콩비지찌개가 완성된다.

노인들이 드시는 콩비지찌개를 이렇게 담백하고 고소하게 완성하여 한 그릇을 드리면 든든한 식사 대용도 되고 재료의 가격도, 영양도 만점이다. 물김치도 곁들여 드리면 고소함에 깔끔함까지 더해지니 금상첨화가 따로 없다. 그리고 여기에 바로 묵은지와 청양고추를 잘게 썰어 넣고 다시 큼직하게 썬 돼지고기를 넣고 조리하면 내가 먹을 되직한 콩비지찌개도 완성되니 오늘은 일석이조로 징글맘과 스머프할배의 콩비지찌개가 맛있게 완성되었다.

지금 내 나이의 다른 친구들은 아내나 며느리 또는 딸이 차려 주는 밥상을 받으며 여유를 부리는데, 나는 징글맘의 삼시 세끼를 차리고 설거지까지 도맡아 하니 정말 한심할 때가 많다. 한편으로 생각하면 그래도 스스로 이렇게 만들어 먹을 능력이라도 있으니 감사할 일이지 싶다.

《맹자》에 나오는 '생어우환 사어안락生於憂患 死於安樂'을 내 나름대로 풀어보면 '오늘의 걱정과 근심이 오히려 나를 긴장시켜서 살게 할 것이고, 지금의 편안함과 즐거움이 나중에 나를 죽게 할 것이니' 지금 내 현실에서 나를 힘들게 하는 징글맘으로 인하여 나중에 스머프할배를 살게 하겠지. '인간만사새옹지마人間萬事塞翁之馬'라고도 하지 않던가. 우리 인생에 있어서 길흉화복은 항상 바뀌어 미리 헤아릴 수가 없듯이 살다 보면 모든 것이 변화무

쌓이여 길흉을 섣불리 단정할 수 없는 법이다. 징글맘의 대소변을 더럽다 생각하지 말고, 또 잠을 조금 못 자는 것을 너무 억울해하지 말아야 한다는 것이지. 그래, 이렇게 견디고 버티는 게 내 삶이지. 서울에서 빈둥빈둥 누워 편히 지냈다고 내가 지금보다 더 가치 있는 삶을 살았을 거라고 자신할 수는 없지 않는가.

"애비야, 나도 이제 그만 살고 싶지만 그게 내 마음대로 되니? 그러니 누가 데려갈 때까지 고이 기다려야지."

식사를 하면서도 이런저런 생각들이 내 머릿속을 떠나지 않았던가 보다. 식사를 마친 징글맘께서 복잡한 내 얼굴을 보며 넉살을 부리셔서 기어이 쓴웃음을 토하게 만드신다.

"얼른 캐러멜이나 내놔라."

역시, 이렇게 당당해야 징글맘이시지.

그래, 고통의 멍에를 벗으려고 애쓰지 말자. 고통을 피하려고 하거나 멍에를 집어던지려고 발버둥 치면 올무에 걸린 짐승처럼 더 내 몸이 옥죄게 될 뿐이다. 차라리 스스로 즐기는 마음으로 이 모든 것을 받아들이자.

'인생은 흘러가는 것이 아니라 채워지는 것이다. 우리는 하루하루를 보내는 것이 아니라 내가 가진 무엇으로 채워 가는 것이다.'

존 러스킨John Ruskin의 말을 다시 생각하며 지금 내가 있는 여기에서 새로운 것을 채워 가사고 뇌새김질해본다. 이제 내 삶에서 온전한 정신으로 사는 날이 얼마나 남았는가 생각하면 정신이 번쩍 든다. 징글맘도 불과 몇 년 사이에 이렇게 되신 것이지 않은가. 정말 나도 정신을 똑바로 차리고 얼마 안 남은 세월을 섣불리 흘려보내지 않도록 꽉꽉 채워 가야겠다. 어차피 짊어져야 할 멍에라면 이왕이면 의연한 자세로 보람 있는 결과물을 만드는 게 백번 낫겠지.

신맛

모든 행복은 서로 닮은 데가 있다

꿈꾸지 못하는 그날에도

'함께 가는 인생길에서 우리는 즐거웠지요. / 꿈 많던 젊은 시절은 아름다웠고요. / 당신이 가고 난 뒤 인생도 따라가겠지요. / 우리가 부르던 옛 노래처럼 / 내가 나이 들어 꿈조차 꿀 수 없을 때 / 당신 모습 떠올리겠어요.'

구슬픈 목소리의 〈When I grow too old to dream(내가 꿈을 꾸지 못하는 그날에도)〉가 거실에 애잔하게 울려 퍼진다. 한밤의 아리아가 아니라 이 아름다운 세레나데는 징글맘이 아버지와 연애할 때 불렀던 추억의 노래이기도 하다. 정신을 놓고 있을 때의 징글맘은 꿈도 미래도 없이 오직 본능만 있는 것처럼 보이지만, 정신이 돌아오면 아름다운 시절의 추억을 떠올리고 이렇게 노래도 부르고 기도를 하신다. 조금 전에는 〈이 강산 낙화유수〉를 1절부터 3절까지 부르시기도 했다.

"사랑은 낙화유수 인정은 포구 / 보내고 가는 것이 풍속이 더냐. / 영춘화 야들야들 피는 들창에 / 이 강산 봄소식을 편지로 쓰자."

특히 3절의 이 부분은 멋들어지게 완창해 박수까지 쳐드렸다.

징글맘은 일제강점기 때 함경북도 경성군에서 고녀를 졸업했다. 왜정 때는 지금 학제와 달리 중학교와 고등학교 구분 없이 남자는 고등보통학교를, 여자는 고등보통여학교(고녀)를 다녔다. 지금의 중학교와 고등학교 합친 것보다는 짧아 4~5년제였다. 공부를 더 하고 싶었던 징글맘은 1945년 8월 초에 단신으로 경원선을 타고 이남에 내려왔는데, 얼마 안 되어 해방이 되고 남북이 분단되었다. 다행히 먼저 서울에서 간호사를 하던 언니(나의 이모)를 만난 징글맘은 1946년 봄에 중앙대학교 국문학과에 입학을 하였는데, 남에게 지기 싫어하는 근성을 발휘해 4년 내내 장학금을 받으며 학교를 다녔다고 예전에 이모께 들었다.

"너희 엄마는 내가 입학금만 겨우 해주었을 뿐인데, 공부도 잘하고 사교성이 있어 교수들과 총장의 주목을 받을 정도로 뛰어나 장학생으로 졸업했지. 뿐만 아니라 학교에서 일을 도우며 학비와 생활비도 벌어서 학교를 다녔단다."

이후 징글맘은 아버지를 만나 3년간 연애하고 결혼했다. 함경북도 경성 여자와 경상북도 봉화 남자와의 운명적 만남에서 가족사는 시작되었던 것이다.

어린 시절에 이런 두 분의 연애 이야기를 들을 때면 옛날이야기 듣는 것처럼 흥미롭게 귀 기울였던 기억이 난다. 두 분의 연애 시절 이야기 중에는 당시만 해도 엘리트에 신여성인 어머니와 보수적인 경상도 남자인 아버지의 차이가 빚어낸 데이트 코스의 음식들 이야기도 사뭇 호기심을 자아냈다. 특히 음식 기호가 너무 달라서 평생 어머니와 아버지가 많이 싸웠다. 그래도 연애 시절엔 아버지가 어머니 취향에 많이 맞췄던 듯 양식, 중식도 많이 드셨지만 특히 일식 요리를 많이 드셨다고 한다. 그중에서도 어머니가 유독 좋아하셨던 음식은 일본식 불고기 요리인 규돈ぎゅうどん이었다고 한다. 내가 어릴 때도 어머니가 잘 만들어 주셨는데, 어린 눈으로 봐도 우리 집은 다른 집과 불고기가 달랐다. 징글맘은 다른 엄마들과 달리 왜간장으로 요리를 했는데 반해 친구들 집에 가보면 조선간장을 사용하니 맛이 확연히 다를 수밖에.

어머니가 좋아하시니 나도 어머니의 손맛을 되새김질하며 '규돈'을 자주 만들어 드렸다. 재료는 보통 한우 양지 100그램, 달걀 1개, 표고버섯과 팽이버섯 약간, 양파, 대파 썬 것, 다진 생강과 마늘, 육수를 만들기 위해 다시마를 준비하고, 진간장과 케이크 시럽, 적포도주, 후춧가루를 썼는데 가쓰오부시(가다랑어를 얇게 저며 말린 포)는 없으면 생략해도 된다.

우선 다시마를 물에 넣고 10분간 끓여 육수를 만들고, 불이 끓은 후 다시마는 제거하고 잘게 썬 쇠고기를 넣는다. 제대로 하려면 가다랑어포로 육수를 따로 만들어야겠지만 일반 가정집에서 이를 다 갖추고 있기는 어려우니 없으면 생략하기로 하자. 이어서 준비한 버섯과 양념 등을 넣고 끓이는데 여기에 다진 생강과 마늘도 함께 섞고, 적포도주와 진간장을 넣고 맛을 보면서 케이크 시럽을 조금 첨가한 후 후춧가루도 약간 뿌리면 된다. 일반인들이 먹을 때는 쇠고기를 데치는 수준으로 요리해도 되지만, 나이 드신 분들을 위해서는 조금 오랜 시간 끓이는 것이 좋다. 밥 위에 볶은 쇠고기를 얹고 취향에 따라 달걀노른자도 얹으면 맛있는 일본식 쇠고기덮밥인 규돈이 된다. 이렇게 3년 전에 처음 규돈을 만들어 드렸더니 징글맘이 조용히 한 수 가르침을 내리셨다.

"애비야, 규돈에는 김가루가 있어야 한다."

그리고는 우아하게 손가락을 뻗어 맛김 석 장을 잘게 썰고 상 위에 올린 다른 반찬 중 햄과 달걀조림도 넣고 쓱쓱 섞어서 정말 맛나게도 드셨다.

지금은 매 끼니마다 달걀노른자를 드시는데, 징글맘께 달걀노른자를 처음 드리게 된 것도 3년 전에 규돈을 만들어 드리면서 시작되었다. 그 이후로 국에도 달걀노른자를 반드시 넣어 삼시 세끼를 드시고 있다. 엄밀히 말하자면 규돈과 비슷한 스머프할배식 쇠고기덮밥이겠지만 규돈을 워낙 좋아하시는 징글맘은 필이 꽂히면 그것을 해줄 때까지 계속 요구하시니 한밤의 규돈 정식도 여러 번 차려냈었다.

징글맘은 미각만 탁월한 게 아니라 음악에도 관심과 조예가 깊었는데, 젊은 시절에 여러 악기를 다루었고 불과 5년 전만 해도 하모니카 연주를 잘 하셨다. 그 기억은 아직도 생생하신지 얼마 전에는 징글맘이 하모니카를 달라고 하셨다.

"에고, 내가 틀니를 생각 못해 미안해."

하지만 곧 정신이 돌아와 틀니 때문에 더 이상 연주를 못하게 된 것을 아쉬워하셨다. 그리고는 내 컴퓨터 스피커에서 나오는 〈토셀리의 세레나데Toselli's Serenade〉를 잠시 따라 부르시다가 멈추고 말았다.

"애비야, 나 때문에 고생이 많지? 그런데 내가 숨이 안 넘어가니, 어쩌니?"

노래 속도를 따라가기가 힘에 부쳤는지 숨을 힘겹게 내쉬는데, 그 모습이 마치 비에 맞아 멈추게 된 나비의 날갯짓 같아 눈시울이 붉어지는 것을 참느라 눈길을 돌려야 했다.

"이제는 들으시는 것으로 마음을 편히 가지세요."

아련하고도 아쉬운 표정으로 멈춰버린 징글맘의 모습이 가슴 아파서 이렇게 말씀 드렸지만, 어머니는 노래를 정말 잘 부르셨다. 내가 국민학교 1학년 때, 학부모 대표로 〈가고파〉를 열창하셨는데 우레와 같은 박수 소리와 함께 앙코르를 받기도 했다.

그때 앙코르 곡으로 불렸던 노래가 바로 아버지와 연애 시절 많이 부르셨다는 〈When I grow too old to dream〉이었는데, 내 어깨가 으쓱해질 만큼 인기가 최고였지. 그날 징글맘이 옥색 한복을 입고 우아하면서도 당차게 불러 강당을 완전히 장악했던 모습이 지금도 눈앞에 생생하게 펼쳐지는 것만 같다. 아버지도 기분 좋을 때면 어머니에게 노래를 불러 달라고 하셨고, 종친회에서도 어머니의 독창 무대가 종종 마련되었다.

나와 여동생도 어머니를 닮아 노래를 곧잘 부르지만, 교사로 근무할 때도 풍금 치기 싫어서 다른 교사에게 부탁했다는 음치인 아버지를 닮아 둘째는 노래와는 거리가 멀다. 어린 시절에 징글맘에게 배운 노래가 〈토셀리의 세레나데〉와 〈클레멘타인Oh, My Darling Clementine〉에 이어 징글맘의 애창곡인 〈내가 꿈을 꾸지 못하는 그날에도〉 등 세 곡이다. 그나마 노래를 좋아하는 덕분에 고통을 이겨내는 데도 도움이 되는 것 같다. 우울할 때도 극한의 인내를 경험하던 한밤중에도 혼자 흥얼거리며 치솟는 감정들을 흘려보내니 말이다.

이제는 숨이 차서 잘 부르시던 노래도 맘껏 못 부르고 불과 몇 년 전까지 달고 사시던 하모니카도 더 이상 연주할 수 없어서 실망하셨지만, 그래도 오늘도 '영춘화 야들야들 피는 들창에 이 강산 봄소식을 편지로 쓰자.'고 노래를 부르며 시간을 보내셨다. 징글맘께서 아버지와 연애하며 부르셨던 〈내가 꿈을 꾸지 못하는 그날에도)를 어젯밤에는 끝까지 부르셨는데, 'So kiss me, my sweet' 부분에서는 더 높고 더 애틋하게 부르고는 할 일을 다 마친 듯 금세 잠에 빠지셨다.

새삼 사람은 죽는 순간까지 꿈을 꾸고 희망을 버리지 말아야 한다는 것을 깨닫는다. 징글맘은 이제는 '꿈을 꾸지 못하는 그날'인데도 아직도 '내 나이 들어 꿈을 꿀 수 없을 때는 그 키스 내 마음 속에 살아 있으리.'라고 노래를 부르며 그날의 꿈을 꾸고 계신다. 그래, 화려하게 비상했던 젊은 날의 아름다운 날개도 쇠잔하여 가루처럼 떨어지지만 나비의 꿈은 아직도 계속되어 그 시절 꿈속에서 훨훨 날아다니고 계신 것이리라. 비록 이제는 미래의 꿈이 아니라 과거의 꿈일지라도 그 꿈을 놓지 않는 것만으로도 살아갈 힘이 되는 것이라면, 어머니의 그 꿈을 기꺼이 응원하고 싶다. 꿈을 놓기 전까지는 어머니의 날갯짓이 멈추지 않을 테니까.

인연

"사람 인연이 어찌 이어질지는 아무도 모르는 게지. 그 많은 사람들 중에서 니 아부지와 내가 하필 인연이 된 것처럼 말이야."

어젯밤에는 징글맘이 아버지와 연애하고 결혼해서 살았던 젊은 시절 이야기를 들려주셨다. 이렇게 맑은 정신을 오래 유지하는 게 얼마 만인가 싶기도 하고, 그 오래 전 이야기를 바로 며칠 전의 일처럼 생생하게 기억하셔서 듣는 내내 놀라움의 연속이었다.

징글맘은 대학을 다니던 1947년, 서울 동대문운동장에서 열린 서울 소재 대학들의 체육대회에서 아버지와 처음 만났다고 한다. 경북 봉화에서 나고 자란 아버지는 서울 중앙고보를 나와 바로 경북 영주 부석초등학교 교사로 봉직하다가 해방이 되어 동국대학교 경제학과에 입학하느라 징글맘보다는 한 해 늦게 대학에 입학하셨다. 첫 만남이 얼마나 강렬했는지는 자세히 알 수 없으나 아버지가 어머니를 그렇게 쫓아다녔고 결국 도도한 징글맘과 연인이 되셨다고 한다. 1949년에 당시로는 보기 드문 신식 결혼식을 했는데 결혼사진은 지금 봐도 선남선녀 같다. 게다가 징글맘은 오지랖도 넓어서 이모께 이모부를 소개하셨는데 두 분이 부모님보다 한 해 먼저 결혼을 하셨고, 한동안은 징글맘과 아버지가 이모 댁 옆에서 사셨다.

결혼하고 7개월 만에 한국전쟁이 터져 아버지가 전선으로 나가게 되면서 생이별을 하셨다. 1950년 8월 경북 안강 지역에서 시작된 국군 수도사단과 북한 12사단과의 공방전이 9월 14일에 끝났는데, 문제는 그 전투에 참가했던 아버지의 생사를 알 수가 없었다는 것이다. 그래서 징글맘이 남편을 찾겠다고 낙동강 방어선이었던 포항과 영천 지역을 헤매고 다니셨다고 한다. 이미 국군이 북진하기 시작해 연락이 두절되었던 상태라 어머니의 그 애타는 마음이 오죽했을지 들을 때마다 나도 가슴 졸였다.

9.28 서울 수복 후인 1950년 10월에야 서울 청파동 집으로 찾아온 아버지는 육군 중위가 되어 있었다. 행여나 다시 못 만나게 될까 봐 가슴 졸이는 시간을 보냈을 테니 두 분의 해후가 얼마나 행복했을지는 안 봐도 눈에 선하다. 아마 꿈 같은 시간이었겠지 그러나 달콤한 행복도 며칠뿐, 아버지는 다시 북으로 진

격하는 대열에 참여했고 당시에는 모두들 그대로 통일이 되는 줄 알고 좋아했다고 한다.

전세는 다시 급변해서 1.4 후퇴로 밀려 내려갔고 징글맘도 대구로 내려가게 됐다. 다행히 이때 아버지는 부산 병참학교 교관으로 발령받고 대위 진급도 한 상태여서 징글맘은 전쟁 중에도 다른 피난민들에 비하면 여유로운 생활을 영위하며 나와 동생을 연년생으로 낳았다고 한다. 그 이야기를 하다가 다시 징글맘은 〈이 강산 낙화유수〉와 〈내가 꿈을 꾸지 못하는 그날에도〉를 부르며 눈물을 훔치셨다.

"젊어서 내가 느그 아버지를 마음 편하게 못해준 것이 후회스럽다. 참, 내가 못된 년이지."

징글맘은 눈물을 닦으면서 아버지 생전에 투덕거리던 생각을 떠올리며 회한에 젖으시는데, 나도 속으로만 '사실 아버지가 어머니 때문에 마음고생 많이 하셨죠.'라며 실실 웃었다.

"애비야, 영천호국원이 그 옛날 내가 느그 아부지를 찾아 헤맸던 곳이란다. 이제 내도 느그 아부지 옆으로 가겠지. 그래도 부부가 죽어서 한곳에 묻히니 얼마나 축복받은 것이냐. 내도 느그 아부지를 보내고 너무 오래 사는 것 같아."

추억과 회한을 오가며 한참을 말씀하시던 어머니는 숨을 푹 쉬며 한마디 덧붙이신다.

"그런데 영감이 꿈에 안 보이니 아직 내가 더 살아야 하나

보다."

이러고선 이야기를 마치더니 그냥 픽 쓰러져 잠이 드신다. 그야말로 밥 먹으면서도 조는 아기와 똑같다.

당시로써는 신여성이자 촉망받는 엘리트 여성이었던 징글 맘. 하지만 시대를 앞서가는 교육 수준을 갖추고도 꿈 한번 제 대로 펴지 못하고 한 남자의 아내로 다섯 아이들을 키우다 보니 부엌데기로 한평생을 살게 되었다. 살아오면서 징글맘은 평생 걸어온 그 길에 만족한 것처럼 말씀하셨다.

"후회할 것도 아쉬울 것도 없지. 시대가 그랬고 니들 키우는 것만도 할 일이 얼마나 많았는지 알기나 하니? 그래도 니들이 잘 커주었으니 이만하면 성공한 거지."

그 내면에는 날개를 펼 수 있었던 꿈을 결혼이란 틀에 맞춰 접어버린 아쉬움과 후회가 뒤죽박죽인 것이 느껴져서, 자식이라 는 이름으로 나도 징글맘의 발목을 잡은 것 같아 괜스레 미안한 마음이 들었다.

지금 이 시대에도 대학을 졸업한 여자가 한 남자에 의지하여 부엌데기로 산다는 것은 한스러운 일이 될 수도 있다. 하물며 그 당시 징글맘의 삶은 어땠을까. 더구나 징글맘은 남편을 치매 때 문에 부여의 요양원으로 떠나보내면서 다시 만나지 못한 채 이 승에서 이별했으니 당신께 찾아온 치매가 더 한스럽겠지. 징글 맘은 지금도 그 많은 기어가 추억 속에 혼논스러운 자신의 모습을 보며 차라리 망각을 택한 것은 아닌가 싶다.

징글맘의 삶과 현재의 모습을 보며, 황석영의 장편소설인 《바리데기》가 생각난다. '바리데기' 신화를 차용한 소설은 환생과 현실을 넘나들며 21세기 현실을 박진감 있게 녹였다. 전쟁과 국경, 인종과 종교 및 이승과 저승의 이야기 속에서 상처받은 인간과 영혼들을 용서하고 구원하던 스토리가 아직도 인상적으로 남아 있다.

지금 징글맘은 이승과 저승의 경계에서 기억과 추억 그 모든 것을 빼앗긴 것으로 생각하고, 낯선 세계에 내던져지는 것을 두려워하며 그 모든 불안함으로부터 아들인 내가 옆에서 지켜줄 거라는 소망을 갖고 있는 것 같다. 그래서 같은 자식이라도 가끔씩 보는 다른 형제나 가족들에게는 관심이 없다. 오히려 전에 동생들이 "요양원에 가실래요?"라고 했던 이야기를 지금도 기억하고는 '나쁜 새끼'라고 욕설부터 하신다.

징글맘도 오늘처럼 이야기를 할 때면 기억이 아예 없는 것이 아니라 지난 시절의 기억들과 과거의 일들에 매달려 있을 뿐이다. 과거의 기억에만 발목이 잡혀 있기 때문에 다른 가족들과의 관계도 생각할 여유가 없고 이제는 스스로 무엇을 할 수 없으니 새로운 것을 받아들일 수도 없는 상태다. 그러니 죽음을 두려워하는 혼돈과 죽음을 피해 지금처럼 영원히 살고 싶은 마음 사이에서 이제는 경계에 선 바리데기가 된 것이 아닐까 싶다.

한밤중에 갑자기 맑은 정신이 되어 들려준 징글맘의 이야기가 꼭 한 편의 드라마 같기만 한데, 이야기 속에서 징글맘은 아직도 아버지와 연애할 때의 느낌을 간직하고 있는 것 같다. 그래도 징글맘은 돌아가시면 '대한민국 육군 소령 정찬호' 옆에서 이승에서의 인연을 이어가겠지. 한국전쟁 중 최대 격전지였던 낙동강 최후 방어선인 안강전투에서 구사일생으로 살아오셨던 아버지께서도 지금은 예전 그 자리에 조성된 국립 영천호국원에서 잠이 드셨고, 이제 징글맘도 하늘나라로 가시면 그곳에 합장되실 테니 말이다. 돌아보면 피안彼岸이라더니, 우리네 삶과 죽음도 세월의 강 이쪽과 저쪽에 각각 자리하고 있는 것이 아닌가 싶다. 희미한 미소를 띤 채 어딘가 세월 저 너머를 바라보고 있는 징글맘을 보니 이제 이야기는 종국을 향해 가는 중인 것 같아서 더욱 묘한 느낌이 들었다.

어쩐지 오늘은 내 마음도 어딘가 붕 떠 있는 것 같아서 바로 잠들지 못할 듯하니 어머니가 어린 시절에 만들어 주셨던 어묵볶음이나 만들어서 한잔 기울여야겠다. 어머니 이야기를 듣다 보니 유독 다른 집과 비교되는 음식 솜씨를 발휘하셨던 그 시절 징글맘의 음식과도 오버랩 되어 오는 것 같다.

생선이 많이 나던 이북에서 굉장히 고급스런 어묵을 드셨던 어머니는 남한의 어묵은 색도 시커멓고 맛도 질도 떨어진다며 잘 안 드셨었다. 먹는 것에 대해서는 돈을 아끼지 않았던 어머니는 결국 집에서 직접 생선으로 어묵을 만드셨는데, 그 어묵은 밝은 미색으로 맛도 모양새도 환상적이었다. 아버지가 용산 육군본부에 계실 때니까 내가 한 대여섯 살 때인가. 어머니가 직접 만든 어묵은 양파를 얇게 썰어 넣은 간장에 찍어 먹으면 굳이 다른 요리로 만들지 않아도 쫀득한 질감과 맛이 일품이었다.

맛도 있고 어머니가 좋아하시는 음식이기는 하지만 내 솜씨로는 그런 어묵을 직접 만들 수는 없으니, 나는 재래시장에 어묵 튀기는 집에서 수제 어묵을 구입해서 어머니 드실 어묵볶음 등을 만들어 드린다. 내 식대로 만드는 어묵볶음은, 먼저 어묵을 잘라서 궁중팬에 넣고 양파와 대파, 표고버섯과 풋고추도 송송 썰어서 넣는다. 여기에 물 반 컵 정도와 간장 두 숟가락을 넣고 볶아 낸 후 검은 참깨를 고명 삼아 뿌리니 너무도 간단하게 추억의 어묵볶음이 되었다. 이렇게 볶아서 상에 올려 드리면 어머니는 그래도 마음에 드시는지 "바로 이 맛이야."라고 좋아하셨지.

어머니가 잠드신 밤, 혼자 추억의 어묵볶음을 놓고 소주 한 모금으로 목을 축인다. 추억의 맛이 고소하면서도 짭조름하게 느껴지는 이유는 양념이 센 탓일까, 추억이 센 탓일까.

똥깡이, 쑥맥이, 쨈뱅이

"아들아! 짜장면이 먹고 싶다."

밤새 잠도 못 자고 만사가 귀찮아 누워서 쉬는데 징글맘이 뜬금없이 짜장면을 달라고 하신다.

"애비야, 유니짜장인지 유빈이짜장인지 맛있다는데 만들어 줄래?"

입맛 까다롭고 음식 고집이 뚜렷해 생전의 아버지와 그렇게 음식 때문에 부딪치는 일이 많으셨던 징글맘. 아직도 맛은 안 잊어 삼선짜장이니, 뭔 짜장이니 이름도 줄줄 외우고 또 이렇게 복잡한 주문을 하신다.

삼선짜장은 세 가지 해물이 들어가는데 일반적으로 새우와 갑오징어, 해삼이 들어간다. 하지만 치아가 부실한 노인에게는 고급 삼선간짜장보다 그냥 짜장면이 최고다. 그 이유는 삼선간짜장은 해물을 비롯해 들어가는 재료들이 질겨서 노인들이 먹기에 좀 힘이 들기 때문이다. 유니짜장은 다진 돼지고기와 감자 등을 잘게 썰어서 볶아 만든 부드러운 짜장이다. 유니짜장은 한자로 보면 '肉泥(육니)'라고 표기하는데 그 뜻은 '진흙처럼 잘게 다진 고기'다. 유니짜장 이름이 생각 안 나면 유빈이짜장을 만들어 달라고 하시니 내 손녀 유빈이와 짜장의 조합 때문에 웃지 않을 수가 없다.

많은 이들이 어려서 제일 먹고 싶었던 외식 메뉴를 짜장면으로 꼽는데, 남녀노소 누구나 좋아하고 온 국민의 사랑을 받는 음식이라고 할 수 있다. 그런 만큼 노인들이 짜장면도 먹을 수 없을 때는 이미 기력이 떨어져 저승길에 가까이 들어선 것이라고 하는데, 징글맘도 그렇게 좋아하던 짜장면을 예전처럼 잘 드시지는 못하지만, 그래도 여전히 찾는 걸 보면 다행히도 긴 여행을 떠나시기에는 아직 이르다고 봐야겠지.

징글맘의 주문은 유니짜장이지만 오늘은 치아가 부실한 어머니를 위하여 돼지고기 같은 것 대신에 햄을 넣고, 삼선짜장에 들어가는 자숙 새우를 넣어 짜장면을 만들기로 한다. 우선 햄을 잘게 썰어 준비를 하고 자숙 새우도 해동시켜서 준비한다. 감자는 작게 깍두기처럼 예쁘게 썰어야 다른 재료와 조리 시간이 맞는다. 당근은 채를 썰어서 준비하면 볶을 때도 잘 익고 먹기에도 좋다. 짜장면에 양파는 중화요리에서 약방의 감초이니 여유 있게 준비를 해야 한다.

먼저 프라이팬에 감자와 당근, 양파를 넣고 물을 붓고 끓인다. 이렇게 채소류를 먼저 약간 익히고 식용유를 부은 후 햄과 새우를 넣고 한 번 볶아주면 된다. 채소들과 햄, 새우가 익었을 때 면을 준비하고 춘장도 준비한다. 면은 생칼국수 면을 준비해서 삶은 후에 체에 걸러 물을 빼고 대기시켰다. 이어서 과립형 짜장 가루(춘장 대용)를 붓고 야채와 합류시켜 골고루 섞이도록 젓는다. 끓여서 식힌 면을 그릇에 분배하는데, 일반 국수보다 생칼국수 면이 맛도 좋고 짜장면에 더 어울린다. 국수 위에 짜장을 부으면 오늘의 특식인 짜장면 완성! 한번 해보면 생각보다 만들기 쉽다는 걸 알 수 있다. 완성된 짜장면 위에 삶은 달걀 반쪽도 살짝 올리면 보기에도 좋고 좀 더 요리 전문가다워 보인다.

이렇게 완성된 짜장면을 상에 올리다 보니 문득 아버지와의 추억도 뒤를 잇는다.

"야! 똥깡아, 이리 와!"

국민학교(지금의 초등학교) 5학년 때 갑자기 아버지가 나를 부르더니 다짜고짜 대나무로 만든 우산대로 머리통을 때리셨다. 무슨 영문인지 알지도 못하며 맞으니 별이 반짝이며 눈물이 났다.

"동생이 홍시 터진 것처럼 맞고 왔는데, 니는 뭐 했어?"

알고 보니 셋째가 밖에서 얻어맞고는 울면서 들어왔던 거였다. 아버지는 동생이 맞고 다니도록 돌보지 못했다고 나를 계속 혼내셨다. 내가 자랄 때 아명이 '강鐵'이고, 둘째는 '철鐵'이고, 셋째는 '석五'인데, 강하게 자라라고 5남매 중 위의 3형제를 그렇게 불렀다. 밑에 여동생과 막내 남동생은 별 아명이 없었다. 아버지가 부르시는 별명은 나는 '똥깡'이고 둘째는 '쑥맥'이고 셋째는 '쨈뱅이'었다. 줄줄이 연년생이라 늘 동생들 챙기느라 유년기에는 긴장을 늦출 수가 없었는데, 특히나 아버지가 맏이인 나에게 그 책임을 지워주셨기에 거역할 수도 없었다.

아버지한테 혼난 것도 억울하지만 동생이 맞은 걸 보고 나도 너무 화딱지가 나서 바로 동생을 때린 녀석의 집으로 달려갔다. 그리고는 그 녀석을 불러내 마당에서 있는 힘껏 때리고 시루떡 망가뜨린 것 같이 만들었다. 한결 가벼워진 마음으로 밖에서 구슬치기를 하며 놀다가 한참 후에야 집으로 돌아왔다.

"보소! 애를 이 지경으로 맹글면 우야요?"

집에 도착하자 내가 때린 아이의 부모가 그 녀석을 데리고 와서 누르락붉으락 핏대를 세우며 항의를 하고 있었다.

"치료비를 얼마 주면 되능교?"

아버지는 그쪽 부모의 항의에 너무도 태연자약泰然自若하게 응대하며 순순히 치료비를 물어주셨다. 그리고는 그들을 보내자마자 혼자 박장대소하시는 것이 아닌가. 나는 등 떠밀려 나선 만큼 혼나지는 않아도 너무 심하게 만들어 놓았다고 지청구라도 듣지는 않을까 의기소침했던 참이라, 큰 소리로 웃는 아버지를 보며 '아버지가 미치셨나?'라고까지 생각했다.

"똥깡아! 우리 모두 짱깨집에 가자."

아버지는 한참을 좋아하며 웃고 나서는 동네 중국집으로 가서 우리 삼형제에게 짜장면을 먹으라고 하시니 이게 웬 횡재인가 싶었다.

"애비는 니들이 부럽다. 내는 독자라 자라면서 형제들이 많은 친구들이 그렇게 부러웠는데, 니들은 얼마나 좋으냐?"

아버지는 3대 독자라 자랄 때 외로웠기에 나를 비롯해 둘째와 셋째 모두 거의 연년생으로 낳고는 많이 좋아하셨다고 한다. 군만두에 소주 한잔을 비우며 우리 형제를 뿌듯한 눈으로 바라보시는 아버지의 마음을 왠지 이해할 것 같아서 고개를 끄덕이며 짜장면을 맛있게 먹었던 기억이 난다.

그랬던 아버지는 돌아가시기 몇 년 전부터 치매와 함께 여러 가지 질환으로 고생하다가 중환자실에서 돌아가셨던 것이 내 마음에 상처와 한으로 남았고, 그 때문에 지금 징글맘을 옆에서 지키고 있다. 어머니는 음식도 개성이 강해 아버지 그리고 내 입맛과는 많이 달랐는데 두 분 다 짜장면을 우리 형제들에게 밀어 주셨던 모습만은 똑같은 모습으로 겹쳐진다.

"엄마는 배가 불러서 못 먹겠다. 그러니 너희들이나 많이 먹으렴."

어렸을 때 징글맘은 우리 4남1녀 형제를 모두 먹이는 게 만만치 않은지라 매번 우리에게만 짜장면 그릇을 밀어 주셨는데, 동생들은 그런 징글맘의 마음을 모르고 얼굴 반쪽이 짜장 범벅이 될 정도로 게걸스럽게 먹었던 기억이 떠올라 씁쓸해졌다.

달걀노른자를 담은 국과 함께 완성된 삶은 달걀을 얹은 짜장면을 앞에 놔 드리니 기껏 힘들게 만든 짜장면은 조금 드시면서 국물과 달걀노른자만 다 드신다. 그러면서도 징글맘은 내 눈치를 보며 한마디를 하신다.

"내가 너무 먹지? 어째 이렇게 식탐만 살아서 큰일이다."

당당할 때는 못 말릴 정도로 뻔뻔스럽게 말씀하시면서도 사실 징글맘의 속내는 수발드는 아들에게 미안하고 짐이 된 것 같은 기분을 느끼고 계셨던가 보다. 어린 시절 우리 형제들을 위해 거짓말까지 하셨던 어머니의 배려가 다시 떠오르며 나도 참 못된 놈이다 싶다. 사실은 본인도 견디기 힘들면서 포기하지 않고 버티시는 징글맘을 위해 좀 힘이 들어도 꾹 참고 가시는 날까지 싫은 표정을 짓지 말아야 하는데, 번번이 어머니에게 속내를 들키고 마니 말이다.

'어머니, 부디 오래오래 짜장면을 맛있게 드시면서 옆에 계셔 주세요.'

그 어린 시절의 어머니 대신 이제는 내가 어머니 얼굴에 묻은 짜장을 닦아드리면서 간절한 소망을 더해본다.

억척 또순이 아지매

흑백필름처럼 차르르 돌아가는 추억의 장면은 1957년 아카시아 꽃이 한창이던 늦은 봄으로 돌아간다.

"아악! 내 새끼! 죽으면 안 돼!"

그날 갑자기 징글맘의 비명을 듣고 후다닥 달려가니, 피투성이가 된 셋째 석기를 붙들고 징글맘이 절규하고 있었다. 어린 마음에도 차가운 공포가 엄습해 왜 이러냐고 말도 못 붙인 채, 징글맘이 정신없이 셋째를 안고 서울적십자병원으로 달려가는 뒤를 황급히 따라나섰다.

그 당시는 아버지가 육군 소령으로 제대하면서 육군본부 관사에서 나와 용산구의 어느 2층집에 세를 들어 살 때였다. 셋째가 난간도 없는 창으로 올라가 놀다가 2층에서 떨어졌던 것이다. 급히 병원으로 달려갔지만 의료진들은 아이가 도저히 살 가망이 없다고 고개를 저었고, 아버지도 희망을 접으려 할 정도로 심각한 상태였다. 그런데 징글맘은 포기하지 않고 병원장을 붙잡고 무조건 살려달라고 매달렸고, 할 수 있는 모든 것을 다하겠다는 약속을 받아냈다. 물론 보호자의 의지에 따라 의료 행위가 덜하고 더하는 것은 아니겠지만, 징글맘의 간절한 기원이 통했던지 간신히 셋째는 살아났고, 이후로도 병원에서 석 달간이나 밤낮으로 동생 옆을 지키며 간호해 정상으로 회복시켰다. 당시 징글맘이 셋째를 살리기 위해 얼마나 지극정성을 다했는지, 눈빛에 온통 가득했던 그 광기와도 같은 열기가 지금도 느껴지는 것만 같다.

"선생님, 내 동생 꼭 살려주세요!"

당시 여섯 살이었던 나도 동생이 걱정되어 징글맘 옆에서 종일 같이 지냈다. 징글맘이 자리를 비우면 꼬맹이가 뭘 안다고 의사나 간호사에게 동생을 살려달라고 매달렸는지, 그 일들도 생생하게 떠오른다. 가끔 너무 충격적인 사건들은 수십 년이 지나도 바로 어제 일처럼 선명하게 떠오르는데, 셋째의 사고는 내 어린 시절을 통틀어 가장 강력하게 각인된 일이었다. 그리고 동생을 살리기 위해 혼신을 다하셨던 징글맘의 모습 역시 늘 어머니를 떠올리면 가장 먼저 되살아난다.

징글맘은 그렇게 평소에는 공주처럼 우아하게 지내다가도

우리 가족이 위기에 처하면 용감한 장군처럼 가족을 지키기 위해 분연히 일어나셨다. 아버지가 쓰러지고 집안이 몰락했을 때도 가족이 무너지지 않도록 지켜낸 것은 징글맘이었다.

전쟁 중에도 다른 집보다 넉넉한 살림살이였고, 전쟁 후에는 집 안에 일하는 사람을 두고 살 정도였던 우리 집이 몰락한 건 징글맘이 명동극장에서 매점을 할 당시였다. 대학 졸업하고 잠시 경기도청에선가 일하다가 얼마 안 되어 결혼하면서 사회생활과는 담을 쌓았던 징글맘이었는데, 아버지가 병환으로 일을 하기 어려운 상황이 되었을 때는 본격적으로 생활 전선에 나서서 극장 내 매점을 하셨다. 어머니의 첫 사업은 꽤 잘되어 돈도 많이 벌었고 우리 집은 여전히 여유가 있었다. 덕분에 중학생이었던 나는 공짜 영화도 많이 봤는데, 친구들까지 우르르 데리고 가서 영화를 보여주며 으쓱거렸다.

그런데 그만, 경북 봉화에 사는 아버지 친척의 꼬임에 넘어가 투자했던 사업이 잘못되면서 우리 집은 하루아침에 거리에 나앉게 되고 말았다. 나중에 알았지만 그 친척이 '새나라 택시'라는 것을 두 대 사서 운영하면 대박이라고 징글맘을 설득해 당시 집 두 채 값을 투자하게 되었다고 한다. 그 많은 돈이 현금으로 쌓여 있지 않았으니 투자금의 반은 빚을 얻어 충당했던 터였다. 그 돈을 친척에게 건넸고 처음 한 달은 수익금을 제대로 가져다줘서 안심을 했는데, 두 달째에 교통사고가 나자 친척은 도망을 가서 잠적해버렸다. 당시에는 보험도 제대로 없을 때라 차 주인 징글맘이 다 뒤집어쓰게 되었으니, 집도 팔고 빚도 고스란히 떠안은 채 월세 단칸방에서 온 식구가 살게 되었던 것이다. 그렇게 나락으로 떨어진 우리 집은 이후 십 년여 동안 가난과 배신의 늪에서 고생해야 했다. 어린 시절 이런 충격적인 경험을 겪었으니 고향 사람들에 대해 나쁜 감정만 남은 것도 당연하지 않았을까.

이처럼 엄청난 현실에 부딪쳤을 때 징글맘은 넋이 나가 쓰러져 눕는 대신 리어카를 끌고 미제 물건 행상을 시작했다. 광화문 네거리에서 택시 운전기사들을 상대로 보리차도 팔고 동전도 바꾸어 주면서 '억척 또순이 아지매'로 변신했는데, 매일 거리에서 이리 뛰고 저리 뛰다 보니 그 곱던 얼굴이 새카맣게 타고 말았다. 그렇게 징글맘은 공주처럼 살던 삶을 내던지고 십 년 가까이 행상을 하셨다.

나락으로 떨어진 그 암흑 같은 시절에 한번은 리어카를 끌다가 마주친 징글맘의 대학 동기가 어머니의 모습을 비웃으며 잘난 척을 한 일이 있었다. 그 시절 최고 엘리트 여성으로 편안하고 유복한 생활만 해 오던 어머니였으니 친구 앞에서 창피함을 느낄 수도 있었으련만, 오히려 당당하고 꿋꿋하게 그 시절을 버텨내셨다. 지금 생각해도 참으로 존경스럽다. 그 힘든 상황에서도 우리 5남매 모두 학업을 마칠 수 있도록 뒷바라지해주신 덕분에 둘째처럼 큰 인물도 나오고 말년에는 나와 같은 취사병도 두게 되었으니 징글맘의 고생이 헛되지는 않았다고 믿는다.

여담이지만, 그때 그 징글맘의 친구는 외롭게 세상을 떠났다고 한다. 독신으로 평생을 살아 자식도 없이 조카들에게 재산도 날리고 어느 시설에서 외롭게 생을 마쳤지만 누가 장례도 제대로 치러주지 않았다고 하니, 인생은 참으로 한 치 앞도 장담하고 큰소리치기 어려운 것이 아닐까.

그 어렵던 시절, 리어카를 끌고 새벽에 나가 밤늦게 들어오시는 징글맘을 보며 나와 동생들도 신문 배달을 하면서 조금이라도 도움이 되려고 이를 악물었다. 다행히 나는 중학교 3학년 때부터 입주 가정교사 자리를 얻어 집안에 입 하나라도 줄이고 얼마라도 보탤 수가 있었다. 내 형편을 알게 된 선생님이 같은 중학교 1학년 학생을 소개해주셨던 것이다. 그 이후 대학을 다닐 때까지 십 년 동안 가정교사를 하며 학창 시절을 보내느라 남자들은 다 한다는 당구도 제대로 못 배웠지만 또래보다 빨리 철이 들었지. 이어서 둘째도 고등학생이 되면서 가정교사를 시작하고, 셋째도 아르바이트를 했으며, 여동생은 집안 살림을 도맡아 하면서 동네 아이들도 가르치는 등 힘든 시간을 보내면서도 모두들 바르게 성장했으니 모두 징글맘의 고생하는 모습을 보며 배운 것이 크다고 생각한다.

내가 제대하기 얼마 전 둘째가 사법고시에 붙으면서 우리 집의 길고 어두웠던 터널 끝에도 빛이 보이기 시작했다. 내가 제대한 후 집안을 챙기면서 조금씩 그 가난의 계곡에서 벗어나기 시작했는데, 여동생도 기업의 비서로 사회생활을 시작하고, 셋째는 대기업에 입사하여 모두들 집안에 힘을 보태면서 징글맘도 그 고난의 길에서 빠져나올 수 있었다.

그런데 중학교 3학년 때부터 군대를 제대할 때까지 집을 떠나 있었기에 어머니가 해주신 밥을 거의 못 먹었다. 당시 월급을 타면 봉투를 어머니에게 드리고 밥 한 끼 먹고 가는 게 고작이었다. 어머니가 어린 시절 해주셨던 몇 안 되는 음식들이 유난히 선명하게 기억에 새겨져 있는데, 그중에 하나가 바로 오므라이스다. 오므라이스ォムライス는 일본에서 개발한 요리로 오믈렛을 덮어 먹는 요리인데 이제는 우리나라에서도 일반적인 요리가 되었다. 어머니가 좋아하시던 음식이어서 나도 모시고 살면서 비록 어머니의 레시피는 아니지만 영양가도 많고 노인들이 드시기에 편한 오므라이스를 내 식으로 만들어서 드렸다.

노인을 위한 오므라이스는 감자와 당근을 확실히 익혀야 하기 때문에 먼저 물을 약간 붓고 볶아야 한다. 감자와 당근이 어느 정도 익으면 햄과 자숙 새우를 넣고 다시 센 불로 볶는데 이때 버터를 첨가한다. 그리고 후춧가루를 뿌리고 적포도주도 조금 첨가한다. 여기에 밥을 넣고 비비면서 중간 불로 조심스럽게 볶아야 프라이팬 바닥에 눌어붙지 않는다. 이렇게 바로 먹어도 맛있는 볶음밥이 완성되면, 콩과 오믈렛(솔직히 표현하면 달걀부침)을 얹고 토마토소스를 살짝 바르면 오므라이스가 된다. 사실 오믈렛에 싸야 제격이지만 격식은 잠시 내려놓기로 한다.

"얘야, 너도 옛날에 오므라이스 참 좋아했지? 그때는 해줄 수 있는 음식이 별로 없었어."

오랜만에 오므라이스를 드시며 징글맘은 그 시절 가난했던 우리의 식탁과 상처들을 더듬으신다. 다시 옛 시절을 돌아보니 징글맘은 정말 '여자는 약해도 엄마는 강하다'는 말의 산증인이라고 할 수 있다. 이북에서 단신으로 내려오는 용기도 그렇고, 함경도 또순이로 지금까지 그 큰 위기들을 꿋꿋이 헤쳐나온 것을 보면 가족들을 감싸고 보듬어 그 시절 만들어 준 오므라이스처럼 똘똘 뭉치게 만들었던 주역이 바로 징글맘이었음을 다시금 깨닫게 된다. 그래서 나는 늘 그날의 오므라이스가 그리운가 보다.

사랑방을 찾는 까마귀

내가 어렸을 때부터 우리 집에는 아버지의 고향에서 온 먼 친척들이 집 안에 들끓었다. 뿐만 아니라 아버지의 제자들까지도 수시로 찾아와 머물렀다. 당시 경북 봉화에서 왜정 때 소학교 선생님을 하고 해방 후 다시 대학을 나와 육군 장교로 복무했던 아버지는 고향 사람들에게 우상과도 같았기에 우리 집을 사랑방처럼 찾았던 것이다.

"사람이 사는 곳에 사람이 찾아오는 것을 막지 마라."

제자들을 비롯해 고향 사람들에게 너그러우셨던 아버지의 엄명 덕분에 우리 집에는 가는 손님, 오는 손님이 늘 교차하며 손님 없는 날이 없었다.

그 시절은 어느 집이나 삼시 세끼를 먹기도 힘든 때였기에 넉

넉할 때도 객식구들이 부담되었는데, 나중에 살림이 풍비박산 난 후에도 여전히 우리 집에는 사람들이 끊이지 않았다. 그 많은 손님들에게 삼시 세 끼 밥을 챙겨주는 것도 쉽지는 않았을 것인데, 그들이 한번 들르면 밥만 먹고 가는 것이 아니라 여비까지 받아 가니 어려운 살림살이에 징글맘이 했을 맘고생은 불 보듯 뻔한 일이다. 더욱이 집에 쌀도 모자랄 지경인데도 어떤 사람은 보름 이상 머물다 가기도 했고, 또 어떤 사람은 집 안의 물건이나 돈에 손을 대기도 했다. 심지어는 내가 어린 나이에 가정교사를 하면서 힘들게 모은 돈을 가지고 야반도주한 사람도 있었다. 정말 그 사람 때문에 오랫동안 불신과 경계심으로 아버지 고향 사람들을 멀리 했고, 아버지의 장례식을 마친 후까지도 거부감과 배신감은 남아 있었다.

"변호사를 선임하려고 하는데……."

얼마 전에도 20년간 한 번도 연락이 없던 어느 친척이 내게 부탁이 있다고 찾아와 소송에 대해 운을 떼었다.

"그런 것을 나는 모르니 서초동에 가시는 게 낫겠네요."

얼굴조차 잘 기억나지 않는 그 친척이 언제 나를 봤다고 이러는지 어이가 없어 말을 잘랐다. 그랬더니 그는 정말 뻔뻔하게 돈 이야기까지 하는 것이었다.

"나는 지금 거지요."

현재 내가 누구에게 힘이 되어줄 형편도 안 되어 더 단호하게 자르고 일어섰지만, 그 행태가 너무 불쾌한데다 안 좋았던 옛 기억까지 되살아나 '생선과 손님은 사흘이 지나면 냄새를 풍긴다'는 벤자민 프랭클린의 말이 떠올랐다.

생선은 잘 말리면 비린내조차 구수한 맛으로 바뀌기도 한다. 징글맘은 생선 요리를 참 좋아하셨다. 특히 양미리조림을 매우 좋아하셨다. 나는 유독 기분이 울적할 때 양미리조림이 생각난다. 우리 집이 갑자기 어려워졌던 그때, 가정교사를 하며 지금 돈으로 50만 원 정도 되는 돈을 받아서 어머니한테 45만 원을 드리고 나머지만 내가 썼다. 당시 쌀 한 가마니가 지금 돈으로 5~6만 원 정도 할 때였으니 중학생이 벌기엔 큰돈이었던 셈이다. 그렇게 돈을 드리면 어머니가 양미리 한 두름을 사서 무를 넣고 양미리조림을 해 주셨다. 그 시절을 생각하면 지금도 울컥하는데, 50여 년이 지난 후 나도 그 눈물의 반찬을 어머니께 종종 해 드렸다. 물론 지금은 치아가 안 좋으시니 나 혼자 술안주 삼아 해 먹지만, 가격도 싸고 영양이 풍부하고 맛도 고소하여 자라는 아이들의 밑반찬으로도 제격이다. 양미리는 서늘한 곳에 하루 정도 말리고 조리를 하면 더 맛이 있다.

양미리를 흐르는 물에 깨끗하게 씻은 후 가위로 머리와 꼬리 지느러미를 자르고 반 토막을 내어 준비한다. 다진 마늘, 다진 생강, 양파, 대파, 매운 고추를 잘게 썰어 넣고 고춧가루, 묵은 고추장, 조림용 장을 넣고 양념장을 만든다. 양미리조림이나 모든 생선조림에는 고춧가루와 고추장을 함께 넣으면 그 맛이 색다른데 특히 오래 묵은 고추장을 넣으면 좀 더 깊은 맛이 난다. 또 모든 생선찜이나 생선조림에는 녹말풀이 들어가면 맛이 좋다. 양미리조림에는 무가 필수로 들어가야 하는데, 조리 순서상 제일 먼저 무를 냄비에 넣고 물을 부어 먼저 익힌다. 무가 어느 정도 익었을 때 양념장과 녹말풀을 투하하고 바로 양미리를 넣고 포도주도 조금 뿌린 후 센 불로 끓이면서 볶기 시작한다. 이렇게 양미리조림이 완성될 때 식성에 따라 국물을 조금 덜어내면 꼬들꼬들한 조림이 되니 이는 조리 과정에서 조절하면 된다. 완성된 양미리조림에 깨소금도 살짝 뿌려 장식을 해보니 먹기 전부터 침이 꼴깍 넘어가는 것이 냄새까지 구수해 더욱 식욕을 자극한다.

"애비야, 그거 내도 좀 주거라."

징글맘도 맛있어 보였는지 다른 반찬은 놔두고 양미리조림을 달라고 하신다. 치아가 안 좋아 통으로는 못 드시니 젓가락으로 양미리 껍질을 벗긴 후 살로만 발라서 숟가락에 얹어 드렸다. 그런데 한입 딱 드시고는 숟가락을 탁탁 두드리시는 게 아닌가.

"에이, 비리다!"

"에이, 그건 어머니가 햄에다 달걀조림과 샐러드, 쇠고기볶음을 드셨으니 양미리가 비리지요."

이미 다른 음식을 맛나게 드신 후인지라 비린 맛이 강하게 느껴지셨나 보다. 결국 '맛만 있고만, 괜스레 타박이시네.' 하고 구시렁거리면서 혼자 맛나게 먹고 말았다.

생선은 재가공도 하고 재활용도 해서 비린내도 잡고 오히려 맛나게 먹을 추억이라도 남겨주건만, 사람에게서 나는 비린내와 악취는 지울 수도 없고 재가공이나 추억도 덧씌울 수가 없으니 더 가치가 없다고 하겠다. 필요할 때만 찾아오는 이들을 아버지는 취직도 도와주고 부탁도 들어주고 여러 가지 배려를 하였지만 돌아온 것은 하나도 없었다. 오히려 아버지의 등이나 치려고 했었고, 심지어 아버지께서 돌아가셨을 때도 문상조차 안 했던 이들이기에 더욱 씁쓸한 마음을 다스리기 어렵다. 징글맘 역시 젊을 때 그런 사람들에게 돈도 뜯기고 사기도 당하고 배신감도 여러 번 느꼈으면서도 또 다른 사람들이 찾아오면 밥 한 끼라도 먹여서 보내며, 그 어려운 시절에도 아버지 대신에 고향 까마귀들을 챙기셨다.

"오죽하면 우리를 찾아왔겠니?"

얼마 전 찾아온 먼 친척을 돌려보낸 날에도 옛 추억 이야기와 아버지 고향 이야기를 하시는 징글맘을 보고 있자니 지난날 그들이 남긴 아픈 기억이 아직도 흉터처럼 남아 있는 것 같아 내 마음도 아리다. 사람 사는 건 규칙이 없으니 이렇게 베푸는 사람도, 배신하는 사람도 함께 살아가는 것일까. 입이 쓰고 마음이 쓰고 속이 쓰릴 때마다 담배 한 대 피우며 스스로를 달래지만, 담배로도 해결되지 않는 상처들이 너무 많다. 그런 일들은 이제 좀 지우고 싶다. 나도 누군가에게 비린내나 풍기는 사람은 되지 말아야겠다는 생각도 하면서, 어차피 흘러가는 인생사에서 지울 것이나 잊을 것은 다 잊고 맑은 마음으로 마무리하고 싶다.

고향의 맛

"그러니까 그때 명태를 잘못 씻어서 말이지……."

징글맘은 이제 92세로 그간 살아온 길을 기억하기도 힘들 터
인데, 아직도 십 대 소녀 시절의 추억을 곱씹으며 마치 그 시절로
돌아간 듯 아련한 그리움에 잠겨든다. 치매라는 병이 바로 전의
것은 잊어버리는데 60년 전, 70년 전 그 옛날의 과거와 아주 어
린 시절의 일화는 생생하게 기억하고 이야기하게 한다. 징글맘
도 이승과 저승의 경계에서 많은 것들을 잃어버린 상태이지만,
시간을 훌쩍 건너뛰어 현재라는 낯선 세계에 내던져진 듯한 두
려움 때문에 더욱더 지난날들의 기억과 추억들을 움켜쥐고 곱씹
는지도 모르겠다.

징글맘이 자주 이야기하는 어린 시절의 일화 중 하나는 명태

를 씻으며 일어난 일들이다. 징글맘의 고향인 함경북도 경성은 손꼽히는 명태 산지이며 다른 생선들도 풍족했었다. 그러다 보니 명태를 자주 먹을 수 있었는데, 십 대의 징글맘이 직접 명태 손질도 했던가 보다. 보통 명태 배를 가르면 쓸개를 빼내고 곤이, 부레, 명란 등은 챙겨야 한다. 명태나 대구 같은 생선은 아가미가 제일 맛있지만 신선도를 유지해야 하는 것도 필수. 그런데 징글맘은 깨끗하게 한다고 너무 박박 씻다가 외할아버지에게 혼쭐이 빠지게 꾸중을 들었다고 한다. 명태를 너무 많이 씻으면 비늘이 다 떨어져 흐물거리는데 당연히 맛도 없어지고 모양도 안 좋을 테니 불호령이 떨어졌던 모양이다.

비록 다시 돌아갈 수 없는 고향과 잃어버린 시간이지만, 어린 시절 즐겨 먹었던 음식은 그 시절의 추억과 더불어 되살아나기 마련이다. 그래서일까. 유독 어머니는 명태회무침을 참 좋아하셨다. 아마도 어머니는 어린 시절에 즐겼던 그 맛을 통해 돌아갈 수 없는 고향을 그리셨던 것이리라. 함경도나 강원도 사람들은 김치 속에 명태 살을 넣어서 김장을 담가 독특한 별미를 즐기는데, 우리 집도 김장할 때면 늘 김치 속에 명태 살을 넣어 담갔기 때문에 우리 형제들도 어렸을 때부터 명태회에 익숙했다.

명태회무침을 만드는 과정은 만만치 않다. 명태회무침을 만들려면 김장할 때 넣는 배춧속처럼 만들어야 한다. 무채를 만들 때 명태 살을 넣어 회로 무치면 되기 때문이다. 겨울에는 생태가 혼한데, 요새는 근해에서 잡히는 명태가 거의 없으므로 코다리나 원양에서 잡힌 동태를 찬물에 녹여서 동태 살을 조리하는 방법도 있다. 가장 중요한 포인트는 무를 생채로 썰어서 배춧속을 만드는 수준으로 해야 하며 매운 무채를 준비해야 한다. 보통 큰무의 4분의 3 정도를 채로 썰고, 다진 마늘과 홍고추 갈은 것과 양파 잘게 썬 것과 대파 썬 것 등을 넣고, 까나리액젓과 고춧가루를 붓고 비빈 후 명태 살을 넣으면 된다.

명태회무침은 요리로서는 고난이도 수준인데, 특히 가정에서 회를 뜨는 것이 쉽지는 않다. 명태회를 일식 전문가 수준으로 뜨면 더욱 좋겠지만, 아마추어인 스머프할배는 시골 시장의 막회 수준으로 대충 도려내는 것이 최선이다. 그래도 맛은 훌륭하다. 명태회무침은 매운 무채와 궁합을 이뤄 정말 환상적인 맛인데, 사흘 정도 숙성시킨 명태회무침을 보시기에 담아서 술안주와 반찬으로 먹으면 신선이 따로 없다. 회를 뜨고 남은 명태 대가리나 꼬리 부분과 부산물은 매운탕으로 만들면 일석이조가 된다. 특히 매운탕을 만들 때는 회무침을 할 때 남은 무와 양념을 활용하면 되므로 만들기도 쉽고 술 한잔할 때 국물로 먹으면 시원한 맛이 아주 좋다.

2009년부터 명태회무침을 나도 많이 해 드렸는데 어머니의 입맛에 맞게 하기까지 실패도 꽤 여러 번 했다. 이제는 딱 어머니가 좋아하시는 맛으로 할 수 있는데 정작 못 드시게 되었으니 안

타까운 마음이다. 대신 스머프할배가 제일 좋아하는 술안주가
되었다.

"애비야, 명태 무친 것은 매워 못 먹으니 빨간 회를 사 오거라."

그 좋아하는 명태회무침을 못 드시게 된 어머니께서 요즈음
찾으시는 건 연어 회다. 어머니의 주문대로 마트에서 연어 회를
사 들고 와서 가위로 잘게 썰어 드리면 겨자를 넣은 간장에 찍어
서 아쉬움도 모두 잊은 듯 맛나게 드신다.

여우가 죽을 때 머리를 제가 살던 굴 쪽을 향해 돌린다는 수
구초심首丘初心은 죽음을 앞두고 고향을 그리워하는 마음을 표현
하는 것인데, 요새 어머니께서 더 심하게 고향을 생각하시니 저
절로 그 말이 떠오른다. 시절 무상時節 無常이지만 그래도 어린 시
절 고향 이야기를 할 때면 그 시절로 돌아간 듯 연한 미소가 감
돌다가도, 말 한마디 하면서 숨이 차서 뒤를 못 잇는 횟수가 점
점 더 잦아지니 90년 세월의 이쪽과 저쪽의 강이 합쳐져 흘러갈
곳이 점점 가까워진 듯해 애잔하고 가슴이 먹먹해진다.

생존 전략

아버지와 내가 징글맘과 중전, 두 여자에게 공통으로 들은 별명이 '밴댕이 소갈딱지만도 못한 놈'이었다. 참고로 여기서 '소갈딱지'란 '소갈머리'와 같은 말로, 소갈머리는 마음이나 속생각(심보)을 낮잡아 이르는 말이다. '밴댕이 소갈딱지'는 소갈머리보다 더 쩨쩨하다는 말이다. 아주 속이 좁은 사람을 두고 밴댕이라고 하는데, 이보다도 더 속이 좁아서 밴댕이 속의 아주 작은 부스러기 같은 마음 씀씀이를 뜻하는 것이니 얼마나 쪼잔한 사람을 말하는 것인지. 아버지나 나는 어머니와 내 아내로부터 지금까지 밴댕이 소갈딱지만도 못한 남편이었으니 얼굴이 화끈화끈할 노릇이다.

아마도 대다수의 남자들이 부인에게 비슷한 욕을 들어본 경험이 있으리라. 제아무리 큰소리치고 살던 남자들도 나이 들면 전세가 역전되는 경우가 많다. 이유는 다 젊은 날에 남자들이 잘못해서라고들 하니 자승자박이라고 해야 할까, 뿌린 대로 거둔다고 해야 할까. 그 잘못 뿌린 원인 중 많은 경우가 남자들이 종종 다른 꿈을 꾸다가 엉뚱한 사건을 일으켜 아내에게 엄청난 고문을 당하는 것이다. 민망함을 무릅쓰고 고백하자면 나도 젊은 날 띠동갑 수준의 젊은 여자와 교분을 갖게 되었는데, 그것이 그리 오래 못 갔다. 그저 대화나 나누며 알고 지내는 게야 그리 큰일이 아니지 않은가 했던 안일한 마음이 불러온 화근이었다. 여자의 직감은 적확하여 아내가 은근히 내 목을 옥죄기 시작하더니 끝내 항복문서를 받아내고 말았다. 부부간의 신뢰란 한 번 깨지면 회복하기 어려운 법이 아니던가.

"나를 완전히 믿기 어려울 테니 직접 만나서 앙금을 남기지 말고 풀어."

내 딴에는 어차피 터진 둑을 막기 위해서는 완전히 불신을 뿌리 뽑아야겠다는 생각에 깨끗하게 두 여자를 만나게 했다.

"그냥 존경하는 마음이었을 뿐이에요. 앞으로는 절대 만나지 않겠습니다."

나처럼 상대 여자도 싹싹 빌었다고 한다. 이쯤에서 아내도 속는 셈 치고 끝을 내기로 하고는 문서를 내밀었다. 내용인즉, 십계명의 첫 번째인 '다른 신을 섬기지 말라'처럼 '니 이외의 다른 여자를 꿈도 꾸지 말라'는 것이었다. 나는 두말할 것도 없이 지장을 꾹 눌렀다. 물론 다시는 눈곱만큼도 다른 데로 눈을 돌리지 않았지만, 정말 여자의 직감은 무서운 것 같다. 남자가 아무리 뛰어봐야 여자 손바닥 위라는 말이 괜히 나온 게 아니다.

아버지도 55년 전에 징글맘에게 책을 잡히고 말았다. 내가 5학년 때인데, 아버지가 자주 늦게 퇴근하셨다. 어느 날 징글맘이 맹수와도 같은 날카로운 직감으로 아버지의 허를 찔렀다.

"요새 누구 만나?"

"……누구라니?……아니, 그러니까…….."

"알았어."

갑작스러운 징글맘의 질문에 찔끔한 아버지가 즉시 대답을 못하고 말을 더듬자 바로 눈치 챈 징글맘은 갑자기 옷을 갈아입고 나가버렸다. 당시는 핸드폰은 고사하고 집에도 전화가 없는 경우가 많았는데, 그렇게 나가버린 징글맘이 집에 들어오지 않고 연락도 안 되어서 난리도 아니었다. 다음날 아버지는 출근하며 우리들에게 짜장면 값을 주고 갔는데, 집안 분위기가 무겁게 내려앉은 것이 어린 내 눈치로도 보통 일이 아니다 싶었다.

알고 보니 징글맘은 집을 나가서 바로 언니가 사는 제주도로 날아가신 거였다. 고향이 이북이라 이모가 징글맘에게는 유일한 친정이었으니 갈 곳이란 당연한 거였다. 이후 사흘간 아버지는 징글맘에게 전화로 애걸복걸하셨고, 결국 나흘 만에 징글맘은 개선장군처럼 집으로 돌아오셨다. 그리고는 기선을 잡고 아버지를 피교육생처럼 대하며 평생을 아버지의 머리 꼭대기에서 군림하셨다. 징글맘은 그나마 너그러웠던 내 아내와 달리 단칼에 일을 처리하고 평생 동안 틈을 안 주고 아버지를 옥죄고 사셨다. 물론 빌미를 제공하긴 했지만 지금에 와서 돌아보면 아버지가 꽤나 가슴을 치셨겠다 싶기도 하다. 그런 아버지는 우리 부부가 다투고 나면 며느리 편을 들어주셨다.

"아가야, 이놈 밥도 주지 마라."

징글맘은 아버지에게는 그리 독했으면서도 며느리에게는 참으라며 아들 편을 드셨다.

"남자가 그럴 수도 있지, 니가 참어."

덕분에 우리 집은 다시 격렬한 후폭풍에 휩싸였다.

하여튼 남자는 여느 동물의 수컷과 달리 더 힘든 부분이 많은 것 같다. 뭐 꼭 큰 잘못을 해서 인생 후반부에 주도권이 뒤집히는 것은 아니겠지만, 이 시대 남자들이 왜 여자들 앞에만 서면 그리도 작아지는지는 생각해볼 일이다. 인간은 감정의 동물인데 보통 남자들은 그 감정 표현이 서툴러 여자들에게 늘 밀리는 게 아닐까 싶기도 하고, 어쩌면 여자들이 속으로 삭이고 감내해야 하는 숱한 감정들이 세월에 녹아들면서 그리되는 것 같기도 하다. 어쨌든 보다 현명한 생존 전략을 습득할 필요가 이 시대 남자들에게 요구되는 것이지 싶다.

나도 이렇게 몇 년간 징글맘의 취사병을 하면서 여자들의 애로 사항을 다 겪고 나니 앞으로는 아내에게도, 징글맘에게도 더 잘해야겠다는 마음을 다지게 된다. 다행히도 나의 이런 마음을 알아주는 것일까. 지난날 아내의 핸드폰에 적힌 내 이름은 '좁쌀영감'이나 '밴댕이'였는데, 그래도 요새는 나이 들었다고 대우해주는지 '캡틴'으로 바뀐 것을 발견하고 혼자 슬며시 웃었지.

이왕 밴댕이 소갈딱지 소리를 되새긴 김에 오늘은 밴댕이조림을 만들어 한잔하는 것도 좋겠다. 보통 어시장에 가면 불과 몇천 원이면 한 무더기를 주는데 이것을 바로 소금에 절여야 상하지 않는다. 밴댕이를 두 시간 정도 소금에 재웠다가 꺼내어 흐르는 찬물에 씻어 체나 소쿠리에 담아 물기도 빼야 한다.

자, 재료도 준비 되었으니 이제 요리를 시작해볼까. 우선 냄비 바닥에 큼직하게 썬 무를 깔고 그 위에 밴댕이를 붓는다. 매운 청양고추와 잘게 썬 마늘과 얇게 썬 양파, 어슷하게 썬 대파와 고춧가루를 섞어서 양념장을 만든다. 양념장과 깻잎을 넣고 냄비 뚜껑을 덮어 센 불로 바로 가열하면 된다. 밴댕이조림에는 깻잎을 넣는 것이 향도 나고 비린 맛이 덜 나서 좋은데, 취향에 따라 미나리나 쑥갓을 넣어도 좋다. 처음에 센 불로 10분 정도 끓이다가 거품이 넘치면 잠시 냄비 뚜껑을 열고 조선간장으로 간을 맞추고 소주(백포도주나 맛술도 가능)를 약간 붓고 다시 중간 불로 10분 정도를 더 끓이면 보기에도 좋고 맛도 기가 막히게 좋은 밴댕이조림이 완성된다. 여기에 취향에 따라 후춧가루를 뿌려도 된다.

"애비야, 내가 먹게 고치가리(고춧가루를 이렇게 발음하신다)는 나중에 니가 먹을 때만 넣어."

징글맘은 밴댕이조림을 만들 때 꼭 옆에서 맵게 만들지 말라고 잔소리를 하시는데 오늘도 빼먹지 않으신다.

"알았다니까요. 맨날 그 소리…… 잊어 먹지도 않아요? 어쩌 잔소리할 기운만 팔팔하실까."

"야! 이 밴댕이 소갈딱지야! 우야, 즈그 애비랑 같아."

'에구, 괜히 혹만 붙였네.' 하고 속으로 찔끔해서 고개를 돌리고 말았다. 오가는 잔소리와 욕설 끝에 완성된 밴댕이조림을 올려놓으니 금세 조촐한 만찬이 차려진다. 그런데 밴댕이란 생선은 이름처럼 작고 조리하면 잘 부스러지고 생선가시가 많아 징글맘께 발라 드릴 때는 신경이 무척 쓰인다. 밴댕이의 살이 부드러우니 징글맘은 아기처럼 오물오물 맛있게 드시지만, 이걸 발라 드리는 나는 얼마나 힘든지 아무도 모를 일이다. 그런데도 오늘은 어쩌다 놓쳤는지 가시를 씹은 징글맘이 '툭' 하고 뱉으시며 날카로운 한마디도 함께 뱉으신다.

"니는 아직 가시 하나도 제대로 못 발라낸다니?"

'에고, 아버지 얼마나 열 받고 가슴을 치며 사셨을고.'

여지없이 날아오는 돌직구에 속으로 아버지를 생각하며 울컥 성질이 나지만, 그런다고 어쩌겠는가. 그서 내 탓을 할 수밖에. 아버지를 입에 올린 후 징글맘도 옛 생각을 하셨던가 보다. 상을 물리면서 징글맘은 회한의 한숨을 내쉬신다.

"내가 느그 애비에게 우야 그리 못되게 했는지 몰라."

두 분의 일이야 자식인 내가 뭐라 판단할 수 없는 노릇이지만, 젊은 날 참 당당하고 누구에게도 꿇리지 않던 징글맘이 지금은 이렇게 하루의 대부분을 흐릿한 정신으로 헤매시니 그 모습이 못내 안타까울 뿐이다.

징글맘의 '천일야화'

"니는 아기 때부터 호기심이 많아 종일 물어보는데 에미가 참 귀찮았지. 그리고 말썽도 많이 피워 정말 키우기 힘들었다."

징글맘은 가끔 정신이 돌아오면 5남매를 키우면서 일어난 에피소드를 재미있게 이야기하신다. 오늘도 맏이인 나는 호기심이 많고 욕심도 많은데 성질이 좀 급했고, 모유나 우유를 못 먹고 미음으로 자란 탓인지 체질도 약해 병치레가 많았다고 기억을 더듬으셨다. 그러면서 징글맘은 육아법을 몰라 젖이 안 나온다고 나에게 우유도 못 먹인 것이 지금도 미안하다고 하신다.

"둘째는 눈이 커서 겁이 많지만 뚝심이 세서 무엇이든 잡으면 끝을 보았지. 그래서 큰일도 하는 것 같아."

징글맘이 기억하는 둘째는 착해서 남을 때리지도 못하고 늘

참는 스타일이지만 집중력이 있고 끈기가 있어 어려서부터 두각을 나타냈다고 하신다.

"둘째는 나랏일로 바쁘니 애비가 이렇게 고생해서 미안하구나. 그래도 그 덕에 내는 아들이 해주는 삼시 세끼를 먹으니 그래도 복이 많은 거지? 정말 고맙다."

어머니의 말씀에 나는 '평소에는 이렇게 경우도 밝으신 분인데……'라는 생각과 더불어 고맙다는 말 한마디로 새벽마다 복잡해지던 마음까지 스르르 사라지고 만다.

"셋째 글마는 '꼼지'야, '쩸뱅이'고. 하도 꼼지락거려 에미가 보기에도 걱정이 많았어."

셋째 이야기를 하면서 징글맘은 녀석이 깍쟁이라며 웃었지만, 어렸을 때 위험했던 추락 사고의 기억을 되살리며 늘 마음을 놓을 수 없었다고 덧붙이신다. 그러고 보니 사고 이후 보호 대상인 셋째에게 양말이고 뭐고 좋은 건 다 뺏기고, 둘째하고 나는 구멍 난 양말만 신었다. 음식도 그놈은 하도 빨리 먹어서 따라가기 힘들었던 생각이 난다. 그래도 사고뭉치 셋째가 지금은 가끔씩 찾아와 술 한잔이라도 나누고, 내가 만든 음식을 한과 명인인 자기 마누라(나에게는 제수씨)가 만든 것보다 더 잘 먹으며 웃음을 선사해주고 있다.

넷째인 여동생은 어렸을 때 오빠들을 따라서 서서 쉬를 하다 옷을 다 버린 에피소드를 전설처럼 달고 다닌다.

"니는 지지바가 와 서서 싸고 지랄이야."

징글맘이 여동생의 등을 찰싹 때리면서 지청구를 했지만, 남자 형제들 사이에 혼자 여자다 보니 뭐든지 따라 하고 싶었던가 보다. 그 왈가닥 여동생도 이제는 목사의 부인이고 환갑이 넘었으니 세월이 참 무상하다. 아버지는 여동생에게만 순순하게 대하시고, 세월이 흘러도 여동생 말을 제일 잘 들으셨다. 징글맘도 여동생 이야기를 하면서 하나뿐인 딸을 너무 고생시켜 가슴이 아프다며 눈물을 글썽이셨다.

"내가 다 죄인이라 그래."

지난번에 여동생이 위암 수술을 받는 것도 가슴 아파하며 걱정을 많이 하시니 나도 눈가가 시큰해진다.

다섯째인 막내 동생 이야기를 하면서는 "그놈의 새끼는 낳지 않으려 했는데, 나와서 늘 문제야." 해서 같이 웃었다.

"열 손가락 깨물면 똑같이 아픈 법이지."

그래도 어느 자식 하나도 걱정을 비우지는 못하시는 징글맘이다.

이처럼 징글맘은 5남매의 이야기를 태몽부터 시작해 키우면서 느꼈던 점을 동화처럼 들려주시는데 정말 재미도 있고, 내가 모르는 의외의 것들을 가슴속에 담고 사신 것 같아 신기했다. 한 사람의 삶은 그 사람뿐만 아니라 주변 사람들의 역사이기도 하다는 것을 새삼 재발견하는 순간이었지. 그런데 이야기 중간 중간 숨이 차서 말이 자주 끊어졌다가 다시 이어가시는데, 그 애쓰는 모습이 그저 안타깝기만 하다.

이야기를 듣다 보니 어머니가 해주셨던 음식 중에 우리 형제들이 제일 좋아했던 것 하나가 떠오른다. 늘 남들보다 독특한 요리를 해주셨던 어머니의 음식 중에서도 기억에 남는 건 우리 형제들이 동그랑땡이라고 불렀던 완자였다. 다른 집은 완자를 대부분 돼지고기로 만드는데, 어머니는 생선으로 만들어 주셨다. 어머니는 고등어나 '아지(あじ, 맛)'라 불렀던 전갱이를 다져서 생선가스를 잘 만들어 주셨는데, 작게 굴려서 동그랑땡 같은 완자도 만들어 주신 것이다. 집에 일하는 사람이 있을 때는 어머니의 요리법으로 식모가 만들기도 했는데, 어쩐지 같은 요리를 해도 어머니 요리는 또 맛이 달랐다. 워낙 일본 요리를 좋아하고 일본 책을 보면서 연구도 많이 하셨기 때문에 그때 당시로써는 그 누구도 흉내 내기 어려운 어머니만의 레시피와 손맛이 있었던 까닭이리라.

그 시절을 생각하며 어머니께 내가 가끔 만들어 드렸던 완자는 전통 방식의 완자와 서양식 미트볼의 중간 스타일쯤 되는 음식인 것 같다. 무엇보다도 어머니는 생선으로 완자를 만들어 주셨지만 나는 다진 돼지고기를 사용한다는 점도 다르다.

재료는 돼지고기, 두부, 달걀, 마가린, 토마토소스, 당근, 양파, 마늘, 안 매운 고추, 빵가루, 소금, 적포도주를 준비한다. 먼

저 두부를 으깨고 다진 돼지고기와 섞어 준비한다. 프라이팬에 물을 조금 붓고 소금 한 스푼을 넣은 후 먼저 준비해둔 당근과 양파, 고추, 다진 마늘을 넣고 익힌다. 채소가 어느 정도 익었을 때 마가린을 넣고, 두부와 돼지고기 섞은 것을 넣고, 적포도주를 부은 후 빵가루도 넣는다. 여기에 달걀 두 개를 풀어서 섞는데, 달걀이 들어가면 바닥에 눌어붙기 쉬우니 나무 주걱으로 잘 비벼야 한다. 다음으로 토마토소스를 붓고 약한 불에 3분 정도 살살 부드럽게 비비면 이 자체로도 영양 만점 요리가 된다. 이렇게 준비된 재료에 다시 빵가루를 조금 넣고 비벼서 완자 형태로 만들어 달군 프라이팬에 올려서 익히면 끝이다.

비록 생선으로 만들어 주신 어머니의 손맛은 아니지만 징글맘도 내가 만들어 드리는 이 콜라보 완자를 참 좋아하셨다. 대신 완자를 드실 때는 꼭 한마디의 주문을 외치셨다.

"애비야, 주스!"

역시 맛의 조화를 챙길 줄 아는 징글맘이시지.

중학교 3학년 때부터 군 제대할 때까지는 집을 떠나 있었던 터라 어머니에 대한 애틋함은 별로 없는 편이다. 워낙 알아서 하는 편이었고 생활고에 정신이 없던 터라 어머니도 나와 둘째에 대해서는 걱정도 안 하고 거의 신경을 쓰지 않으셨다. 이후에도 결혼하고 십여 년 동안 부모님을 모시고 살았지만 어머니와 깊은 유대감을 느낄 기회가 많지 않았다. 이렇게 늘그막에 어머니를 모시면서 예전에 못 나누던 이야기며 알지 못했던 속내와 상처까지도 들여다보게 되니, 어쩌면 이 시간들이 우리에게 주어진 기회일지도 모르겠다는 생각이 든다. 물론 정상이 아닌 상태의 어머니를 몇날 며칠 혼자 챙기고 수발하는 일이 때로는 진저리나도록 벗어나고 싶고, 때로는 스트레스가 폭발 직전까지 쌓이는 것도 사실이다. 주말이라도 다른 형제들이 교대해주면 좋겠지만, 문제는 어머니가 나 외의 다른 형제들을 거부하시는 것이다.

"저놈들은 밥도 못 차리니 애비가 차려라."

동생들을 내쫓으며 나만 찾으실 때면 정말 밥 때문에 그러시나 싶지만, 사실은 내게만 보여준 어머니의 모습과 마음 때문이 아닌가 생각해본다. 그나마 내게는 가릴 것도 없이 내려놓고 다 보여주고만 자신의 모습을 동생들에게까지 보여주고 싶지는 않아서가 아닐까 짐작하게 된다. 남자에게는 영원히 사랑스러운 모습이고 싶은 게 여자의 마음이듯, 징글맘도 동생들 앞에서는 끝까지 사랑과 모정이 강했던 존경스러운 어머니의 품위를 지키고 싶은 게 아닐까. 물론 이미 상처와 혼돈의 밑바닥까지 다 보고 말았지만, 그래도 언제까지라도 징글맘은 훌륭하고 헌신적이었던 사랑하는 나의 어머니임은 분명하다. 그런데 이제 징글맘과의 이 천일야화 같은 이야기도 머지않아 끝날 것만 같아 마음이 어지럽다.

짠맛

정말로 눈물은 왜 짠가?

가을 소리

인생에서 성공한다는 것은 어떤 기준일까. 저마다 다르겠지만 아마도 많은 이들이 사회적 지위와 부를 우선으로 꼽지 않을까 싶다. 사실 나는 지금까지 살아오면서 실패의 연속이었고 뭐 하나 제대로 이루거나 쌓은 것도 없으니 일반적인 성공에서는 열외자가 되어도 할 말이 없다. 할아버지께서는 나에게 나라의 틀을 잡으라고 '성기城基'라는 큰 이름을 지어 주셨는데, 결국 '치국평천하治國平天下'는 못하고 말았다. 하지만 지금 징글맘의 취사병을 9년째 하고 있고, 자식들도 모두 제 몫을 하고 있고, 손주들도 건강하고 야무지게 크는 것을 보니 다행히 '수신제가修身齊家'는 어느 정도 한 것 같다.

물론 고슴도치도 자기 새끼는 예뻐한다지만 그래도 내 새끼들이 예쁘고 똑똑해 벌써 손주들을 자랑하며 살고 있으니 그나마 복이 많은 것 같다. 창의적인 아이로 키우는 교육법 같은 데서 요즘 강조하는 걸 보면 어릴 때 잘 놀아야 창의력이 향상된다고 한다. 내 아이들은 어려서도 알아서 놀고 공부도 척척 잘했고, 커서는 스스로 연애를 하여 듬직한 사위들도 만나 효도하는 걸 보면 그 말이 딱 맞는 셈이다. 주변에서 몇몇 친구들은 아직 아이들을 결혼시키지 못해 집에서 맨날 싸우는 걸 볼 때마다 나는 참 성공한 거라고 자족한다.

헬조선이니 금수저, 흙수저 같은 이야기도 있지만 다 자기 하기 나름이라고 생각한다. 간판을 따기 위해 대학을 가면 뭐하겠나. 졸업해서 일자리도 구하지 못하고 도전 정신도 없으니, 패배 의식 속에서 사회구조를 탓하고 부모를 원망하고 살면 끝이 없는 것이지. 사실 부모가 문제이긴 하다. 초등학교 때부터 아이가 갈 길을 알아서 다 정해주고 사회에 나와서도 직장 상사에게 전화해서 자식 변명을 한다는 부모들의 이야기를 들을 때면 그 아이가 어떻게 제대로 한 사람 몫을 할까 싶다. 너무 온실에서 화초를 키우듯 곱게 키우고 연애도 사사건건 따지고 말리면 그러다 '때는 늦으리'가 되어 도리어 자식의 인생을 망칠 수 있다.

서양처럼 자식에게 미리 독립 정신을 키워주는 교육이 우리에게도 필요하다고 생각한다. 우리가 살다 보면 늘 평탄하고 평온할 수만은 없으므로 자식에게 도전 정신과 독립심을 미리 키워주어야 한다. 자식이 받을 그릇도 아직 안 되었는데 무조건 쏟아 붓고 넘치도록 주기만 하면서 홀로 서지 못하게 하는 과보호는 오히려 아이들을 낙오자로 만드는 지름길 같다.

부모가 자식에게 주어야 할 것은 따로 있다. 아이는 어른의 거울이라고 하지 않던가. 부모의 말과 행동 그리고 생각까지도 아이는 고스란히 보고 배우며 자란다. 또 엄마가 읽어주는 동화책부터 시작해 세상을 보는 시야와 살아가는 지혜를 얻기 마련이다. 그러니 먼저 부모가 일상에서 책을 가까이 해야 한다. 부모는 책을 가까이 하지도 않으면서 자식에게만 공부하라고, 미래를 준비하라고, 꿈을 크게 가지라고 백날 말하면 무엇이 되겠는가?

내가 평생 책을 가까이 했던 것도 내 아버지와 어머니가 그리하셨기 때문이다. 일찍이 아버지의 독서열은 대단하셨고, 징글맘도 늘 책을 가까이 하고 수예나 요리도 그 당시 일본 잡지나 단행본으로 공부하니 나와 동생들도 자연스럽게 책을 가까이 하며 자랐다.

특히나 징글맘은 다른 사람들이 아이들의 책이나 책가방을 넘어 지나가면 욕대학 총장 기질을 거침없이 발휘해 소리를 지를 정도로 책을 귀하게 여기셨다.

"저 무식한 년, 발모가지 분질러버린다."

지금도 징글맘은 내 책이나 서류를 누가 밟거나 그 위로 지나가면 "야! 이 무식한 년아!" 하며 욕과 함께 날카로운 눈총을 한 다발 쏘셨다.

이제 나도 칠십을 바라보며 살지만 아직도 내가 책을 가까이 하는 것만은 스스로 자부심을 갖고 있다. 나는 자식들에게 책을 가까이 할 기회를 주었고, 나의 딸들도 늘 책을 가까이 했다. 특별히 공부하라고 닦달하지 않았는데도 자기들이 알아서 공부를 했다. 그러니 손녀들도 다들 책을 가까이 하고 있으며 그 모습을 볼 때마다 뿌듯하다. 정말 콩 심은 데서 콩이 나는 것이리라.

"공부를 할 놈이 따로 있어. 그래서 씨도둑은 못해."

징글맘이 늘 이렇게 말씀하시며 손주들인 내 딸들이나 조카들을 무척이나 자랑하셨다. 특히 나의 외손녀 다연이는 이제 초등학교 4학년인데 한문이나 영어 실력이 뛰어나 이미 잡지 〈독서평설〉의 모델도 하고 〈어린이 동아〉 기자로 활동해 그 영특함을 인정받고 있다. 내 손녀라서가 아니라 다연이가 작성한 기사가 너무 똑 부러지게 잘 써서 어른들을 다 놀라게 할 정도였는데, 이대로 잘 커서 장래 언론인이나 교수가 되었으면 하는 것이 할배의 바람이다. 그리고 다연이가 어문 소질과 미적 감각이 뛰어난데, 그걸 볼 때마다 할배의 영향을 조금 받은 것 같아 기분이 좋다. '팔불출 손녀 바보'라는 소리를 들을 수도 있겠지만 그만큼 다연이는 나의 희망이자 꿈나무다. 다연이 엄마인 내 딸 희정이도 똑소리 나는 유학파 수재다. 생명공학을 전공하고 지금

병원의 연구소에 재직하고 있는 내 사위도 뛰어난 엘리트이니, 부모의 우수한 유전자와 환경의 영향도 크다고 본다. 다연이 동생인 지연이도 지금 초등학교 2학년인데 벌써 영재로 주목받고 있어 또 다른 기대를 하고 있다.

내가 덕수국민학교 6학년에 재학 중일 때 담임이었던 오귀현 선생님은 주자朱子의 '권학시勸學詩'와 24절기, 12지간을 외우게 하셨다. 코피가 터질 정도로 열심히 했던 까닭인지 지금도 잊지 않고 손주들에게 들려줬는데, 덕분에 유빈이도 다연이와 지연이도 모두 이 시구를 외웠다.

소년은 늙기 쉽고 학문은 이루기 어려우니	少年易老學難成
짧은 시간도 가벼이 여기지 말라	一寸光陰不可輕
연못가의 봄풀은 아직 꿈을 깨지 않았는데	未覺池塘春草夢
섬돌 앞의 오동잎은 벌써 가을 소리를 알리네	階前梧葉已秋聲

이 시에서 '섬돌 앞의 오동잎은 벌써 가을 소리를 알리네'라는 구절처럼 내 머리가 이렇게 희고 인생도 가을을 지나 겨울로 가는 것 같은데, 나도 배울 때 더 공부를 했어야 하는데 이제 와서 보니 안타깝기만 하다. 그래도 내가 늘 책을 가까이 하여 딸이나 손주들이 이 시를 비롯해 12지간 이야기와 24절기도 외우며 자기들 나름대로 열심히 공부하니 다행이다 싶다.

손주들은 이 할배가 들려주는 이야기 외에도 내가 만들어 주는 음식을 좋아하니 그 또한 사랑스럽기 그지없다.

"엄마가 해주는 것보다 할아버지가 해주시는 게 더 맛있어요."

때로는 이렇게 깜찍한 칭찬으로 할배를 요리하며 춤추게 하기도 한다. 내가 해주는 음식 중에서도 녀석들이 가장 좋아하는 메뉴는 바로 간장떡볶이다. 요즘에야 고추장으로 만든 떡볶이가 대중적이지만 원래 궁중에서 먹었던 떡볶이는 간장으로 만든 것이다.

아이들을 위한 간장떡볶이를 만들려면 먼저 쇠고기와 표고버섯으로 육수를 만들고 물에 불린 떡, 얇게 썬 새송이버섯, 다진 마늘과 양파, 대파, 당근을 썰어 놓는다. 떡과 버섯의 양에 맞추어 간장을 붓고 올리고당이나 설탕을 첨가하여 양념장을 준비한다. 육수를 부은 프라이팬에 떡과 새송이버섯, 양념장을 넣고 센 불에 10분 정도 끓인다. 이때 바닥에 눌어붙지 않게 나무 주걱으로 저어 가며 끓인 후 청주나 소주, 후춧가루를 조금 뿌리면 정말 맛있고 우아한 간장떡볶이가 완성된다. 여기에 애들이 좋아하는 햄까지 넣으면 맛도 인기도 '따따봉'이다.

"와! 맛있겠다."

완성된 떡볶이를 상 위에 놓으면 비주얼만 보고도 터져 나오는 환호성과 함께 달려드는 아이들의 모습도 뿌듯하지만, 어머니도 증손주들 사이에서 맛있게 느시면서 웃음꽃을 활짝 피우

시니, 이 모습도 참 보기 좋다. 그 모습이 박혀서 그런지 간장떡
볶이는 생각만 해도 마음이 절로 따뜻해지는 음식이다. 아마도
어머니와 손주들이 내가 해준 떡볶이를 맛있게 먹는 모습을 보
고 있던 내 얼굴에도 미소가 가득 피어나 있었을 것이다.

　지난 일을 돌아보면 실패한 일도 아쉬운 일도 물론 많지만,
그렇다고 지난 시간을 자꾸만 돌이켜 후회만 하면 무슨 소용이
겠는가. 건강에도 안 좋으니 남은 날들을 내 나이에 맞게 살면
되는 것 아니겠는가. 나는 지금 징글맘의 취사병을 하며 지내고
있지만 늘 지금 여기에서 행복을 느끼고 꿈을 잃지 않는 것은 그
래도 자식들과 손주들이 내 버팀목이 되어주기 때문인 것 같다.
앞으로 외손자 주찬이가 좀 더 크면 함께 대중목욕탕에 가는 소
박한 꿈마저도 내게는 힘이 되어주니 말이다. 이처럼 착하고 성
실하고 똑소리까지 나는 자식들, 손주들만으로도 나는 인생에
서 절반의 성공은 한 것이라 믿는다.

I'm your man

사랑은 눈에 보이지 않지만, 또 어떻게든 보여주어야 지킬 수 있는 것이기도 하다. 징글맘과 살다 보니 본의 아니게 아내와 떨어져 살고 있는 것이 늘 미안하고 안타까운 마음이다. 젊은 시절에는 시부모를 모시고 사느라 힘들었을 아내는 또 이제는 시어머니에게 남편을 내어주고 내 빈자리까지 지키고 있다. 뿐인가, 징글맘이 좋아하시는 간장게장을 몇 년간이나 수시로 만들어 나르느라 생고생하기도 했다. 아프리카 속담에 '한 아이를 키우려면 온 마을이 필요하다'는 말이 있는데, 거꾸로 아이가 된 징글맘 한 명을 수발하기 위해서도 나 혼자의 힘만으로는 안 되는 것 같다. 그중에 바로 내가 못하는 빈자리를 채워주는 아내를 위해 내 사랑을 보여줄 수 있는 작은 시간을 마련한 일이 있었다.

지난 12월 28일, 매서운 겨울 추위에도 불구하고 아내에게 부천으로 오라고 했다. 바로 다음날이 아내의 생일이건만 꼼짝할 수 없는 처지이다 보니 손녀 유빈이를 데리고 왕림을 청한 것이다. 그리고는 아내가 좋아하는 스테이크와 유빈이가 좋아하는 떡볶이를 만들어서 아내의 생일상을 차려 주었다. 비록 메뉴도 단출하고 소박한 밥상인데도 사랑하는 이를 위해 음식을 준비한다는 것이 새삼 특별하게 느껴지고 너무도 행복했다. 그러고 보면 징글맘을 위해 매일 밥상을 차리면서도 수십 년 동안 아내에게는 받기만 했었는데, 이제야 아내를 위한 밥상을 차리게 되니 기분 또한 새롭고 뿌듯하기도 했다.

아내를 위한 스테이크는 특히 스테이크 소스와 크랜베리소스를 섞어 새로운 맛으로 만들었다. 아내는 쇠고기 요리를 좋아해 가끔 함께 정육 식당에 가서 먹는데, 이날은 직접 등심스테이크를 만들어 생일 파티의 메인 메뉴로 올렸다. 중전을 위한 메인 요리인 스테이크에 사용된 한우 등심은 며칠 전에 막내 사위가 놓고 간 것이어서 의미도 더해졌다. 크랜베리소스는 유럽에서 주로 소스와 잼, 과일조림과 리큐르(liqueur, 알코올음료) 등에 사용하고, 북아메리카에서는 추수감사절 칠면조 요리에 곁들이는 소스로 유명하다. 크랜베리 자체는 파이와 샐러드 및 케이크 등에 얹어 먹는다.

쇠고기 등심은 레드와인에 두어 시간 정도 재워 두면 맛이 더 좋아진다. 감자는 적당한 두께로 썰어 소금물에 재워 놓으면 간이 된다. 이어 당근과 양파, 매운 풋고추와 마늘을 준비하고 프라이팬에 식용유를 두른 후 레드와인에 재웠던 쇠고기와 소금물에 재운 감자를 나란히 놓는다. 이어서 준비한 채소들도 넣고 모차렐라 치즈를 위에 얹은 후 프라이팬에서 조리를 시작한다. 이때 기름이 튀어 화상을 입기 쉬우니 긴팔 옷을 입고 목장갑을 착용하는 것이 좋다. 쇠고기는 불고기든 스테이크든 굽는 정도에 따라 그 맛이 다른데, 모든 쇠고기 요리는 스테이크 요리의 기준으로 레어(rare, 스테이크 표면은 연한 갈색으로 익었으나, 속은 붉은 육즙이 그대로 남게 구운 상태)나 미디엄-레어(레어보다는 좀 더 익히며 미디엄보다는 좀 덜 익힌 것)가 좋다. 우리나라 사람들은 보통 미디엄(medium, 구운 고기의 색이 옅은 붉은색으로 절반 정도 익힌 것) 수준을 택하는데 쇠고기 맛을 좀 아는 사람들은 육회를 좋아하듯 요리도 살짝 구운 것을 택한다. 모든 재료가 익어 갈 즈음 후춧가루를 뿌리면 마늘과 모차렐라 치즈가 환상적인 맛으로 변하여 맛을 아는 사람은 '그래, 바로 이 맛이야.'라고 외칠 듯한 결과가 만들어진다.

우리 집 여자들은 모두 고양잇과 성향이 있다. 아내는 페르시안 고양이 같고, 유빈이는 터키시 앙골라 같아서 스테이크와 햄이 들어간 떡볶이가 단연 인기였다. 징글맘은 러시안 블루 같아서 고기 요리라면 빠지지 않는 스타일이다. 이빌도 어머니는 고기가 연하고 향이 좋아서 몇 점이나 맛있게 드시며 즐거워하셨다. 다만 치아가 부실하니 스테이크 소스와 떡볶이에 들어간 토마토와 햄을 고기보다 더 많이 드셨는데 "원님 덕에 내가 호강한다."며 좋아하셨다. 물론 중전과 유빈이도 맛있다며 무척이나 좋아했다. 이렇게 세대 불문하고 세 여자에게 모두 사랑받은 스테이크와 떡볶이, 역시 스테이크는 '여자 사랑'인 듯하다.

"할아버지, 촛불을 왜 세 개만 켜요?"

식사 후 케이크에 불을 켜고 아내의 생일 축하 노래를 부르려는데, 유빈이가 초의 숫자를 지적한다.

"할머니가 서른 살이 아닌데, 반으로 줄여요?"

"할라봉은 지금도 할머니를 서른 살로 생각해."

이렇게 대답하니 유빈이 왈.

"할라봉이 '따봉'이에요."

역시 아이들은 참 금방 배우고, 금방 크는 것 같다. 이날의 에피소드는 여기서 끝이 아니다. 식사가 끝난 후 쌓인 그릇을 치우겠다고 나선 아내가 설거지를 하기 시작하니 뜻밖에도 징글맘이 손사래를 치며 만류를 하신다.

"얘야, 애비를 시켜라. 니 생일이잖아."

며느리에게 점수 확실히 챙기시는 징글맘 덕분에 모두들 크게 웃었다. 어머니의 센스도 못지않은 걸로 봐서 모자간이 확실한 것 같다.

사랑은 먼저 관심을 가지는 것에서 출발한다. 본래 미움보다 더 무서운 것이 무관심이라고 하지 않던가. 한 알의 씨앗이 발아하여 새싹이 단단한 땅을 뚫고 나왔을 때 방치하면 그 생명은 말라서 타 죽고, 아이들도 마찬가지로 지극정성을 쏟으며 양육하여야 올바른 사람으로 성장할 수 있다. 무릇 남녀 간의 사랑도 그 시작은 상대에게 관심을 갖는 것으로 시작되고, 사랑을 얻었다 해도 지키기 위해서는 관심을 내려놓아서는 안 되는 법이다. 부부 사이에도 결혼 초에는 애틋하고 열정적이지만 세월이 지나면서 점차 서로가 남처럼 무관심해지니 문제가 발생한다. 그러니 아무리 오랜 시간을 함께한 부부라도 상대에게 관심과 애정을 보여주기 위해 노력을 해야만 한다. 그것은 나이가 들었다 해도 마찬가지다. 주변에서 보면 가장 낙제로 치는 남자가 혼자 낚시나 골프를 즐기는 경우 같다. 몸이 늙는다 해서 마음까지 늙는 것은 아니니 부부가 함께할 수 있는 것을 찾고, 그도 안 되면 가끔은 상대를 위한 이벤트를 하는 등 나이만큼 더 숙성된 사랑을 찾아야 한다고 본다.

비록 나는 매일 옆에서 아내를 챙겨주고 함께 뭔가를 할 수 없지만, 어쩌면 내가 징글맘의 취사병으로 이렇게 유배 생활을 하는 것이 오히려 전화위복일지도 모른다는 생각도 든다. 옆에서 내내 붙어 있었으면 남들처럼 지겹도록 싸우고 서로에게 고마운 줄 모르고 소홀해질 수도 있을 텐데, 이런 환경에 처해 있다 보니 부부가 서로 이해하고 배려하며 관심을 잃지 않고 오히려 더 애틋한 마음으로 지내고 있는 게 아닌가 싶다. '행복한 결혼은 완벽한 부부가 만났을 때 이루어지는 게 아니다. 불완전한 부부가 서로의 차이점을 즐거이 받아들이는 법을 배울 때 이뤄지는 것이다.'라는 데이브 모이러Dave Meurer의 이 말이 우리 부부에게 딱 맞는 말인 것 같다.

'You mean everything to me. I'm your man.'

그날, 내가 아내에게 준 생일 축하 카드에는 평소 전하지 못했던 미안함과 고마움 그리고 사랑을 가득 담았다. 비록 떨어져 있지만 언제나 아내를 생각하는 마음을 전하고 싶었다. 소소하지만 웃음이 가득하고 정겨움이 가득했던 시간과 그 추억은 다시 돌아봐도 늘 나를 행복하게 만들어준다.

식구라는 이름의 무게

영국 속담에 '눈에서 멀어지면 마음에서도 멀어진다'는 말이 있
다. 자주 만나지 않으면 사이가 멀어지게 되는 관계의 법칙을 일
컫는다. 일반적으로 '가족'이란 표현과 '식구'란 표현을 두루뭉
술하게 같은 뜻처럼 사용하는데, 사실 두 표현에는 차이가 좀 있
다. '가족家族'은 혈연을 중심으로 하는 친족 관계를 말한다면,
'식구食口'란 한집에 살면서 끼니를 같이 하는 사람으로 꼭 가족
이 아니어도 포함이 된다. 부모자식 사이라도 눈앞에 안 보이고
멀리 있으면 관심을 덜 갖게 되기 마련이다. 지금은 스마트폰 시
대이니 목소리뿐만 아니라 얼굴을 보는 화상 통화도 할 수 있지
만, 아무리 전화로 서로의 마음을 나눈다 해도 매일 한집에서 삼
시 세끼를 같이 하는 것과는 그 정이 같을 수가 없다고 본다. 그

러니 매일 밥을 함께 먹고 있는 나와 징글맘은 가족이며 식구이기도 하는 정말 모진 관계가 아니겠는가.

바로 이런 점이 나를 회의감에 빠뜨린다. 다른 형제들을 비롯한 가족들은 모두들 부부가 같이 살고 있으니, 가족과 떨어져 오롯이 징글맘만 지키며 사느라 삶의 리듬마저 바뀐 나의 고충이나 박탈감을 알 리가 없을 터이다. 정신을 놓는 순간 터져 나오는 괴성과 화장실에서 벌이는 갖가지 사고들을 하루에도 몇 차례씩 수습하다 보면 나마저도 이성의 끈을 놓칠 것만 같을 때가 허다하다. 보고 싶지 않은 광경들, 듣고 싶지 않은 소리들, 하고 싶지 않은 것들을 내가 모두 감내해야 하는 것 자체가 가장 큰 고문이다. 이렇게 매일 반복적으로 하는 일들에서 가치를 찾기 어렵다 보니 가장 밑바닥의 인생이 되어버린 것이다.

자괴감과 패배 의식으로 한없이 작아지게 만드는 것은 경제적 어려움이다. 내가 징글맘의 취사병이 되고부터는 외출을 못해 백수가 되었는데, 일할 때처럼 돈을 쓰다가는 신용 불량자가 될 것 같아 첫 번째로 카드를 없앴다. 하지만 소득이 없어도 삼시 세 끼는 먹어야 하고 관리비나 공과금은 똑같이 들어간다. 가족들의 보탬으로 생활을 꾸려 가고 있지만 징글맘의 식사를 위해 들어가는 재료비만도 적은 돈이 아니다. 그렇다고 이지를 잃은 것이나 다름없는 환자에게 이런 상황을 설명해서 줄이거나 먹지 못하도록 막을 수도 없는 노릇이다. 이렇다 보니 징글맘과 한 달에

150만 원 정도를 가지고 살아가려면 절약을 넘어 쪼잔해지지 않을 수가 없다.

또한 이렇게 매여 있는 생활을 하느라 지난 9년여 동안 단 하루도 마음 편히 아내나 딸 등 가족들과 여행을 가거나 제대로 된 외식을 못했다. 더욱이 한 끼에 몇 만 원 하는 음식은 언제 먹었는지 기억도 나지 않을 정도다. 경조사 참석을 못한 지도 오래되고 친구들과 술잔을 나눈 지도 언제인지 생각이 안 나니 빠르게 변하는 세상 속에서 나 홀로 움직이지 못하는 섬이 되어버린 것만 같다. 비록 내가 선택한 생활이지만 이 모든 괴로운 시간들을 홀로 견뎌내느라 몸과 마음이 모두 피폐해져 간다는 것은 미처 생각하지 못했던 부산물이라는 것이 문제다. 또한 이미 십여 년 가까운 사회적 공백이 생겨버린 이 마당에 다시 무슨 일을 할 수 있을까 싶으니 자괴감이 자꾸만 영혼을 갉아먹는 것 같아 허할 때가 종종 엄습해 온다.

다른 가족들은 떨어져 살다 보니 나의 이런 고충을 세세하게 알지도 못하고, 또 한편으로는 '다 누군가 알아서 하겠지.' 하면서 먼저 나서서 알려고 하지도 않을 거라는 생각이 들어 서글픔의 늪에 잠식되기도 한다. 그저 내가 힘들겠거니 하고 짐작하는 것과 이렇게 매순간 겪어야 하는 숱한 갈등과 고통을 직접 대면하는 것과는 하늘과 땅 차이일 테니 모르고 눈감고 지내는 편이 차라리 마음 가벼울 것이다. 사실 '각자도생各自圖生', 즉 제각기 스스로 살아갈 방법을 모색하고 사는 것이 인생인데 보는 것만으로도 편치 않은 현실을 일부러 찾아서 겪고 싶은 이는 없지 않겠는가. 그러니 누구에게도 원망의 화살을 돌릴 수는 없는 노릇이다.

오늘도 하염없이 반복되는 번뇌와 심상한 반성을 도돌이표처럼 곱씹으며 눈물이 섞인 탓인지 다른 날보다 더 짠맛의 밥상을 차려낸다. 그리고 입 안의 씁쓸함을 달래기 위해 내 몫으로 고등어통조림김치찌개를 만들어 술 한잔을 따른다.

김치찌개는 보통 묵은 김치와 돼지고기의 조합으로 조리하지만 가난하고 어려웠던 시절인 1960년대에는 '고등어 간즈메(かんづめ, 통조림)'로 김치찌개를 만들어 먹었었다. 요새는 김치찌개에 보통 고등어가 아니라 참치를 넣고 끓이는데, 참치 통조림은 참치의 살코기 부분만으로 만들었기 때문에 DHA와 EPA를 섭취할 수 없는 약점이 있다고 한다. 그래서 내 생각에는 통조림의 경우 고등어나 꽁치를 넣어 끓이는 게 더 좋을 것 같다. 물론 그보다 더 좋은 것은 가공되지 않은 생선을 먹는 것이겠지만, 그래도 고등어나 꽁치 통조림은 생선의 뼈와 껍질까지 통째로 가공되어 영양분이 많고 가격도 저렴한 정말 고마운 비상 식품이다.

우선 묵은 김치를 적당량 준비한 후 고등어를 넣고 양파, 매운 청양고추를 송송 썰어 넣고 끓이기만 하면 추억의 고등어김치찌개가 된다. 요리법이라기엔 너무 간단한가? 뭐 요리라고 하는 것이 꼭 복잡하고 재료도 많이 들어가야만 제 맛을 내는 것은 아니지 않은가. 원하는 주제에 맞게, 먹고 싶은 사람의 입맛에 맞게 만들면 그것이 최상의 요리가 아닐까 싶다. 그런 의미에서 내가 지금 먹고 싶은 것은 그 옛날 먹었던 고등어김치찌개, 바로 그 추억의 맛이니 이 간결한 요리법이 제격이라 하겠다.

그래도 서운하다면, 이 찌개에 두부를 넣고 조금만 더 끓이면 다른 버전의 김치찌개로 먹을 수도 있어서 좋다. 고등어의 맛과 묵은 김치의 조화에 부드러운 두부까지 넣어서 밥에 넣고 비벼서 먹으면 김치와 기름기가 많은 고등어가 담백한 두부와 어우러지는 맛에 밥 한 그릇은 뚝딱이고 술안주로도 좋다.

끝으로 김치찌개에 양파를 넣는 이유를 잠시 짚고 넘어가자. 대부분의 요리에 약방의 감초처럼 들어가는 양파에는 시력이 떨어지는 것을 막고 간 기능을 좋게 하는 글루타치온glutathion이 많이 들어 있다. 또 매운맛을 내는 알리신allicin은 몸을 따뜻하게 하고 피로 해소에 좋은 비타민B1의 흡수를 높이니 더욱 좋다. 뿐만 아니라 양파는 감기에 걸렸을 때 먹으면 좋고, 고기 요리에 넣으면 누린내를 없애고 살균 효과도 있다. 양파를 자를 때면 눈물 찔끔 나는 일도 많지만 익혀 먹으면 매운맛이 없어지고, 김치찌개에 넣으면 단맛을 내어 감칠맛까지 책임지니 매번 꼭 넣어서 먹고 징글맘을 위한 요리에도 자주 넣는다.

"하느님, 이 몸을 조용히 쉬게 해주세요. 너무나도 오래 힘들게 살아 죄스러우니 하루 빨리 데려가소서."

술잔을 내려놓고 깜박 눈을 붙였던가. 조용한 중에 맑은 정신임이 분명한 징글맘의 나직한 기도 소리가 들려온다. 옆에 항상 있는 아들도 모르게 이런 기도를 하며 눈물을 닦고 계시는 어머니를 보게 되니 놀랍기도 하고 마음에 묵직한 돌덩이가 떨어진 듯한 통증마저 느껴진다.

정상과 비정상을 오가며 힘든 시간을 보내는 징글맘도 나에게만 전적으로 의지하며 지내는 지금의 삶이 마음 편할 리 없었을 것을 짐작하노라니 안타까움이 더해졌다. 내 괴로움에만 눈이 멀어 어머니의 고통이 불편한 몸과 정신에만 있는 것이 아니라 마음에도 깃들어 있을 거라는 배려가 부족했음을 이제야 깨닫다니……. 눈에 보이는 현상에만 눈과 마음이 고정되어 미처 돌보지 못했던 어머니 마음의 상처를 과연 식구라는 이름으로 옆에 머무르기만 했던 내가 채워 드릴 수 있는 것인지조차 알 수 없어서 고개를 떨어뜨리고 말았다. 속으로만 중얼중얼 어머니께 사죄를 고백하면서.

"어머니, 당신의 고통을 이제야 깨달은 이 무지한 아들을 부디 용서하세요. 너무 외로워하지도 슬퍼하지도 마시고, 이 땅에 머무는 날까지는 부디 마음 편히 지내세요. 제가 늘 함께할게요. 우리는 식구잖아요."

내리사랑과 치사랑

"주찬이가 응가 했구나."

"주찬아, 이것은 다치는 거야. 그러니까 저리 가자."

이제 세 살인 외손자 주찬이는 아직 걷기보다는 기는 게 빠르면서도 호기심이 한참 많을 때인지라 어미인 나의 막내딸은 여간 어수선한 게 아닌 모양이다. 모처럼 할머니와 아버지를 찾아왔지만 주찬이 뒤를 따라다니며 챙기기에 바쁘다. 물론 아무 것도 모르는 아이에게 뭐라고 혼을 내겠는가. 응가를 해도, 사고를 쳐도 사랑스럽기만 한 아이에게 엄마는 한없이 다정할 수밖에. 그런 막내딸을 보며 징글맘에게 불평하고 풀풀거리는 내 모습을 반추하며 여러 가지 생각들이 오고 간다. 주찬이 모습에서 그 옛날 어린 시절의 나를 발견하고, 사고를 쳐도 똥을 싸도 '우쭈쭈' 하며 주찬이를 예뻐하는 막내딸의 모습에서 젊은 시절의 징글맘이 겹쳐져 보인다.

곰곰이 그 모습들을 함께 떠올려 보니 아기를 키우는 엄마의 입장과 늙고 병든 부모를 대하는 자식의 입장이 천지 차이임을 느낀다. 인생은 생로병사生老病死와 회자정리會者定離의 수순을 밟는 것이 자연스러운 것임에도 그동안 나는 그 삶의 순리를 머리로만 이해했구나 싶다. 아기들이 태어나서 밤낮으로 먹고 싸고 자는 것처럼 노인들이 이 세상을 떠나갈 때도 같은 수순을 밟게 되는 것인데, 나는 그동안 징글맘을 향해 무슨 불평불만을 그리도 쏟아 내었던 것일까. 조금은 득도했다며 의기양양하던 것도 오만이었고, 여전히 밴댕이 같은 좁은 마음도 고스란히 남아 있음을 느끼며 '아직도 많이 부족하구나.'라는 자성의 한숨을 내쉰다.

우리 속담에 '내리사랑은 있어도 치사랑은 없다'는 것은, 내리사랑은 본능에서 자식을 키우는 것이지만 치사랑은 그와 반대로 책임과 의무라는 부담이 담겨 있고 윤리적인 요소가 강하기 때문에 출발부터 다르다. 나 자신도 경계를 넘어 가시는 날까지 징글맘을 잘 모시고 탈이 없도록 해야 한다는 책임감을 놓지 않고 있지만, 한편으로 내 몸과 마음이 너무나도 지치고 상하다 보니 '이제 여기서 모든 것이 끝났으면' 하는 마음이 시시때때로 엄습해 온다. 특히 이번에 거의 한 달간 여러 가지 검사와 작은 수술도 받으면서 심신이 지치다 보니, 의무적이고 윤리적인 것 때문에 붙들고 있는 거라면 지금 여기서 징글맘을 포기하는 것이 차라리 낫다는 생각까지도 들었다. 가식과 허위의 탈을 쓰고 있는 거라면 과연 무슨 의미가 있는 것일까, 스스로의 마음 자세를 다시 돌아본 것이다.

징글맘이 또 한밤의 난리굿을 벌이는 바람에 잠을 못 자고 뜬눈으로 지새우는 중에 아주 오래 전에 읽은 《한국 육담의 세계관》이란 책이 떠올랐다. 읽은 지도 오래되고 기억도 가물가물해서 검색을 하니 1997년 초판이 나온 책이었다. 책의 9장이 김선풍 씨가 쓴 '속담과 상말에 나타난 성의 세계관'인데, 그중에서도 '나도 계집이 있다'는 내용이 재미있어서 기억에 남았던 것을 되살려 보았다. 꼭 지금 나의 상황과 비슷한 터라 그 이야기를 통해 내 마음이 더 괴롭고 착잡해진 때문이기도 하다. 그 내용을 조금 소개해보자면 이렇다.

옛날 어느 집에서 보신탕을 끓이고 있는데 내 나이 즈음의 영감이 사랑방에 앉아 당연히 자기에게 먼저 순서가 올 것을 믿으며 기다렸다. 그런데 딸내미가 사위를 부엌으로 불러 몰래 개고기를 먹이는 것이 아닌가. 이를 눈치챈 영감이 열을 받아 혼자 씩씩거릴 때 마침 우물가에서 빨래를 하고 돌아온 아내가 개고기를 썰어 와 술잔을 따르며 "영감! 잡수이소." 하니 그 영감이 딸과 사위를 보고 들으라고 큰 소리로 "너만 계집이 있느냐? 이놈들아, 나도 계집이 있다!"고 소리쳤다.

영감은 이 한마디로 자기도 편들어줄 아내가 있다는 시위와 더불어 딸과 사위에 대한 서운함을 표현했다. 물론 세상 외로운 중에도 아내가 있어서 고맙고 든든하다는 속내가 담겨 있다고도 볼 수 있다. 또 한편으로는 나이 들고 늙으면 서로 챙기고 위하는 것은 내외간밖에 없다는 세상 진리도 다시금 떠올리게 된다. 이런 것을 '내외지친內外至親'이라고 하는데 요새 나는 아내와 떨어져 있으니 그러지도 못해 더 슬프기만 하다. 정말 한 달간 내 몸이 아플 때 '나도 계집이 있다'고 내 딸년들에게 말하고 싶었다. 보란 듯이 말이다.

다시 내리사랑 이야기로 돌아가면, 어미의 본능으로 자식을 보호하며 애면글면 아끼고 보살피지만 나이가 들면 관계가 달라진다. 어느덧 부모가 되어 자신의 아이를 챙기는 자식의 모습이 처음에는 대견스럽지만, 더 시간이 지나 부모가 힘이 약해지고 의지하는 입장이 될 때는 정성을 쏟아 기른 자식이 부모에게 소홀해지는 것에 배신감과 서운함을 느끼게 된다. 그러니 '자식 새끼 키워봐야 다 소용없다'는 푸념을 모든 부모들이 한번쯤 내뱉게 되는 것이다. 쏟은 만큼의 애정이 돌아오지 않는 것에 대한 서운함은 부모 자식 간에 독이 되고 상처가 되며, 결국 내리사랑은 있어도 치사랑은 없다는 말을 뼈저리게 확인하게 된다.

니도 자식 키울 때는 아이들의 똥냄새가 불쾌하거나 거부감을 느낀 적이 없었는데, 징글맘의 배변은 볼 때마다 역하고 치우기도 힘드니 정말 치사랑은 마음 자세부터 다른 것 같다. 어쩌면 아기는 자라면서 점점 예쁘고 보기 좋아지지만 노인은 시간이 지나면 쇠하고 죽음의 꽃이 피기 때문에 곱게 보이지 않는 것일까. 그래서 열 자식을 키운 부모는 있어도 한 부모를 끝까지 모시는 자식은 드문 것 같다. 나 역시 언젠가 그 길을 걸을 텐데, 죽음의 꽃이 핀 내 모습을 자식들에게 알리지 않고 조용히 떠나고 싶다는 생각을 하게 된다.

내가 생각해봐도 징글맘 입장에서는, 내리사랑을 받았던 기억은 희미하기만 하고 당장 눈앞의 치사랑을 감당하는 것이 버거울 뿐인 아들이 괘씸하기도 할 것 같다. 그래서일까. 징글맘은 내가 삼시 세끼를 챙기고 모든 것을 알아서 해 드리지만, 누군가 찾아오면 그동안 해 드린 것을 다 잊은 듯 노여움을 토로하신다.

"니 애비가 밥을 안 줘서 내 뱃가죽이 허리에 붙었어!"

오늘도 막내딸에게 저렇게 폭탄을 투하하시니 머리를 쥐어싸맬 노릇이다. 게다가 하필이면 내가 가장 애쓰고 있는 식사를 빌미 삼으시다니. 치매 환자의 전형적인 증상인 줄 알면서도 극한의 인내로 수발하고 있는 내 정성이 말짱 도루묵이 된 느낌을 지우기 어렵다. 사랑은 굳이 돌려받기 위해 베푸는 것이 아님을 잘 알면서도 어쩌면 마음 깊은 곳에서 '고맙다'는 인사, '고생한다'는 위로, '힘든 거 다 안다'는 공감 등이 나에게 돌아와야 마

땅한 그 무엇일 거라고 기대하고 있었던가 보다. 그러니 이런 나에게 '말짱 도루묵'이라는 말처럼 잘 어울리는 말도 없으리라. 십년 공부가 아니라 십 년 공양으로 쌓은 공덕이 얄팍한 공치사로 인해 도루묵이 되는 게지.

그래도 정신이 있을 때나 없을 때나 징글맘이 의지하는 것은 오매불망 이 스머프할배뿐인 것을 잘 알고 있는 터라 오늘은 어머니에 대한 애틋함과 버거움을 담아 도루묵조림이나 만들어 봐야겠다. 도루묵조림을 하려니 임진왜란 관련 책을 보다가 도루묵 이야기가 나와 잠시 웃었던 기억이 난다. 당시 바삐 몽진蒙塵을 하던 선조가 무척 시장할 때 임진강 부근에서 어느 백성이 바친 생선을 먹었는데, 하도 맛있어서 생선 이름을 물었다. 수라를 올린 이들이 '묵'이라고 하니 선조는 '은어'로 부르라 했다. 전란이 수습되고 다시 먹어보니 맛이 없어 '도로 묵이라 하라.' 했다 하여 '도루묵'이 되었다고 한다. 임금의 변덕스러운(?) 입맛이 생선 이름을 바꿔놓은 셈이다.

도루묵은 생선 살이 부드럽고 조리를 하다 보면 부서지고 갈라져서 음식을 만들고 나면 모양이 엉망이 되기 때문에, 조리하는 데 세심한 주의가 필요하다. 육수를 만들 때도 미리 무를 썰고 표고버섯과 다시마를 넣어 먼저 끓여야 도루묵이 상하지 않고 요리도 우아하게 된다. 육수를 만드는 동안 대파와 양파, 청양고추도 썰어 놓는다. 다진 마늘과 고춧가루에 조림간장을 부어 양념장을 준비하고, 육수가 어느 정도 끓으면 다시마를 건진다. 도루묵을 깨끗하게 씻어 내장의 쓸개 등을 제거하고, 지느러미를 자르고 준비한다. 육수가 이렇게 먼저 준비되어야 도루묵 요리가 편하게 진행된다.

본격적으로 조리 단계로 들어가자. 먼저 무 위에 도루묵을 가지런히 올려 놓고 양념장을 바른다. 썰어 놓은 양파와 대파, 청양고추를 그 위에 얹은 후 뚜껑을 덮어 센 불에 10분 정도 끓인다. 다시 약한 불로 조절해 10분 정도 조리를 하면 된다. 여기서 '불' 관리를 잘못하면 정말 말짱 도루묵이므로 세심하게 조절하며 요리해야 한다.

이렇게 완성된 도루묵조림은 밥도둑에다가 술을 엄청나게 부르는 최고의 안주이지만, 오늘 기분이 저조하니 화려한 안주를 앞에 두고도 그저 소주잔만 비운다.

'그래도 지난 9년의 시간이 정말 말짱 도루묵은 아니겠지?'

혼자만의 믿음을 털어내지 않으려 절레절레 고개를 흔들다가 문득 또 다른 생각이 들면서 들이키던 소주잔을 멈춘다.

'혹시나 징글맘 역시 우리 5형제에게 쏟았던 내리사랑을 모두 도루묵이라고 생각하시는 건……'

담북장과 낫토 그 사이

예전에 경상도에서는 청국장을 '담북장'이라 불렀는데, 메주콩을 삶아 아랫목에 이불이나 담요를 덮어 며칠을 두고 만들었다. 어렸을 때 징글맘은 이 담북장을 자주 만들어 주셨는데, 아버지와 내가 특히나 끈적끈적한 진액이 그대로 남은 상태의 생청국장을 좋아해서 담북장 만드는 날은 잔치 음식 기다리듯 옆에서 떠나지를 못했다.

"강아, 담북장으로 비벼서 먹자."

아버지는 종종 이렇게 주문을 하셨는데, 그러면 명령을 받잡은 내가 큰 대접에 생청국장과 갖은 양념과 청양고추도 송송 썰어 넣고 쓱쓱 비벼서 함께 맛있게 먹었다.

생청국장은 식성이 많이 달랐던 아버지와 어머니도 참 좋아

하며 잘 드시던 음식이다. 그런데 두 분이 좋아하셨던 이유가 조금 달랐다. 아버지는 재래식 청국장으로 잘 드셨고, 어머니는 낫토(なっとう, 한국의 청국장과 비슷한 일본 전통의 발효 식품)로 잘 드셨다. 일본에 '네바네바ねばねば'라는 요리가 있다. 우리말로 '끈적끈적'이란 뜻인데, 이것은 참마와 오크라(okra, 아욱의 일종), 낫토 삼형제를 일컫는다. 물론 낫토나 네바네바도 우리의 입맛과는 사뭇 다르지만, 지금 내가 비벼서 먹는 생청국장과 조금 비슷하다.

어렸을 때 징글맘은 일본식으로 담북장에 날달걀을 풀어 낫토처럼 만들어 주셨는데, 아버지와 나는 고춧가루를 달라고 해서 징글맘에게 '입맛이 촌스럽다'며 잔소리를 들었다. 하지만 징글맘도 아버지의 식성을 맞추다 보니 나중에는 경상도식으로 입맛이 변해서 메주를 담글 때면 꼭 담북장을 따로 만드셨다. 덕분에 메주 담그는 날은 정말 포식을 했었다.

요즘은 도시에 온돌방이 없어서 청국장을 집에서 담그기도 어렵지만 마나님들도 바쁜데 삼식이들이 만들어 달라고 하기도 어렵다. 그렇다고 재래시장이나 슈퍼에서 파는 청국장들은 생청국장으로 바로 먹기는 찝찝하니 보통 끓이는 요리를 만들어 먹게 된다. 어쩌다 단골집에 가서 비싸지만 믿을 수 있는 생청국장을 사서 낫토처럼 양념간장에 참기름을 붓고 비벼서 먹으면 그 맛이 그야말로 '엄지 척' 최고다. 거기다 달걀노른자를 넣고 비비면 술안주로도 최고급이라 조금씩만 덜어 아껴 먹는다.

오늘 점심은 큰딸이 시골에서 직접 만든 생청국장을 구했다고 보내와서 오랜만에 별식으로 생청국장비빔밥을 만들어 먹기로 했다. 생청국장비빔밥을 만들려면 먼저 생청국장을 커다란 그릇에 담는다. 양념으로는 다진 마늘과 대파를 썰어서 바로 생청국장 위에 올려 놓으면 된다. 양념과 생청국장이 섞이도록 숟가락으로 쓱쓱 비비고는 날달걀을 하나 깨뜨려서 얹고 참기름도 한 숟가락 넣어서 비비면 된다. 이때 얼큰하게 먹고 싶으면 고춧가루와 청양고추를 조금 넣으면 되는데, 이렇게 해야 딱 스머프할배 취향의 맛이다. 여기에 김을 잘게 썰어 올리면 고소한 맛이 더해져서 좋다. 이렇게 완성된 생청국장 요리를 넓은 그릇에 붓고 뜨거운 밥 한 공기를 붓는다. 여기에 겉절이나 김장김치 또는 묵은지를 넣으면 그야말로 환상의 궁합을 자랑하며 정말 별미의 생청국장비빔밥이 뚝딱 완성된다.

욕대학 총장님 몫으로는 좀 다른 요리법이 필요한데, 청국장에 양념간장을 넣고 참기름과 달걀노른자를 비벼서 낫토식으로 만들어 드리니 오랜만에 먹는다며 좋아하셨다. 우아하게 낫토식 생청국장 요리를 드시던 징글맘께서 겉절이와 김장김치까지 팍팍 넣고 비벼서 먹는 나를 보며 한마디 하신다.

"니는 역시 니 아버지 닮아 갱상도 촌놈이야."

"에이 입맛도 내리물림인데 어디 가겠어요?"

징글맘이 그 옛날에 하던 말씀을 잊지도 않고 똑같이 하셔서 밥상 위에 한참 웃음꽃이 피었다.

"큰형, 동탯국 해줄래?"

"그래, 저녁에 와라."

그렇지 않아도 생청국장비빔밥을 푸짐하게 먹고 나니 맑은 국물에 소주 한잔이 아른거리던 참인데, 마침 셋째가 전화를 해서 동탯국을 주문하니 이심전심인가 싶다.

셋째는 내가 만든 음식을 좋아하는 터라 가끔씩 이렇게 먹고 싶은 걸 해달라고 주문하고, 또 맛있게 먹는 모습이 좋아서 올 때마다 최대한 맛있게 해주려고 한다. 특히 요즘에 셋째는 매주 토요일 저녁을 나와 함께 먹고 가끔 여기서 자고 가면서 징글맘의 불침번 교대도 해주니 뭐 하나라도 더 해주고 싶어진다. 그렇다고 내가 무슨 거창한 요리를 하는 것도 아니지만 그래도 누군가 함께 있어 주고 같이 음식을 먹는다는 건 뭔가 참 맛있게 배부른 느낌이다. 물론 징글맘과 매일 삼시 세끼를 같이 하지만, 못 드시는 음식이 늘어나면서 내가 먹고 싶은 걸 포기할 때가 많다 보니 좋아하는 음식을 함께 먹으며 그 맛을 공유한다는 것이 또 다른 즐거움이라는 것을 새삼 느끼고 있다.

요새 원양에서 잡은 동태는 가격이 저렴하니까 우리 서민들은 얼큰한 동태찌개나 동탯국을 끓여 놓고 가족이 둘러앉아 먹으면 그 이상 부러울 것이 없다. 나는 동탯국도 기분에 따라 좀 다르게 즐기는데, 우울하고 화가 날 때는 얼큰하고 칼칼한 매운

탕이 좋지만 기분이 편안할 때는 맑은 동탯국이 어울리는 것 같다. 징글맘은 늘 시원한 동탯국을 좋아해서 내가 먹을 매운 동태찌개를 따로 끓였는데, 오늘은 셋째와 함께 먹을 맑고 시원한 동탯국을 끓이기로 했다.

생태로 국을 끓이면 더 부드럽지만 가격이 싼 동태도 어떻게 손질하느냐에 따라 맛이 달라진다. 그 비법은 우선 동태를 토막내어 찬물에 한 시간 이상 해동시키고 흐르는 물에 깨끗이 씻어 동태알과 곤이 등을 선별한다. 씻은 동태를 체에 밭쳐 물기를 제거하고 냉장고에 넣어 하룻밤 숙성시킨 후 요리를 하면 동태 살이 더 부드러워져 확연하게 맛의 차이가 난다. 마침 어제 손질해서 냉장고에 넣어 둔 동태가 있어서 오늘은 복잡한 손질 과정을 생략할 수 있으니 얼마나 홀가분한지.

본격적으로 조리에 들어가자면, 동탯국에는 좋은 무가 꼭 필요한데 먼저 무를 십자 모양으로 썰어 물에 넣고 끓인다. 애호박은 그냥 통으로 썰어서 준비를 한다. 무가 어느 정도 익어 갈 때 동태 살과 곤이 등 내장을 넣고, 썰어 놓은 애호박과 두껍게 자른 양파도 넣는다. 국물이 끓을 때 거품을 제거하면 더 개운한 맛이 나니 지켜보면서 간간히 건져내는 것이 좋다. 다 끓었다 싶으면 국간장으로 간을 보면서 매운 청양고추와 대파를 넣고 바로 쑥갓을 넣고는 잠시 후 불을 끄면 된다. 시원한 맛을 내려면 쑥갓이 필수인데, 겨울에는 쑥갓 대신 미나리를 넣고 조리하면

싱그러운 국물 맛을 즐길 수 있다. 아무리 맑은 동탯국이라도 매운 청양고추 두 개 정도는 썰어 넣어야 더 깔끔한 맛을 즐길 수 있으니 빠뜨리지 말자.

우리 형제들이 동태찌개나 생태 요리를 좋아하는 것은 징글 맘의 영향이 크다. 징글맘은 명태의 고장인 함경북도 경성 출신 이어서 우리가 자랄 때도 동태찌개나 생태탕 그리고 생태회무 침도 자주 해주셨고 김장 속에도 생태를 넣어 담그셨다. 지금도 나는 그 맛을 잊지 못해 김장철에는 아내에게 꼭 생태를 넣어 내 김치를 따로 준비하고, 겨울철에는 혼자 무채를 썰어 맵게 버무 린 후 생태로 회를 떠서 같이 놓고 술안주로 먹는다.

일반적으로 식성과 입맛은 자라면서 길들여진 엄마의 손맛 이 크게 좌우된다. 그래서 나이 들어 손맛이 다른 여자와 살면서 음식 때문에 충돌하는 경우가 많다. 물론 여자도 남편 집안의 입 맛과 다르고 그 맛에 적응하기가 힘들어 소소한 갈등이 일어나 기도 한다. 아버지도 밥상 앞에서 징글맘에게 불평을 참 많이 하 셨다.

"울 어무이는 된장찌개도 맛있게 끓였는데, 이거이 뭐꼬?"

"그런 된장찌개는 '문디'찌개야."

징글맘은 아버지의 불평을 한마디로 잘라낼 뿐 아니라 한술 더 떠서 꼭 미소시루(みそしる, 일본식 된장국) 스타일로만 끓여서 주시니 경상도 토박이인 아버지 입맛에 맞을 리가 없었다.

결혼을 통해 가족이 된 이들이 처음부터 모든 게 잘 맞고 입맛도 똑같기는 어려운 일이다. 때문에 서로가 서로에게 맞춰가고 조금씩 변해가는 것 중에는 음식도 필수로 포함되기 마련이다. 부부가 살면서 얼굴이 닮아간다는 얘기를 많이 한다. 생긴 모양새야 달라도 오랜 시간 함께 겪은 일들 속에서 서로의 표정이 닮아가고 서로가 좋아하는 음식을 함께 맞춰서 먹다 보면 입맛도 달라져서 저마다 그 집만의 맛이 생기는 것 같다. 그런 변화를 겪으면서 진짜 가족이 되는 것이 아닐까. 그렇게 어머니, 아버지도 우리 형제들을 키우며 청국장 비비듯 비벼지고 서로 어우러지고 닮아가며 한평생을 살아내셨겠지.

말이 마음이다

우리 형제는 4남1녀인데 내가 맏이였기에 자라면서 동생들 건
사하느라 책임감이 무거웠다. 국민학교 3학년 때는 남동생 둘이
연년생으로 모두 덕수국민학교를 다녔는데, 특히 셋째를 챙기느
라 꽤나 곤욕을 치렀었다. 셋째는 2층에서 떨어졌던 후유증인지
는 몰라도 키가 남보다 작아 동네에서 픽 하면 매를 맞고 들어왔
다. 그때마다 나는 형으로서 동생을 제대로 못 챙겼다고 아버지
에게 무지하게 혼났고, 동생을 때린 놈을 찾아가 응징하는 일이
수차례 반복되었다. 그러다 보니 셋째는 나를 보안관 정도로 든
든해했지만, 녀석 때문에 생고생을 했던 탓에 아직도 셋째가 물
가에 내놓은 어린아이처럼 여겨진다. 뿐만 아니라 셋째가 이발
소에서 손을 움직였다가 면도칼에 손을 다쳐서 돌아오는 바람

에 애꿎은 이발소 주인이 아버지에게 항의를 받는 사태가 벌어졌고, 군대에서도 선임에게 맞았다고 연락이 와서는 아버지가 그 부대장 옷을 벗긴다고 한바탕 난리가 났으니 녀석 때문에 부모님도 늘 마음을 놓지 못하셨다. 그래도 셋째는 잘 자라서 대기업에서 근무하였고, 지금은 환갑도 지났으니 백수나 다름없이 지내고 있다.

형제 중 제일 능청스러운 녀석도 바로 셋째다. 보통 삼식이가 되면 집에다가 먹고 싶은 것 만들어 달라고도 못하는데, 이 녀석은 큰형이 자기 입맛대로 음식을 해주니 먹고 싶은 것을 주문하고 자주 들려 술도 같이한다.

"큰형, 나 30분 안에 도착해."

오늘도 셋째의 연락을 받고는 바로 냉장고에서 숙성시킨 삼겹살을 꺼내 요리를 시작한다. 이미 이틀 전 돼지고기 삼겹살 1200그램(2근)과 강원도 원주 치악산 아지매가 준 더덕 300그램을 아주 칼칼한 맛으로 고추장 양념에 재워 두었으니, 셋째 녀석의 입이 활짝 벌어질 정도로 맛있을 것이다. 더덕과 삼겹살은 궁합이 매우 잘 맞는 식재료인데, 고추장 양념을 제대로 하여 숙성시켜 구우면 '둘이 먹다 하나 죽어도 모른다'는 바로 그 맛을 즐길 수 있다.

'고추장더덕삼겹살구이'를 요리하려면, 우선 더덕 껍데기를 깨끗하게 벗기고 홍두깨나 절굿공이로 더덕을 누르듯이 두드려

펼쳐서 부드럽게 만들어야 한다. 삼겹살은 적당히 잘게 썰어서 그릇에 담아 두고, 그 위에 양파를 대패로 썰듯 아주 얇게 썰어서 담는다. 양념장을 만들어야 하는데, 고추장과 다진 마늘과 대파 썬 것에 올리고당, 식초, 조선간장(또는 진간장)을 섞은 후 참기름 한 스푼까지 추가하면 매콤하고 깊은 맛이 완성된다. 이제 더덕에 양념장만 뿌려서 바로 먹어도 맛있는 '고추장더덕무침'이 되지만, 우리의 오늘 저녁 메뉴는 삼겹살이 들어가니 구워서 풍미를 더하기로 한다. 야외라서 석쇠와 숯불로 구우면 더할 나위 없이 좋겠지만, 포일(알루미늄박)을 펼쳐 양념장에 버무린 더덕과 삼겹살을 담아 가스레인지에 굽는 걸로 만족하자. 단, 이때 타지 않도록 자주 뒤섞어주면서 구워야 한다.

이렇게 완성된 최고급 안주인 고추장더덕삼겹살구이를 셋째가 오자마자 딱 차려 내놓자, 역시 기대한 대로 '맛있다' 소리를 연신 내뱉는다.

"역시 형이 만든 음식이 내 입에 딱이야. 정말 최고!"

맛있게 먹어주는 것도 흐뭇한데 최고라고 추어올리니 나도 모르게 입꼬리가 올라가는 걸 막을 수가 없다. 그러던 중, 장난기 많은 셋째가 징글맘의 정신이 오락가락한지 테스트하다가 도리어 지청구를 듣고야 만다.

"엄마! 내가 누구야?"

"야! 이놈아. 에미를 바보로 보니? 니는 큰형 따라기러면 멀었어."

녀석 덕분에 잠시나마 집 안에 웃음소리가 가득해졌는데, 징
글맘이 뒤이어 한 방을 더 터뜨리니 또 한바탕 웃음바다가 펼쳐
진다.

"이 쩜뱅아, 니만 먹니? 큰형도 먹게 그만 먹어라. 그래도 큰
아들이 최고지."

모처럼 화기애애한 저녁 시간이 된 것도 즐겁고, 맑은 정신일
때 이렇게 큰아들을 챙겨주시니 나도 모르게 기분이 좋았던지
설거지를 하면서도 콧소리가 절로 새어나온다.

말 한 마디의 중요성은 새삼 강조하지 않아도 아는 것이지
만, 음식을 맛있게 먹고 고맙다고 하는 사람에게는 한 가지라도
더 만들어 주고 싶은 것이 인지상정이다. 손주들도 맛있게 먹고
"할아버지, 또 만들어 주세요!" 하니까 신이 나서 자꾸 만들어
주게 되고, 셋째는 먹기도 잘 먹지만 능청스럽게 내가 만든 음식
이 제 입에 딱 맞다며 좋아하니 조금이라도 더 맛있게 만들어 주
고 싶어 더 신경을 쓰게 된다. 만약 징글맘이 내가 만든 요리를
맛이 없다고 안 드시고 곡기를 끊었다면 지금까지 버티실 수 있
었을까. 그러니 맛있게 먹어야 더 맛있게 해주는 것이 맞겠지. 옛
말에 '눈치가 빠르면 절에 가서도 새우젓을 얻어먹는다'고 하지
않는가.

물론 말 한 마디보다 그 안에 담긴 마음이 중요한 것일 터이

니, 그 역시 가족으로서의 배려가 아닐까. 속마음은 안 그렇지만 겉으로는 무뚝뚝하기만 한 아버지도, 부모에게 미안하면서도 입으로는 퉁명스럽게 말하는 자녀들도, 무조건 가족이라는 이름으로 용인되던 시대는 지났다. 사랑하고 배려하는 마음, 소중하고 행복한 마음은 할 수 있을 때 한 마디라도 더 표현하고 그 충만한 마음을 나누는 것이 이 시대를 살아가는 가족들이 가져야 할 필수 덕목이라고 생각한다.

어렸을 때는 나도 미처 몰랐지만 이만큼 살아보니 정말 사랑만 하면서 살기에도 시간이 많지 않다는 말이 가슴 저리게 와 닿는다. 아버지 생전에 사랑한다는 말 한 마디를 살갑게 못해 드린 것이 내내 송곳처럼 박혀 있지만, 결코 돌이킬 수 없는 일이다. 할 수 있을 때 한 마디라도 더 표현하는 것이 나중에 후회하지 않을 수 있는 길임을 누구에게든 얘기해주고 싶다. 그러니 맛도 사랑도 표현하며 살자. 표현하면 더 맛있으니까! 아픔도, 기쁨도, 괴로움도, 즐거움도 공유하며 함께 행복을 만들어 가는 것이 진짜 가족의 정 아닐까?

간장처럼 짠 날도 있지

살다 보면 별것도 아닌 말 한 마디에 가슴이 철렁거리고 하루 종일 우울할 때가 있다. 갑자기 모든 가능성의 문이 닫히고 어둠 속에 갇혀 죽어 가는 기분으로 주저앉고 싶을 때도 있다. 그런가 하면 세상을 내 손에 쥔 것처럼 기분이 들떠 무슨 일이든 다 자신 있게 척척 처리하고 콧노래까지 흥얼거리며 신이 나서 일을 할 때도 있다. 여자들도 새 옷을 입거나 미장원에서 머리를 곱게 손질하고 외출하면 기분이 좋아지는 것처럼 할배인 나도 그럴 때가 있다. 그런데 수염도 안 깎고 머리도 언제 감았는지 모르는 쑥대머리로 지내면 컨디션도 엉망이지만 스스로가 바보같이 생각되고 자신감을 잃게 된다. 징글맘과 함께한 날들이 만 9년이 되니 때때로 무기력해지고 또 생활인으로서의 모든 커리어가 단

절된 것 같아 정말 불안하기도 하다. 오늘도 불쑥 찾아온 불안
감에 가슴이 답답해져 있던 참이었다.

　"니 아버지 제삿날이 언제냐? 자식이 몇 놈인데……. 즈그 애
비 제사도 안 지내는 호로새끼들이야!"

　갑자기 징글맘이 무서운 표정으로 아버지 제삿날을 따지며
험한 욕을 시작했다. 전에는 아버지의 영정 사진이 무섭다며 내
다 버리라고 흥분하셔서 징글맘의 눈에 띄지 않는 곳에 사진을
치워놨었는데, 오늘은 밑도 끝도 없이 제사 타박을 하시는 것이
아닌가. 자초지종을 설명해드려도 소용없으니 그저 묵묵히 꾸
중을 듣고 있는데, 갑자기 다시 정신을 찾으셨다.

　"애비야, 올해가 아버지 돌아가신 지 몇 년째냐?"

　"아버지 가신 지 9년 되었어요. 제사도 지내드렸잖아요."

　"……알았다. 에미는 이제 자련다."

　차근차근 이야기를 해드리니 징글맘은 겸연쩍은지 말꼬리
를 자르고는 안방으로 들어가 주무시기 시작한다.

　"나는 영감이 죽고 바로 갈 사람이야. 나쁜 년들이나 서방을
먼저 보내고 오래 살지."

　아버지가 돌아가시기 전에 징글맘은 부부란 생사고락을 같
이해야 한다고 말씀하던 분이었지만, 요새는 "내가 죽고 싶다고
내 마음대로 되니?" 하며 예전 일을 잊은 듯 말씀하신다. 진짜
잊으신 건지, 잊어야만 살 수 있기에 잊으신 건지 알 수 없으나

불쑥불쑥 떠오르는 아버지에 대한 회한만은 잊지 못하시는 듯하다.

치매는 정말 무서운 질병이다. 암이나 다른 난치병도 물론 고통스럽지만, 본인의 상태를 인지할 수 있으니 최소한 살아온 날을 돌아보거나 삶을 정리하는 등 남은 시간을 어떻게 채울지에 대해 스스로 선택할 수는 있을 것이다. 그러나 치매 환자는 외상적인 상처나 통증은 없이 정신만 잃고 지내는 것이라 이 세상을 떠나는 날까지 계획을 세우거나 선택을 하는 등 스스로의 의지가 작동하기 어렵다. 특히 하루 종일 정신이 오락가락하고 거의 대부분 시간은 수면 상태로 지내는데, 정신이 돌아오는 시간은 하루 24시간 중 불과 몇 시간도 안 되니, 그런 환자를 옆에서 수발하는 가족은 시간이 길어질수록 지칠 수밖에 없다.

어린아이가 언어 구사를 길게 못하듯이 치매 노인들도 말을 계속 이어가지 못할 뿐만 아니라 공격적인 태도나 야만적인 행동, 저주스러운 욕을 하기도 한다. 또한 치매 노인들은 의사 표현에 있어서 필터링을 거치지 않다 보니 자식들에 대해서도 배신감이나 평소 쌓였던 불만을 심하게 표현하는 경우도 있다. 오늘 징글맘도 다른 아들들을 향해 서운함을 토로하며 욕으로 끝을 맺으셨다.

"내가 지들을 어떻게 키웠는데 내팽개치고 그러냐? 이 나쁜 새끼들!"

그런 마음은 치매가 아닌 노인들도 다 마음속에 생각하고 있지만 자제할 뿐이겠지. 아직 칠십도 안 된 나도 어느 날 갑자기 내 자식들에게 서운한 느낌이 들어 혼자 화를 삭힐 때가 있으니 말이다. 특히 몸이 아프거나 힘이 들 때 자식들에게 전화를 하면 용건부터 묻는다.

"무슨 일로 전화하셨어요?"

오래 전 '용건만 간단히'라는 문구가 전화기 앞에 붙어 다니던 시대가 있었다. 정말 사무적인 용건만 전화로 전하고 감정을 교감하는 일은 꼭 얼굴을 봐야만 할 수 있는 일처럼 분리된 느낌은 누구나 핸드폰을 가지고 다니는 요즘도 여전한 것 같다.

"응, 손주 녀석이 보고 싶어서 그렇지."

정말 뭔가 중요하거나 다급한 사안이 아니면 전화로 이야기할 수 없는 것 같은 자격지심에 요새는 아예 내가 먼저 전화를 하지 않으려 할 정도다. 남들의 이야기가 아니라 당장 내 새끼들마저 전화를 그렇게 받으니, 애비 입장에 아프다 소리도 못하고는 다른 이야기로 얼버무리지만 기분이 좋지는 않다. 주변에서도 나이 드신 분들이 아들이나 딸에게 전화를 하고 싶어도 못하는 이유가 "왜, 전화했어요?" 또는 "무슨 일 있어요?" 이렇게 전화를 받으니 꼭 아쉬워서 연락하는 것 같아서란다. 나 역시 최근에 몸이 아프면서도 딸들에게 전화를 안 한 것도 바로 그런 이유다.

하지만 징글맘은 어쩌면 그리 당당하신지. 뭐가 좀 맘에 안 들면 직격탄을 날리기도 하고, 때로는 투정을 우아하게 부리기도 하신다.

"애비야, 오늘은 이게 왜 이리 맛이 없니? 너 요새 돈이 없나 보구나. 에미가 돈 좀 줄까?"

생각해보면 사실 부모로서 자식에게 이런 보살핌을 받는 것이 당연한 일일 수 있는데, 요즘 시대가 직접 모시고 봉양하는 것이 점점 힘든 일이 되고 있는 것 같다. 그러니 내 어머니지만 징글맘은 이 시대의 마지막 어머니 대우를 받고 사신다는 생각도 든다.

"애비야, 저녁 다고. 몇 신데 아직 저녁밥도 안 주니?"

아뿔싸, 어제는 밤 11시에 기침해서 저녁을 또 달라고 하셔서 기함을 했다.

"어머니, 아까 드셨잖아요?"

"그건 눌은밥이었지. 밥이 아니잖아."

어머니와 저녁밥이 눌은밥인지, 밥인지 토론을 해봐야 답이 없다. 하는 수 없이 다시 저녁을 차려 드렸다. 11시에 일어나셨으니 바로 주무실 리 만무하고, 결국 새벽 2시까지 또 화려한 심야의 특별 공연을 하다가 겨우 주무셨다. 오늘은 느지막이 오전 10시에 깨워서 아침 수라상을 올리게 됐다.

"애비야, 짭조름한 장조림 국물이 없구나. 내가 준 돈으로 뭐

했니?"

무슨 돈을 주셨다고, 아침상을 앞에 놓고는 징글맘이 갑자기 장조림 타령을 하신다. 한동안 안 드셔서 메뉴를 바꿨더니 또 찾으시는 것이다.

아침상을 물리자마자 지난번에 여동생이 오라버니 보신하라고 보내준 한우 양지를 냉장고에서 꺼내 쇠고기장조림을 만들기로 한다. 물론 징글맘이 드셔야 하니, 치아가 부실한 노인을 위해 장조림 국물에 밥을 비벼 먹기에도 좋게 만든다.

마침 어제 싱싱한 꽈리고추를 한 봉지 사다 놓은 게 있으니 오늘은 특별히 꽈리고추를 넣어 만들어 봐야겠다. 먼저 꽈리고추는 바늘로 일일이 구멍을 내고 흐르는 물에 씻어 물기를 뺀다. 본격적으로 조리에 들어가서, 냄비에 물을 붓고 팔팔 끓으면 고기를 적당한 크기로 잘라 투하시킨다. 여기에 무와 표고버섯 자른 것을 넣고 끓이면서 거품과 기름을 제거하고, 조림간장으로 간을 맞춘 후 생강과 통마늘을 넣는다. 중요한 것은, 쇠고기는 오래 끓이면 더 질겨지므로 물이 끓고 30분 정도 중간 불로 익히는 것이 좋다. 쇠고기와 무를 같이 끓이면 쇠고기가 더 부드러워지고 국물도 깊어져 완성된 장조림의 맛도 현격하게 차이가 난다. 꽈리고추는 쇠고기장조림을 끓일 때 함께 넣고 조리하면 꽈리고추의 식감이 떨어질 뿐 아니라 장조림 국물 맛도 매워져 노인이나 어린이가 먹기에 적합하지 않으므로 따로 볶는다. 꽈리고추를 볶을 때 장조림 국물을 서너 국자 넣으면 좋다. 다진 마늘과 간장 한 스푼 정도를 추가로 넣고 조리하면 바로 '꽈리 고추조림'이 된다. 메추리 알은 장조림을 끓일 때 마지막 2~3분 전에 넣고 조리하여 건져야 맛있고 부드럽다. 쇠고기를 적당히 식힌 후 결에 따라 찢어 메추리 알과 꽈리고추조림을 위에 얹으면 품격 있는 장조림이 된다. 끝마무리할 때 깨소금도 조금 뿌리도록 하자. 맛도 중요하지만 요리에서는 멋도 중요하다.

요리를 하고 나면 쌓였던 스트레스도 풀렸는데, 오늘은 장조림을 만드느라 정신을 쏟았음에도 답답한 마음이 풀리지 않았다. 그래서 옛날 광고계에서 일하던 때처럼 광고 카피를 인용해서 "그래, 바로 이 맛이야!"라고 혼자 읊으며 웃다가 "주고 싶은 마음, 먹고 싶은 마음."도 흥얼거리며 애써 마음을 밝게 유지하려고 했다. 그중에서도 '친구는 옛 친구, 맥주는 OB'라는 카피를 되새기며 한참 패기 넘치게 광고인으로 일하던 그 시절을 생각했다.

불과 얼마 지나지 않은 것 같은데도 훌쩍 시간이 흘렀다. 이미 다시 돌이킬 수도, 돌아갈 수도 없는 시간에 더 이상 연연하면 안 되겠지. 살다 보면 장조림 한 사발 들이킨 듯 짜다 못해 쓰디쓴 맛의 날도 있지만, 자꾸만 지나간 시간을 돌아보며 아쉬워하기보다는 현재에 충실하며 살아야겠지. 이렇게 열심히 스스로를 다독거려보지만, 때로는 머리가 아는 것을 가슴이 수용하

지 못할 때가 있다. 아마도 오늘이 그런 날인가 보다. 그래, 아무
리 달래도 도통 한번 일어난 격랑이 쉬 가라앉지 않으니 오늘은
그냥 오늘의 가슴에 귀 기울여주고 내일부터 또 웃으며 살아보
자. 땀 흘리며 쇠고기장조림을 만들었으니 셋째에게 밥 먹으러
오라고 연락해 반주나 한잔해야겠다.

단 하나의 친구

7년 전에 최인호의《나의 사랑 클레멘타인》을 읽다가 옛 기억이 떠올랐다. 내가 고등학교 1학년 때의 어느 주말이었다. 가정교사 일을 쉬어 모처럼 집에서 저녁을 먹고 방에서 뒹구는데, 징글맘이 최인호의 작품에 나오는 '단 하나의 친구' 이야기를 해주셨다.

유난히 친구를 좋아하던 한 청년은 언제나 친구들과 어울려 술을 마시고 돈을 쓰고 춤을 추었다. 이를 보다 못한 그의 아버지가 나무라며 꾸짖자 청년은 대답했다.
"아버지께서 평생을 통해 진정한 친구를 사귀는 것보다 더 값진 일은 없다고 하시지 않으셨습니까?"
그러자 아버지는 아들이 사귀는 친구들이 진정한 벗인지 우정을 시험해보자고 제안했다. 아버지는 아들에게 돼지를 잡아 지게에 지게 하고 함께 아들의 친구들 집을 방문했다.

"내가 지금 사람을 죽였네. 그래서 그 시체를 메고 이렇게 찾아왔네."

아들은 친구들에게 다급한 처지를 설명하고 도움을 요청했지만, 밤이 샐 때까지 수많은 친구들 중 어느 누구도 문을 열고 그들을 맞아주지 않았다.

이번에는 아버지가 그 돼지를 지게에 지고 자신의 친구 집을 방문하였다.

"내가 지금 사람을 죽였는데, 나와 함께 이 시체를 묻고 나를 좀 숨겨줄 수 있겠나?"

아버지가 아들과 같은 부탁을 하자 그 친구는 두말없이 아버지를 맞아들였다. 그제야 아버지는 지고 있던 돼지를 꺼내어 잔치를 벌이면서 아들에게 말하였다.

"네가 평생을 통해 단 한 사람의 친구를 사귈 수 있다면 네 인생은 성공한 것이다."

지금은 고인이 된 작가 최인호는 《가족》이란 소설에서 이 우화를 소개했다. '내가 죽은 돼지를 메고 그동안 사귀었던 그 수많은 친구들의 집을 방문하였다면 나를 맞아들여 줄 사람이 한 사람이라도 있을 것인가. 아니다. 맞아들여 줄 친구는커녕 찾아갈 만한 친구의 집을 몇이나 떠올릴 수 있을 건가.'라고 말했다. 최인호의 글을 다시 보면서 그때 징글맘이 내게 이 이야기를 해 주셨던 이유를 알 것 같았다. 당시에 나도 힘이 드는 시기였는데도 친구들에게 돈을 빌려주고 밥도 사주고 하니 정신을 차리라고 이야기를 들려주셨던 것 같다. 작가는 끝부분에서 이런 글을 남겼다.

'혼자서 밥을 먹는 것은 고독한 일이다. 언젠가 이어령 선생님도 프랑스에 유학을 갔을 때 가장 고통스러웠던 것은 혼자서 밥을 먹는 일이었다고 들은 적이 있는데, 이 선생님은 오죽하면 예수도 붙잡혀 십자가에 못 박히기 전날 밤 제자들과 최후의 만찬을 벌였겠냐고 날카롭게 지적한 일이 있었다.'

이제와 다시 보니 나 역시 우화처럼 행한들 찾아갈 친구를 떠올리기는 어려울 것 같다. 고등학교 때나 그때로부터 40여 년이 훌쩍 넘은 지금이나 마찬가지로. 그렇다면 정말 내게 단 하나의 친구는 누가 있을까?

나도 혼자 밥을 먹는 것은 싫다. 그러니 징글맘이 꼭 나랑 먹지 않겠나. 인생의 말기에 이른 징글맘에게 단 하나의 친구는 스머프할배이고, 스머프할배의 단 하나의 친구 역시 징글맘이 아닐까. 그래, 밥을 함께 먹는 가족이야말로 인생의 가장 소중한 친구인 거구나. 오늘도 징글맘의 밥상을 차리며 이렇게 작은 깨달음 하나를 또 얻는다.

가족을 생각하니 가장 먼저 떠오르는 음식 중 하나가 바로 곰국이다. 어머니는 예전에 가정부를 두고 살았기 때문에 젊은 시절에는 곰국을 직접 끓이지 않으셨다. 하지만 곰국을 많이 좋아하고 특히 사태 수육을 잘 드신다. 평소에도 영양이 부족할까 봐 어머니를 위해 자주 끓여 드리는데, 아버지가 돌아가신 후에는 곰국을 볼 때마다 많이 우셨다.

"내가 못된 년이다. 너그 아버지 이거 못해 줬는데……나만 이렇게 먹는구나."

어머니에게도 곰국은 아버지로 귀결되니, 역시 가족보다 진한 관계도 없지 않을까.

여름 한철 나려면 또 원기 보충이 필요할 듯하여 어제 산 사골의 핏물을 빼 놓고 아침상 물린 후부터 끓이기 시작하였다. 사골은 물에 반나절 동안 담가 일차적으로 핏물을 제거한다. 그래도 골수에 핏물이 남아 있기 때문에 몇 차례 더 끓이면서 제거해야 한다. 이렇게 사골을 세 번 정도 끓여서 기름기를 빼는데, 세 번째 끓일 때 쇠고기와 어머니가 좋아하시는 사태를 넣어서 함께 끓인다.

사골을 계속 푹 고아내면 사골이 갈라지고 국물에서 다시 나온 기름기를 채로 건지면 제대로 곰국으로 변신하기 시작한다. 수없이 거품을 국자로 제거하는 노력이 필요한데 정말 인내심을 요구한다. 계속 끓이면서 거품도 제거하고 물을 붓고 다시 반복하여 세 시간 이상 도를 닦으며 가마에 도자기를 굽는 심경으로 온 정성을 다해 끓이고 바로 사태를 건져내면 정말로 맛있는 수육이 나온다.

이렇게 완성된 곰국에 수육을 먹으면 그 맛을 아는 누구든지 "아! 이 맛이야."를 외치게 될 정도다. 사태 수육은 기름기도 거의 없어 노인이나 어린이 요리로도 좋아 권하고 싶지만, 만드는 사람이 '도를 닦는 시련이 필요'하므로 선선한 가을이나 겨울에 끓이기를 추천하고 싶다.

이렇게 오랜 시간 우려내고 거품도 걷어내고 끓이면 끓일수록 진국이 되는 곰국이야말로 가장 가족과 닮은꼴이 아닐까 싶다. 세상 모든 사람이 내게 등을 돌려도 끝까지 내 편이 되어줄 단 하나의 친구인 가족, 고난도 풍파도 모두 함께 끓여내듯 오랜 시간을 함께 견디고 견뎌서 진국으로 남는 곰국이야말로 바로 가족과 같은 온도를 지닌 음식이 아닌가 말이다. 그래서 나는 오늘도 진국을 끓여 징글맘의 밥상에 올린다.

뽀얀 색과 구수한 냄새를 풍기는 진한 국물에 잘 익힌 수육까지 넣어 완성된 스머프할배표 곰국으로 밥상을 차려 드리며 뿌듯한 눈길로 징글맘이 숟가락 드시기를 기다렸다.

"애비야, 니는 내보다 낫구나. 내는 곰국을 아무렇게나 끓여 느그 아부지 혈관이 막힌 것 같아 한스럽다."

정신이 돌아온 징글맘이 한 숟가락을 뜨신 후 나에게 미안하고 고맙다고 하신다. 나도 괜스레 울적해지려는 찰라, 한 그릇 싹싹 비우신 징글맘은 또 자야겠다고 방으로 들어가셨다. 이 한마디를 남기고.

"그래도 내일 아침부터는 속이 허하지 않을 것 같구나."

뒤늦게 나도 뽀얗고 진한 곰국에 파를 송송 썰어 넣고 밥을 먹으니, 내가 끓였지만 정말 일품이다. 따따봉! 역시 이 맛이야! 스스로 '엄지 척'을 들어본다.

진인사대천명

아무리 성격이 낙천적인 사람이라도 어떻게 매일 웃고만 살겠어? 평생 긍정적이고 낙천적이라는 소리를 듣고 살아온 나였지만, 요사이는 자꾸만 세상이 암담해 보이기만 하는 감정의 파도를 넘나들고 있다. 살면서 맑은 날도 있고, 비 오는 날도 있고, 천둥 벼락이 쳐서 세상이 다 무너지는 듯한 날도 있다. 어찌어찌 지나고 나면 또 허허 웃고 있기 마련이지만, 지난 한 주간 유독 빛이 안 보이는 어두운 터널에서 길을 찾지 못하고 방황하며 지냈다. 단순히 감정 상태만의 문제가 아니라 정신적으로는 공황 상태에 빠지고 신체적으로도 온몸이 굳어지는 느낌과 밤마다 메스꺼움과 어지럼증을 동반한 복통에 시달렸다. 그것도 모자라 자전거 전복 사고 후유증으로 얻은 허벅지 통증의 재발과 작년부터 이어진 오른 손가락 마디마디가 아픈 증상까지 복합적으로 나타나 정말 견디기가 어려웠다. 다른 것은 다 차후로 미루고 우선 참기 힘든 복통을 치료하기 위해 대학병원을 찾았다가 정밀검사를 받고 위내시경 수술까지 마치고서야 병치레와 통증의 긴 여정을 마무리할 수 있었다.

정말 한 치 앞을 모르는 사람인지라, 그 순간에 울컥하면 할 말 못할 말 가늠하기도 전에 함부로 말을 내뱉기도 한다. 자기가 뿌린 씨는 자기가 거둔다고 그 모든 것이 자신에게 화가 되어 돌아오는가 보다. 이제 심신이 쇠약해지고 의지도 흐릿해진 지 오래다.

"그냥 아들도 죽이고 가! 그만 제발, 좀!"

특히 한밤에 겪는 고통은 극에 이르고 주말이나 공휴일에 며칠씩 식사와 사고 처리 등을 혼자 겪어내다 보면 나도 모르게 징글맘께 막말을 하고 절규하며 내 머리를 쥐어뜯고 괴로워한 적도 여러 번이었다. 그런 말들이 씨가 되어 이렇게 고통을 겪나 보다 반성하며 요사이 매일 찬송가도 듣고 가곡과 세계 명곡을 들으며 스스로를 정화하려고 많은 노력을 했다. 불행이나 어려움은 갑자기 한꺼번에 무너지거나 부서지듯 오는 것이다.

이번에 불안함이 앞서 자포자기하지 않고, 바로 평심을 찾아 채소도 가꾸고 독서도 더 많이 하며 마음을 다스릴 수 있었던 것을 생각하며 다시 하느님께 감사 기도를 올렸다 또 하나 감사드리는 것은 나를 위해 애쓰는 동생들이 힘을 주어 그 어둡고 긴 터널을 무사히 통과할 수 있었다는 것이다. 특히 둘째는 동생이지만 오히려 형처럼 우직하게 뒤를 밀어주고 자기 몸도 힘든 여동생은 오라비를 위해 김치와 반찬 등을 챙겨주어 내가 이렇게 버틸 수 있었다. 요새 술은 못하지만 주말에 셋째가 와서 함께 저녁을 먹고 밤에 내가 잠을 잘 수 있게 옆에 있어주어 얼마나 좋은지 모르겠다. 정말 어렵고 힘들 때는 누군가 옆에 있는 것만으로도 큰 힘이 되는 것 같은데, 바로 가족이란 이런 것이지 싶다. 고생을 하더라도 서로 이해하고 도와주는 것이 바로 가족이고 동기간이지.

다시 일어나 오늘도 징글맘을 위해 삼시 세끼를 빠뜨리지 않고 드릴 수 있어 참 다행이다. 하늘이 무너져도 솟아날 구멍이 있다고 했으니, 너무 마음속 그늘에만 갇혀 있지 말고 나도 낙천적이던 때로 돌아가야겠어. 정신을 바짝 차리고 나의 길을 가면서 진인사대천명盡人事待天命의 자세로 징글맘을 위해 새로운 요리도 다시 만들어야지. 그러려면 물론 내 몸도 더 아끼고 관리해야겠지.

"애비야, 오늘은 카레가 먹고 싶다. 카레 한번 맛있게 해봐라."

새로운 마음의 다짐을 어떻게 아셨는지 징글맘의 특명이 떨어졌다. 징글맘은 한번 필이 꽂히면 해 드리기 전까지 조르고 또 조르기 때문에 빨리 해 드리는 것이 낫다. 나중에 해 드리고 미루다가는 그사이에 내가 화병이 날 지경이니, 조르기 공략이 들어오기 전에 빨리 임무 완수를 하기 위해 카레라이스 준비에 나섰다.

징글맘은 건강에 좋은 건 본능적으로 아시는 것 같다. 카레요리가 나이 많은 노인의 치매 예방과 진행을 늦추는 데 아주 좋다고 한다. 징글맘이 그런 것까지 생각해서 주문한 건 아니겠지만, 좋은 걸 찾으시는 걸 보면 참 신통하다는 생각이 든다. 물론 캐러멜이니, 아이스크림이니, 달달한 것만 찾을 땐 또 아무 생각이 없어 보이긴 하지만 본능적으로 입맛 당기는 게 더 무서운 법이지. 어쨌든 카레는 노인뿐 아니라 환자의 회복식이나 어린이에게도 좋은 건강식품임에는 분명하다.

오늘 만들 카레볶음에는 들어갈 식재료의 선택도 어렵지만, 육류를 사용할 때는 육질이 부드러운 부위를 갈아서 미트볼을 만드는 수준으로 해야 좋다. 치아가 좋지 않은 징글맘을 위한 요리이므로 육류는 무조건 갈아서 만들어야 한다. 카레라이스를 만들려고 할 때 먼저 카레볶음을 만들어야 하는데, 노인들과 환자들에게 가장 부족한 비타민C를 함유한 채소류를 반드시 함께 넣고 조리해야 한다.

먼저 궁중팬에 잘게 썬 표고버섯과 고구마, 당근, 양파를 담는다. 갈은 고기와 생수를 그 위에 붓고, 센 불로 끓이면서 모차렐라 치즈를 넣는다. 센 불로 5~6분간 끓여 고구마와 당근 등 채소를 적당히 익힌 후 레드와인을 조금 붓는다. 물에 갠 순한 맛의 카레를 붓고 저어 가며 더 끓인다.

이렇게 노인을 위해 안 매운 카레볶음을 만들었는데 밥에 비벼서 드시기도 좋고 아예 카레라이스로 먹을 수 있어 정말 간편한 요리다. 카레라이스로 드실 때는 물김치나 배추김치 하나만 곁들이면 다른 반찬이 필요 없는 한 그릇 영양식이라 노인과 환자는 물론이고 어린이에게도 아주 좋은 요리라 권하고 싶다.

징글맘이 크림수프에 카레 국물을 곁들여 드시고 물김치까지 고루고루 잘 드시는 모습에 흐뭇해하며 굴비도 발라서 숟가락에 얹어 드렸다.

"내는 왜 굴비를 안 주냐?"

금방 숟가락에 얹어 놓은 굴비를 드셔놓고도 기억을 못하시니, 열심히 발라 드리고 있던 셋째와 나는 말문이 막혀 징글맘을 바라보고 말았지.

"절마는 왜 지네 집에 안 가고 여기서 밥을 먹느냐?"

주말이라 와 있던 셋째를 보고는 뜬금없이 집에 가라고 투박을 하신다. '큰아들 고생하는 건 잊지 않으신 게지.' 싶어 혼자 쓴웃음을 베어 무는데, 징글맘의 반전은 아직 끝나지 않았으니.

"내 뱃가죽이 허리에 붙었으니 내일은 간장게장과 달걀찜을 맛있게 해주라."

헛, 말 떨어지기 무섭다더니……. 큰아들 고생 운운은 나만의 착각이라며 즉각 빠져나올 것을 명받고야 만다. 뭐 새삼스러울 것도 아니니 그저 한차례 웃음으로 흘러갈 뿐이지. 요즘 들어 징글맘은 식성이 더 좋아져서 한동안 잊고 있었던 음식도 새로 찾으신다.

"우리 엄마 드시는 것을 보면 입맛 없는 사람도 과식할 거야."

셋째가 웃으면서 농을 하니 나도 웃는데, 징글맘은 여전히 먹을 걸 더 달라며 숟가락을 두드리신다.

"엄마는 10년을 채우고 가실 것 같아."

식사를 마친 후 주무시는 징글맘을 물끄러미 바라보며 셋째가 나지막이 내뱉은 소리가 귓가에 무겁게 내려앉는다. 힘들어 죽겠다는 소리를 입에 달고 지내면서도, 사실 온전한 모습일 때의 징글맘을 보면 당신의 마음도 편치 않다는 걸 알기에 뭐라고 불평하기도 어렵다.

"내도 죽고 싶지만 그게 내 마음대로 안 되니, 우짜니?"

가끔씩 서글픈 표정으로 정색을 하며 말씀하실 때면 웃을 수도 울 수도 없는 이 복잡한 마음을 다 알고 계시는 것 같아 면 구스럽기만 하고 만다. 그래도 포기하지 않고 지금까지 온 것에 대해서는 나 스스로도 놀라지 않을 수 없다. 인생에서 가장 오랜 끈기를 발휘해온 이 시간이야말로 내 인생의 마지막 불꽃으로 승화된 것이라고 스스로를 위로하며 '진인사대천명'이라는 말이 꼭 아주 큰 목표를 위한 것만은 아니라는 생각도 해본

다. 지금까지의 순간순간 온 마음과 정성을 다했으니 그것으로
내 할 일은 다한 것이라고, 희로애락과 생로병사의 모든 것도 사
람은 정성을 다하고 나머지는 하늘의 뜻임을 이제야 제대로 알
게 된 것이지.

감칠맛

함께 밥을 먹는다는 것

요리하는 슈퍼맨

'We were waltzing together to a dreamy melody…….'

정신없는 오전을 보내고 달달한 커피 한 잔을 들고 앉으니, 마침 컴퓨터에서 페티 페이지Patti Page의 노래 〈체인징 파트너 Changing Partner〉가 흘러나온다. 그러고 보니 언젠가 내가 "Oh! my darling. I will never change partners again……." 하고 이 노래를 부르고 있었는데, 그때 징글맘이 농담 한마디를 던져 한참을 웃었던 기억이 난다.

"아들아! 내도 너를 바꾸지 않겠다."

그때는 물론 우스개 농담이었지만, 실제로 지금 징글맘은 마치 어머니 치맛자락 붙잡고 떨어지지 않으려는 아이처럼 다른 사람은 모두 거부한 채 나에게만 철대직으로 의지하신다. 게다가 한밤중에도, 허연 새벽에도 무슨 일이든 도깨비방망이처럼 요구만 하면 해결해주리라 굳건히 믿으신다. 여하튼 머슴인지, 보호자인지 모르겠지만 바꾸지 않으시겠다던 그 약속을 끝까지 지키실 모양이다. 따라서 나 역시 절대적인 해결사가 되어 드려야만 하니 오늘도 징글맘의 슈퍼맨을 자처할 수밖에.

징글맘의 보호자로, 취사병으로 삼시 세끼를 책임지는 시간이 늘어날수록 나날이 임무도 늘어만 간다. 약을 챙기고, 틀니를 소독히며, 피부약도 발라주는 위생병 임무도 맡아서 징글맘의 약을 단 한 번도 빠트리지 않고 제 시간에 복용하도록 최선을 다했다. 빨래와 화장실 청소를 도맡아 하는 청소병의 임무도 내 몫이다. 더불어 화장실의 변기나 싱크대의 배수구도 막히면 뚫고 고쳐야 하는 영선병도 겸임하게 되었는가 하면, 진즉부터 겸하고 있는 병참지원병 임무 때문에 부식과 모든 물품을 알뜰살뜰 아껴가며 구입하는 일 역시 슈퍼히어로의 능력을 발휘하지 않으면 안 된다.

더욱이 이제는 징글맘의 호흡 소리만 들어도 이상을 알아채고 바로 조치를 하는 구급대 역할도 척척 해내는 수준이다. 징글맘의 대소변을 보고 소화 상태나 건강 이상까지도 체크해낼 정도인데, 변이 조금만 물러도 식사량을 조절하고 수프에 들어가는 식재료를 바꿀 정도로 일취월장한 능력을 발휘하고 있다. 위생에도 무척 신경을 썼기에 지금까지 징글맘께 식중독은 물론이고 가벼운 배탈도 생기지 않았다.

물론 어머니가 나를 의지한다고 해서 내가 정말 지구를 구하는 슈퍼맨이 되는 것은 아니지만, 징글맘이 무엇을 필요로 하는가를 알아내고 그 요구를 해결하는 면에서는 정말 슈퍼히어로의 능력을 필요로 한다. 비단 어머니를 모시는 자식으로서만이 아니라 환자를 간병하는 모든 이들에게 가장 필요한 덕목이자 능력이 아닐까 싶다. 역지사지易地思之야말로 사람이 살아가는 데 가장 필요한 자세라고 생각하는데, 환자를 간병하는 입장에서는 더더욱 필요한 마음가짐이 아닐까 생각하게 되었다.

이제 표정만 봐도 무엇을 드시고 싶은지 척척 알아맞힐 때가 많지만, 오늘은 양식 좋아하는 어머니께서 스테이크를 드시고 싶어 할 것 같다는 촉이 왔다. 하지만 치아가 부실해서 비프스테이크는 드시기 어려우니 조리하기 좀 힘들지만 부드럽고 영양분이 골고루 들어 있는 함박스테이크를 만들어 볼까 하고 나섰다.

함박스테이크는 스테이크 요리에서 가장 많이 익히는 음식이다. 원래는 몽골 기병들이 양고기를 다져 안장에 넣어 다니며 끼니를 해결한 데서 유래가 되었다고 한다. 그 후 고기를 갈아 사용하는 조리법이 유라시아 전역에 퍼졌으며, 갈은 고기를 뭉쳐 한 덩어리로 익혀 먹는 요리법이 흑해와 지중해 지역을 비롯하여 북해와 발트 해로도 퍼지게 되었다고 한다. 19세기 독일의 함부르크 지역에서 현재이 것과 비슷한 햄버그스테이크가 되었

고, 다시 미국으로 넘어가 부드러운 빵 사이에 끼워서 먹게 된 것
이 햄버거가 되었다고 하니, 요리의 세계를 알게 될수록 역사도
새롭게 보이는 것 같다. 지금 우리가 먹는 함박스테이크는 일본
에서 돈가스와 함께 개발한 요리인데, 내가 보기에는 우리의 떡
갈비와 비슷하다.

　우선 쇠고기 같은 것에 돼지고기 같은 것을 약 2대 1 비율로
섞어서 준비하고, 포도주에 고기를 한 시간 정도 푹 재운다. 여
기에 빵가루와 전분에다 달걀을 넣고 약간의 소금을 뿌린 후 사
랑하는 연인의 손을 만지작거리듯 부드럽게 주물거리며 잘 섞어
스테이크 모양으로 만든다. 곰국 국물 한 국자에 스테이크 소스
와 굴소스를 넣고 섞어 함박스테이크 소스를 만들고, 여기에 체
다슬라이스 치즈 한 장을 퐁당 투하해 고소함을 더한다. 이제 달
군 프라이팬에 고기를 올린 후 고기의 두툼한 가운데를 살짝 눌
러서 모양을 다지며 조심스럽게 굽는다.

　"애비야, 스테이크가 정말 맛있구나. 내일도 이거 해줄래?"

　예전에 함박스테이크를 처음 만들어 드렸던 날, 연신 맛있다
며 다 드시고는 다음날 또 해달라던 징글맘의 반응에 그까짓 게
뭐라고 정말 기분이 좋았다. 고급 레스토랑의 셰프가 만든 것에
비하면 한참 부족할 테고, 이미 몇 번이고 더 해드려서 내 손맛에
익숙해지셨을 텐데도 징글맘은 여전히 이 맛을 좋아해주시니 감
사한 마음이 절로 든다.

이제는 함박스테이크도 예전보다 더 부드럽게 만들고 양도 조금씩만 드려야 하지만, 아직도 맛을 따지고 삼시 세끼를 꼬박꼬박 챙기니 찾으실 때까지는 얼마든지 만들어 드려야지. 구십이 넘으면 생과 사의 경계가 없다지만 징글맘은 아직도 다채로운 맛의 세계를 더 많이 즐기셨으면 좋겠다.

징글맘은 입을 벌리는 것도 힘에 벅차 큰 숟가락을 힘들어하셔서 유아용 숟가락을 새로 사다 드리니 훨씬 편하다며 좋아하신다. 하루하루 발작 시간이 잦아지고 수면 시간은 더 길어지는데, 징글맘의 이런 변화에 발맞춰 나의 수면 시간은 더 줄어들어야 하고, 자주 바뀌는 발작 시간이나 수면 시간도 예측할 수가 없어 극한의 인내를 쥐어짜고 있다. 이 모든 증상이 가리키는 것은 이제 운명의 그 시간이 가까이 오고 있다는 것이리라.

본디 살아 있는 모든 것은 생로병사의 순리를 벗어날 수 없는 법이니 회자정리會者定離의 보편적 이치를 겸허히 받아들여야 하겠지. 지금 이 순간에 충실해야 한다는 평범한 진리를 깨달을수록 얼마나 중요한 가르침인지 새삼 느끼게 된다. 그에 따라 공부할 때는 공부를 열심히 해야 다음 단계로 나아가고, 사랑할 때는 미치도록 사랑해야 후회가 없고, 일할 때는 정말 땀띠가 날 정도로 부지런히 일하고 나이가 들면 뒤로 물러나 조용히 지내는 것이 순리이고 하늘의 뜻이라고 믿는다. 아마도 언젠가는 나 역시 이런 인생 은퇴의 과정을 걸을 테지만, 아직은 내 임무가 남아 있으니 조금 더 슈퍼 파워를 내어 전지전능한 간병인의 자세로 징글맘에 옆에 있어 드려야겠다. 내가 바로 징글맘의 슈퍼맨이니까.

마음 다스리기

율곡 이이는 《답성호원答成浩原》 서간에서 인심人心과 도심道心을 사람이 말을 타는 것에 비유하였다. 그는 '말이 사람의 뜻에 따라 나가는 것은 도심이요. 사람이 말이 가는 대로 맡겨 두는 것은 인심이다.'라고 하였으며, 본래부터 '인심과 도심의 근원은 같다.'고 하였다. 이를 좀 더 풀어보자면, 도심과 인심은 외부의 자극에 대한 동일한 본성의 반응인데, 이성적으로 인의예지仁義禮智의 도리에 따라 행하려 하는 것이 도심道心이라면 신체적 본능에 따르려 하는 것이 인심人心이므로 수양에 의해 '인심을 도심으로 변환해야 함'을 역설하였다.

율곡의 설명과는 별개로 나는 본능적인 욕구를 누르고 이성의 명철한 판단대로 행하는 것이 쉬운 일은 아니라는 생각을 다시 해보게 됐다. 누구나 자기 마음 하나 다스리기가 쉽지 않다는 것은 겪어봤을 것이다. 의지가 아무리 단단해도 감정의 흐름을 막지 못할 때도 많고, 아무리 감정이 넘쳐도 의지를 발휘해야 할 때도 있는 법이다. 그래서 중용의 중요성이 강조되는 것인지도 모르지만, 세상사도 삶도 뜻대로만 되는 것이 아니니 답답하고 한숨이 나오는 일이 다반사다.

우리가 살면서 알고 속는 3대 거짓말이 있다. 첫째가 노인의 '이제 그만 살고 싶다'는 말이고, 둘째가 미혼자의 '결혼 안 하겠다'는 것이며, 셋째가 장사꾼의 '손해 보고 판다'는 말이라 한다. 징글맘은 "애비야. 이제는 에미가 그만 살아야겠지?" 하면서도 '먹고 싶은 게 많아서 지금은 못 간다고 전해라'일까, 아직도 경이로운 보호 의지로 생명의 불꽃을 잡고 계시다. 하루 24시간 중에서 12시간은 수면 상태고 8시간은 이지를 잃은 채 괴성을 지르며 원초적인 행동을 하신다. 단 몇 시간만 제 정신인데, 그나마도 깨어 있는 나머지 시간은 먹는 것밖에 모르신다. 게다가 징글맘은 그 순간 먹고 싶은 것이 떠오르면 그것이 무엇이든 요구하고서 무조건 10분 이내로 시행하지 않을 경우 고장 난 테이프처럼 무한 반복해서 주문을 외친다.

사실 매 끼니를 새로 지어 드리는 것도 참 쉽지 않은 일이다. 하여 어차피 매일 먹는 음식이니 좀 대충해도 될 것인데도, 막상 징글맘을 앞에 두고 보면 대충할 수가 없다.

"형이 정성껏 모시니까, 지금까지 엄마가 사시는 것이야."

군이 주변에서나 동생들이 이렇게 내 수고에 대한 치사를 하지 않아도 내 안에서 발현되는 마음이 움직이는 것이니 소홀함은 스스로 용납이 안 된다. 그러니 힘들다고 고통을 토로하면서도 내 발걸음은 그 힘든 길에서 벗어나 평탄한 대로로 옮기지 못하는 것이다. 이렇다 보니 분명 처음에 어머니를 모시려는 마음이 먼저 발현되어 행동으로 옮겨진 것인데, 이제는 내가 말인지 사람인지 알 수 없게 되었으니 내 마음이 먼저인지 행동에 마음이 따라가는 것인지도 분명치 않은 듯하다.

"애비야, 달걀도 안 먹어야겠다. 이런 것을 계속 먹으니 내가 너무 오래 살아서 네가 고생하잖니?"

어제도 징글맘은 잠시 정신이 돌아와 내가 고생한다고 자학하다가, 막상 점심시간에는 달걀찜과 날달걀 노른자를 찾고 참기름을 뚝 떨어뜨려 후루룩 마신다. 그리고 메밀묵무침을 드시면서도 "아이, 꼬시고 맛있다." 하며 한 종지를 다 비우셨다.

"애비야, 냉면이 먹고 싶구나!"

오늘은 오전 내내 대학병원에서 위와 장에 대해 정밀검사를 하느라 진이 다 빠져서 내 한 몸을 추스르기도 힘든 상태였다. 그런데 집에 들어오자마자 징글맘이 바로 냉면 타령을 하시니 웃어야 할지 울어야 할지 모를 노릇이었다. 사흘 전 간 기능 검사와 호흡기 관련 검사를 받았고 오늘도 검사가 줄줄이 이어진

탓에 기력이 하나도 없었기에 오자마자 정말 눕고 싶기만 했다. 특히 오늘 검사는 소화기관 정밀검사였기에 어제 오후부터 금식을 한 상태이니 컨디션도 엉망이었다.

"애비야! 냉면은 배달시키면 맛이 별로야. 네가 만들어야 육수도 맛있으니 해 다고."

다짜고짜 선주문부터 하고 밥상에 앉아 기다리는 징글맘이 오늘은 좀 얄밉기도 했지만, 바로 진행해야지 별수 있겠나. 징글맘의 조르기 신공이 발휘되기 전에 먼저 움직이는 착한 머슴이 되어야 할 뿐 다른 방책이 없다.

냉면은 징글맘이 참 좋아하는 메뉴인데, 특히 여름철에는 함흥냉면을 거의 매일 드셨다. 경상도 출신의 아버지는 칼국수를 좋아하셨다. 때문에 우리 집은 항상 냉면과 칼국수 사이에서 잦은 충돌이 있었는데, 대부분 아버지가 꾹 참고 징글맘 뜻대로 함흥냉면을 드시는 쪽으로 결론이 났었다. 그러다 세월이 흘러 치아가 불편해진 아버지를 위해 징글맘이 감자 전분으로 만들어 질긴 함흥냉면 대신 메밀로 만든 평양냉면으로 바꾸었다. 이제는 징글맘도 함흥냉면이 질기니 나에게 육수는 함흥식으로, 면발은 평양식으로 해달라고 요구하신다. 뿐만 아니라 면 요리를 좋아하는 징글맘의 주문에 따라 척척 해내느라 냉면, 밀면 등 국수 요리는 거의 달인이 되었다.

마침 집에 메밀 면이 있고 동치미 국물이 있어 빠르게 준비할 수 있겠다 싶어 팔을 걷어붙였다. 먼저 오이를 채 썰고 달걀 두 개를 삶았다. 면은 팔팔 끓는 물에 1분 정도 데치듯 삶는데, 체로 면을 받아 흐르는 찬물에 씻고 물기를 뺀 후 대접에 담는다.

오늘도 징글맘의 그 입맛을 생각해 겨자(징글맘 표현은 와사비) 와 식초의 양도 맞추어 드리고 삶은 달걀을 두 개나 반으로 갈라 노른자만 드시기 좋게 해 드리니, 조용히 냉면을 드시는 것에만 집중하셨다.

"애비야, 국물 더 있니?"

그런데 웬일인가? 징글맘의 추가 주문에 나도 놀라고 함께 있던 요양보호사도 놀랐다. 여하튼 식욕은 말릴 수 없을 것 같다. 황당한 것은 새벽에 코코아와 과일즙도 드시고, 나는 금식이라 밥을 못 먹으면서도 오전 6시경에 차려 드린 크림수프와 국에 달걀노른자까지 물김치와 더불어 맛있게 드셨고, 게다가 이미 점심으로 여동생이 차려 드린 미음도 드셨으니 '냉면 국물 추가'를 외치는 걸 보고는 절로 입이 떡 벌어지고야 만 것이다. 소화만 잘 시킬 수 있다면 얼마든지 드리지만, 괜스레 걱정부터 되는 건 어쩔 수가 없다. 어쨌든 이제 냉면에 필이 꽂혔으니 한동안 찾으시겠지. 그러니 오늘 밤에는 정식으로 냉면 육수도 만들고 편육도 만들어 두어야 비상식량 공급에 차질이 없을 것 같다. 지친 몸은 아랑곳없이 할 일은 넘치도록 쌓인다.

매번 놀랍고 신기한 것은, 징글맘은 햄 같은 좋아하는 반찬도 맘에 안 들면 서슴없이 뱉어 버리면서도 약은 절대로 안 뱉으신다는 것이다. 아침저녁마다 혈압약과 치매약도 챙겨 드리는 대로 꼬박꼬박 다 드신다. 살을 긁어 피가 한 방울만 나와도 연고를 찾고 붕대나 일회용 반창고를 붙이며 당신의 몸을 챙기시는 걸 보면 놀랍기까지 하다. 많은 것을 잊고 살지만, 약을 비롯해 과일즙이나 부드러운 음식은 하나도 남기지 않고 다 드시는 등 당신의 육체 관련해서는 잊어버리지도 않고 챙기시니 생명의 신비를 경험하는 것 같기도 하지만 한편으로는 얼마나 다행인지.

특히나 징글맘은 삼시 세끼를 꼬박꼬박 잘 드시니 참 감사할 일이다. 기껏 요리를 해 드려 음식을 거부하는 것보다는 그래도 낫지 않은가. 오히려 이제는 무엇을 해도 최고의 맛을 낼 수 있도록 더럽게 무서운 교사를 만난 것이라고 생각하니 나도 마음이 편하다. 징글맘과 함께한 처음 3년간은 일반 음식으로 차렸는데, 그 다음 3년은 징글맘의 까칠한 요구가 시작되어 본격적으로 요리를 배우며 새로운 요리 기법으로 만든 요리들을 밥상에 올렸다. 한식을 기본으로 하여 일식과 중식도 조금씩 개발하고 스파게티나 미트볼 등을 만들며 양식에도 눈을 돌렸던 때가 바로 이 시기다. 그리고 빵도 직접 만들기 시작한 때였다.

그런데 갈수록 요리 형태가 묽어지고 식재료의 선택도 협소해지고 있다. 원인은 틀니가 있어도 씹을 수 있는 힘이 부족하기 때문이다. 이제 죽과 크림수프 같은 요리가 주종을 이루는데, 채소류 섭취가 필요하기 때문에 연구에 연구를 거듭해야 드실 수 있는 요리가 나오니 머리가 복잡해졌다. 지금은 아주 간단한 레시피인 호박볶음도 채를 썰기 전에 애호박의 껍질을 꼭 제거한다. 껍질이 식감에 걸리기도 하고 씹기도 힘들기 때문이다. 이처럼 점점 요리의 형태가 단순해져 가고 있어서 고민이지만, 가능한 마지막까지 음식을 제대로 드실 수 있도록 최선을 다하고 있다.

오늘도 내 몸은 천근만근이었지만 징글맘이 냉면 국물을 두 그릇이나 맛있게 드신 것에서 작은 보람을 찾는다. 정말 징글맘을 통해 작은 것 하나도 최선을 다해 최고의 맛으로 만들어야 한다는 것을 깨닫고 배웠으니, 율곡의 가르침처럼 인심이 수양을 통해 도심으로 변환되어 가고 있다고 믿는다.

사랑은 기적을 낳는다

세상에서 가장 위대한 것은 '사랑'이라 한다. 그것이 희생하는 어머니의 사랑이든, 죽음을 불사한 로미오와 줄리엣의 사랑이든 불가능을 가능하게 하는 원천에는 분명 어떠한 형태의 사랑이 자리한다. 몇 년 전, 서울 집 옥상에서 스티로폼 박스에 흙을 담아 농사를 지으면서 터득한 것도 바로 사랑이다. 한 알의 씨앗이 발아하여 새싹이 나왔을 때 관심을 갖지 않고 방치하면 이 생명은 말라서 타 죽고 만다. 그때 옥상에서 호박과 콩, 가지, 고추 등을 키우면서 작은 행복도 느끼고 사랑에 대하여도 다시 생각을 하게 되었다. 노지露地나 주말농장의 밭은 자연 상태의 흙으로 땅심이 있고 주변 환경이 좋아 벌과 나비들이 자연스럽게 밀원蜜源으로 찾아오지만 주택가 옥상은 그런 여건이 있을 리 없다. 그러나 매일 아침 정성껏 물을 주고 퇴비도 주며 가꾸니 지성이면 감천이라는 말 그대로 작은 밀원이 생기고 벌과 나비들이 열심히 날아들었다.

"선생님, 옥상에서 호박이 열리면 기네스북에 오르겠습니다."

이웃의 기대처럼 나도 과연 결실이 맺힐까 '기대 반, 걱정 반' 하였는데, 그해 늦여름에 호박이 크게 열려서 정말 놀랐었다. 그 호박을 보며 새삼 깨달은 것은 모든 기적은 사랑에서 시작된다는 것이다. 본디 사랑은 눈에 보이지 않는 법이지만, 대신 보여줄 수 있는 관심으로 치환되어 나타난다. 그래서 사랑의 반대말은 증오가 아니라 무관심이며, 관심 속에서 사랑을 받으며 쑥쑥 자란 생명체는 빛깔도 다르고 결과물도 다를 뿐더러 때때로 기적을 낳기도 한다. 그 기적은 참고 견디며 무한한 희생을 담보로 한 사랑이 한 방울, 두 방울 모이고 알알이 맺혀서 빚어낸 눈물의 결실이리라. 성서의 '고린도전서 13장'에서도 '사랑은 오래 참고, 사랑은 온유하며, 투기하는 자가 되지 아니하며, 자랑하지 아니하며, 교만하지 아니하며, 무례히 행치 아니하며, 성내지 아니하며, 악한 것을 생각하지 아니하며, 불의를 기뻐하지 아니하며, 진리와 함께 기뻐하고, 모든 것을 참으며, 모든 것을 믿으며, 모든 것을 바라며, 모든 것을 견디느니라.'라고 정의 내리지 않던가. 바로 이 구절이야말로 사랑을 정의 내린 진수가 아닐까 한다. 때때로 나도 순간 울컥 치솟아 뒤늦게 후회할 말이라도 내

뱉은 후에는 꼭 이 구절을 생각하고 곱씹으며 또 반성한다.

우리가 살다 보면 정말 곤혹스럽고 힘이 들어 모든 것을 포기하고 싶을 때가 있다. 질병으로 생사를 넘나들 때, 무리하게 사업을 벌이다 실패해 모든 것을 날린 후 그저 죽음밖에 선택지가 없는 것 같은 때도 있다. 그러나 생텍쥐페리가《야간 비행》에서 피력한 것처럼 우리는 스스로 자신의 죽음이나 극단적인 일탈 행위를 할 수 없다는 것을 깨달아야 한다. 극단적인 것은 사랑을 포기한 사람들만 하는 절망적인 행위이고, 사랑은 모든 것을 참으며 믿는 것이기 때문이다. 무엇보다 중요한 것은, 스스로 자기 자신을 믿고 사랑한다면 어떠한 어려움 앞에서도 쉽게 자신을 포기하지 못한다. 자기 자신을 못 믿고 스스로를 사랑하지 않으면 극한의 상황에서 무너지기 쉽다. 사랑은 우선 자기 자신을 믿는 것에서 출발해야 한다. 나 자신은 부모의 사랑의 결실일 뿐더러 분명히 이 세상에 온 이유가 있는 소중한 존재로서 이뤄야 할 그 무엇의 사명이 있다는 것을 결코 잊어서는 안 된다.

내가 징글맘을 위해 요리를 하면서 느낀 건, 나를 사랑하는 방법에는 내 몸이 진짜로 원하는 것을 먹는 것도 포함해야 한다는 것이다. 사람의 감정은 서로 원하는 느낌을 따라가야 얻을 수 있듯 음식도 내 몸이 진짜로 원하는 것을 먹어야 좋다고 믿기 때문이다. 탈이 나거나 병으로 쇠약할 때는 아무리 영양가 높은 음식이라도 소화가 힘들고 몸에서 받아들이지 못한다. 나이가 들어 치아가 부실하고 제 몸 하나 가누기 힘든 사람에게 군침 도는 갈비찜이나 스테이크를 차려주면 도리어 그 사람을 고문하는 것이 될 것이다. 혈기 왕성한 젊은이에게는 길거리에서 파는 순대와 떡볶이도 보약이 될 수 있다. 따라서 내 몸이 진짜로 원하는 음식이라면 너무 참지 말고 먹는 것이 좋다고 생각한다. 목감기가 걸렸을 때 아이스크림을 먹는 것도 무조건 말릴 필요는 없고, 다이어트를 한다고 지나치게 칼로리를 따져가며 굶다시피 하는 것도 좋지 않다고 생각한다. 스트레스를 받아서 단 음식이 당기면 먹는 게 좋고, 매운 것이 당기면 땀 흘리며 먹는 것이 꾹꾹 눌러가며 참는 것보다는 좋다고 믿는다.

옛 선인들도 '약식동원藥食同源', '의식동원醫食同源', '약보불여식보藥補不如食補'라 하지 않았던가. 의약과 음식은 그 근원이 같다는 선인들의 깨달음은 오늘날에도 그리 다르지 않다. 최고의 보약은 음식이며, 약으로 치료하는 것은 그 다음이라고도 하지 않던가. 비타민이나 영양제가 아무리 좋아도 한 개의 사과나 한 마리의 고등어를 제대로 먹는 것만은 못한 것이다. 그렇다고 몸에 좋다는 양생음식養生飲食만 찾는 것은 인체의 정상적인 기능을 저해할 수도 있으므로 열외로 치고 싶다.

그런 의미에서 오늘은 나도 내 몸이 원하는 돼지 껍데기에 소주나 한잔해야겠다. 단골 동네 정육점이나 시장에 있는 정육점에서는 보통 돼지 껍데기 1킬로그램을 3000원 정도에 구입할 수 있다. 돼지 껍데기는 우선 양파와 마늘, 생강을 넣고 녹차나 쑥을 추가로 넣어 10여 분 푹 삶고 체에 밭쳐 물과 기름기를 뺀다. 보통 돼지 껍데기 600그램 정도면 양파는 큰 것 1개, 마늘 10개, 생강 큰 것 1개, 배즙 2분의 1봉지, 소주 3잔 정도를 넣고 적당히 끓이면 특유의 냄새도 제거되고 맛도 좋아진다. 고추장, 다진 생강, 다진 마늘, 양파, 청양고추, 배즙, 간장, 포도주를 넣고 버무려 양념도 만든다. 이제 바닥이 깊은 프라이팬에 돼지 껍데기와 양념장을 넣고 10여 분 정도 볶은 후 깨소금을 살짝 뿌리니 내가 딱 좋아하는 고소하고 쫄깃한 맛이 된다.

물론 술꾼들에게는 소주를 부르는 맛이지만 반찬으로도 훌륭할 맛이지. 소주 한 잔 털어 넣고 돼지 껍데기 한 점 꿀떡 삼키니 남들에게는 작지만 내게는 큰 즐거움이다. 세상만사는 다 이렇게 작은 것에서 시작하는 거겠지. 작은 씨앗이 큰 결실을 매달고 작은 관심이 때로는 놀라운 변화도 가져오고.

종종 불치라 선고받고도 좋은 음식으로 병을 고쳤다는 사람들이 있다. 그들에게 물론 음식도 약이 되었겠지만 내 생각에는 무엇보다 자신을 그리고 가족을 놓지 않았던 것이 가장 큰 이유가 아닐까 싶다. 자신을 사랑하고, 가족을 사랑하기에 병을 이겨낼 수 있었던 것이라고 말이다. 정말 사랑은 기적을 낳는가 보다. 8년 전, 동네 의원부터 대학병원의 의사들까지도 징글맘이 1년을 넘기지 못한다고 했었다. 얼마 전에 만난 그 의사들은 나에게 "어르신이 생존한 것은 기적입니다."라고 놀라움과 경이로움의 눈빛으로 말을 했다. 죽음의 문턱까지 다다랐다고 모두가 믿었음에도 지금 이렇게 기적을 이룬 것은 무엇보다도 징글맘의 자기애와 스스로 살려고 하는 의지가 강하기 때문일 것이다. 죽음의 문턱에서 셋째를 결코 포기하지 않았던 그때처럼, 이승의 벼랑 끝에 매달려서도 결코 손을 놓지 않았기 때문에 오늘의 징글맘은 기적이라고 일컫는 것이리라. 물론 최선을 다해서 음식을 통해 건강을 유지할 수 있도록 해온 나의 정성과 노력도 조금쯤은 힘을 보탰을 것이라 생각도 한다. 징글맘의 기적에는 사랑만큼이나 밥심도 분명 힘이 되었을 테니까.

모처럼 나를 위해 준비한 음식을 앞에 두고 소주 한 잔을 털어 넣으니 마음까지 노곤해지는 것 같다. 그래, 나는 나를 사랑하지. 그리고 징글맘도 사랑해. 어쩌면 바로 지금 이 순간, 서로가 서로를 사랑하며 살아가는 지금 이 순간이야말로 충분히 기적이 아닐까. 마음이 노곤해지니 이 할배 눈에는 온 세상이 기적처럼 보인다.

두 바퀴의 힘

오늘도 강도 높은 철야 근무를 하고 새벽부터 징글맘의 아침상을 차려 드렸다. 핏줄이 벌겋게 선 눈을 겨우 뜬 채로 짬을 내어 운동이라도 하려고 집 근처 공원을 찾았다. 근래 들어 공원에서 보면 40대 남자들이 술에 찌들어 초점 잃은 눈으로 세상을 포기한 듯 지내는 모습이 종종 눈에 띈다. 그런 이들을 볼 때마다 나도 모르게 눈살이 찌푸려진다. 공원에서는 팔순 노인들도 땀 흘리며 운동을 하고, 문화센터에서는 나이 든 사람들도 무언가를 열심히 배우려 하고, 나 역시 남은 시간이 그리 많지 않다는 생각에 조바심이 들어 뭐라도 배우고 익히려 애쓰고 있다. 아무리 힘든 일이 닥쳤더라도 아직 젊은 나이에 술에 의지해 흐트러진 정신으로 하루하루를 지내는 것은 답답한 노릇이다. 당장 힘들고 괴롭다는 핑계로 술이나 마시고 다시 술을 깨려고 사우나에 가서 잠이나 자는 일을 반복하면서 언제 무엇을 남기고 이승을 떠날 건가 싶다. 이렇게 생각하는 내가 이상한 걸까.

"이제 그 나이에 뭘 더 배우겠다고 그리 힘들게 사냐?"

얼마 전 친구가 책을 읽고 있는 내가 신기하다며 한마디 건넸다. 그래서 나도 평소 품고 있던 이야기를 들려주었다.

"몽골 속담에 '늙은 말도 조랑말에게 배운다'잖아. 또 '모자는 살 수 있어도 지성은 살 수 없다'는 세르비아 속담도 있지. 눈이 보일 때까지는 책을 읽고 다리가 후들거리지 않을 때는 자전거를 타거나 등산을 하며, 세상에 보이는 것은 다 보고 먹고 싶은 것은 다 먹어 보고 싶다."

공자도 '학이시습지불역열호學而時習之不亦說乎'라고, '배우고 때때로 익히면 또한 기쁘지 아니한가'라고 하지 않았던가. 그저 친구에게 하는 빈말이 아니라 이런 생각은 늘 내 마음속에 배어 있어서 울적할 때는 자전거를 타거나 재래시장이나 박물관 등을 돌아다닌다. 나는 지금도 배움을 통해 지적인 갈증을 해소하며 내가 살아 있다는 것을 확인하는 순간이 너무나도 행복하다. 정말 나이가 들어도 배움은 끝이 없으니 세상 모든 사람에게 배워야 한다. 아직 어린 손주에게도, 가끔씩 정신이 돌아오는 징글맘을 통해서도 배울 점은 분명히 있다.

배움뿐 아니라 체력도 나이 들수록 더 관리해야 한다. 사람이나 짐승이나 늙으면 우선 힘이 달리고 치아도 빠져서 먹는 것이 부실하다 보면 조직에서도 점점 뒤로 밀리다 죽게 된다. 힘이 없으면 도태되는 것이 바로 생존의 법칙이다. 오웅진 신부의 "얻어먹을 수 있는 힘만 있어도 그것은 주님의 은총입니다."라는 말씀에 깊이 공감하게 되는 것도 그런 까닭이다. 그러니 살기 위해서는 멈추면 안 되고 끊임없이 움직이고 부지런해야 한다고 생각하며, 지금도 스스로 나태해졌다는 생각이 들면 '해가 뜨면 눕지 마라'는 스스로와의 약속을 다시금 되새김질한다.

징글맘의 취사병 복무 기간이 얼마가 더 연장될지 모르니 그때까지 버틸 수 있도록 체력 관리도 틈틈이 해놔야 한다는 생각에 늘 자전거를 타고 운동을 한다. 아직도 마음은 핑크 빛인데 머리는 허연 억새밭이라 괜히 주눅이 들지만, 운동을 꾸준히 하여 몸을 단단하게 만들면 또 어떤 기회와 맞닥뜨리게 될지 '사람 일은 모르는 것'이라고 혼자 되뇌며 할 수 있는 한 건강이라도 챙기려고 애쓰고 있다. 그러려면 해가 떠 있는 동안은 눕지 말고 움직여야겠지.

그런 마음에 중고 자전거를 하나 구입해서 타고 다니며 겨울의 끄트머리를 보냈다. 아직 꽃샘추위가 매서운 날씨였는데도 얼마나 힘이 드는지 자전거를 타고 돌아다니다 보면 복날 땡칠이 수준으로 힘들어했다. 그렇게 몇 달간 매일 세 시간 이상 타다 보니 타이어도 펑크가 나고 여기저기 수리해야 할 상태가 됐는데,

그 비용도 만만치 않아 이대로 멈춰야 하나 또 한숨이 늘어졌다. 다행히 둘째가 도움을 주어서 그해 봄에 제법 힘이 센 새 자전거를 구입할 수 있었다. 인천대공원에서 빌려 타던 자전거나 그동안 타고 다니던 중고 자전거에 비하면, 지금까지 타고 있는 이 자전거는 나에게 고급 승용차보다 더 좋은 애마가 되었다.

자전거로 7개월간 엄청나게 돌아다니며 체력 단련을 한 덕분에 어느 정도 자신감이 생긴 후, 겁도 없이 경기도 시흥시에 있는 관곡지를 가겠다고 여우고개를 넘으면서 무지하게 고생을 했다. 그날 나는 농로를 통과해 관곡지에 도착한 후 다시 공포의 여우고개를 넘기 싫어서 물왕저수지에서 시흥갯골생태공원을 통과해 소래포구로 돌아가는 길을 택했다. 이날 휴식 시간을 포함해서 총 4시간 18분 동안 52.8킬로미터를 완주했는데, 내 나이를 생각하면 지금 생각해도 어떻게 했던가 놀라울 정도의 기록이었다.

가장 자랑스러운 자전거 주행은 그 다음 달에 있었다. 부천시 송내동 아파트에서 출발하여 인천대공원을 경유하고 소래습지생태공원을 거쳐 다시 소래포구에서 오이도의 빨간 등대까지 왕복하는 최장거리 주행을 완주한 것이다. 이날 밥 먹고 쉬는 시간을 빼면 총 4시간 38분 동안 54.2킬로미터를 달린 것이니, 아마 젊은이들도 이런 코스는 혼자 주행하기 어려울 거라는 뿌듯함에 스스로를 대견해했다.

스트레스도 해소하고 건강도 지키기 위함이었지만 자전거를 타며 순탄하기만 했던 것은 아니다. 주행 실력이 늘자 겁도 없이 김포공항 근처의 구길을 통과해 아라뱃길로 가는 중이었다. 버스를 피하려다 논바닥으로 굴렀다. 겨우 정신을 차리고 일어나 보니 자전거 체인은 빠지고 몸 여기저기에 크고 작은 상처도 나 있었다. 그래도 애들이 아프면서 자라듯 실력 성장을 위한 과정이라는 긍정 마인드와 실패는 부끄럽지 않은 거라고 스스로를 위안했다. 이후로는 거의 매일 자전거를 타는 것은 물론이고 부천 둘레길과 아라뱃길 완주도 종종 하며 스트레스를 풀고 있다. 그 덕에 체중은 7킬로그램 이상 줄고 허벅지와 장딴지는 청년들 못지않을 정도로 딴딴한 몸이 되었다.

정말 위험했던 일도 있었다. 작년 12월에는 동네에서 앞서 걸어가던 노파를 피하려다 전복하여 비명횡사할 뻔했다. 매일 징글맘과 밤샘 전쟁을 치루다 보니 쌓이고 쌓인 수면 부족으로 인해 집중력을 잃었던 것이다. 사고가 난 그날은 거의 한 달째 밤잠을 설쳤던 때다. 일주일이나 자전거를 못 탔기에 들썩거리는 마음으로 몸 상태를 생각하지 못한 채 페달을 밟았다. 급한 마음에 앞 브레이크를 잡는 바람에 전복하고 말았던 것. 잠시 정신을 잃었다가 깨어나서 사고를 수습했는데, 그 후유증으로 거의 두 달을 자전거도 못 타고 지내니 체중은 불고 똥배까지 불룩 튀어나와 지난 2월부터 다시 조심스럽게 자전거를 타기 시작했다.

　오늘도 월미도 해안도로와 자전거 전용도로에서 두 시간 주행을 하니 컨디션이 좋아졌다. 만약에 자전거를 타지 못한다면 앞으로 징글맘과의 남은 시간을 내가 어떻게 보낼까 하는 생각만으로도 끔찍하다. 그래도 설렁설렁 바닷바람을 쏘이며 자전거를 타니 가슴이 탁 트이는 것 같다.

　이렇게 자전거를 타고 돌아올 때면 마음이 좀 가벼워지니 징글맘께 해 드릴 음식도 이것저것 욕심을 내는데, 시장에 들르니 징글맘이 잘 드셨던 도토리묵이 눈에 들어온다. 오늘은 여름철 별미 도토리묵밥을 만들어 봐야겠다.

　도토리묵밥을 만들기 위해 가장 먼저 할 일은 육수를 만들고 도토리묵을 뜨거운 물에 데치는 것이다. 육수를 만들 때는 파뿌리와 다시마, 양파를 멸치와 함께 푹 끓여서 간을 맞춘다. 도토리묵은 끓는 물에 2분 정도 데치면 묵에 남은 독소나 냄새를 제거할 수 있다. 데친 도토리묵은 먹기 좋게 채를 썰어 그릇에 담고 그 위에 오이채와 파, 당근 채, 묵은지를 썰어 올린다. 다진 마늘을 작은 스푼으로 첨가한다. 육수는 체로 걸러서 식히는데, 처음부터 얼음을 넣으면 맛을 잃기 때문에 시간이 걸려도 자연적으로 식히고, 더 차갑게 하고 싶다면 냉장고에 넣어 두거나 먹기 직전에 얼음을 넣는 것이 좋다. 이렇게 완성이 된 도토리묵밥은 여름의 별미이자 건강식인데, 기호에 따라서 겨자와 식초

를 첨가하면 더 맛있다. 자투리로 남은 도토리묵은 대파를 썰고 간장을 첨가해 묵무침으로 먹으면 일석이조다.

예전에 징글맘께 도토리묵밥을 만들어 드리다가 정말 묵사발을 만들 뻔한 일이 있었다. 육수를 기껏 만들어 식혀 놨는데 어머니가 입에 안 맞는다고 하셨다. 얼음을 넣고 다시 간을 맞추었지만 중간에 방향 전환을 해서 그런지 도통 제 맛이 나지 않았다.

"애비야, 묵을 손으로 잘랐냐? 우야 이리 크게 했노? 이 똥깡아, 내가 안 죽으니 빨리 죽으라고 이렇게 개발새발이지?"

게다가 어머니가 모양새부터 타박을 하셔서 보니, 이게 캠핑가서 대충 꿀꿀이죽으로 만든 모양새다. 도저히 도토리묵밥의 때깔이 나지를 않았다.

"애비야, 니 특기인 묵무침이나 하거래이. 좀 성의껏 잘게 썰어서 맹글거라. 그리고 에미는 그리 빨리 안 가니, 마음 단디 먹어라."

삼천포로 빠져버린 묵밥 국물을 보며 난감해하고 있노라니, 징글맘은 국적 없는 음식은 거부하겠다며 묵무침을 요구하셨다. 그래서 결국 어머니께는 묵밥 대신 도토리묵무침을 드리고 말았다.

다행히 오늘은 육수가 잘된지라 도토리묵을 뜨거운 물에 데쳐서 바로 꺼내 썰어서 양념간장을 뿌리고 다시 김을 부셔서 올려 드리니 어머니께서 좋아하신다. 아버지께서도 살아 계셨을 때 이 도토리묵밥을 참 잘 드셨었는데…….

한 가지 주의할 것은 틀니를 한 분께는 참깨를 뿌려 드리면 치명타가 된다. 참깨가 틀니에 끼어 고통스럽기도 하고 연로한 분들은 잘못하면 기도 흡입, 폐렴의 원인이 되니 주의해야 한다.

실패한 요리를 통해서도 뭘 하나 해도 제대로 해야 함을 배우고, 자전거 사고를 통해서도 건강의 중요성을 배우고, 옛 추억에서도 그땐 그랬지 하는 깨달음을 얻는다. 역시 사람은 죽을 때까지 멈추지 않고 배워야 한다. 나는 오늘도 고통 속에서 희망을 찾는 법을, 포기하지 않고 다시 일어서는 의지를 또 배우고 있다.

추억은 생생한데

인생이 원으로 이루어져 있다면 이제 징글맘은 한 바퀴를 빙 돌아 먹고 자고 싸는 것이 전부인 아기처럼 원초적 본능만 남은 첫 단계에 다시 도달한 것 같다. 수면 시간도 작년까지는 14~15시간이었는데 지금은 18시간 정도가 되고 있다. 나머지 6시간도 대부분 맑지 못한 상태이니 간병하는 입장에서도 정신이 혼미해질 정도다. 생리 현상을 조절하지 못해 자주 옷을 적시고 더럽히면서도 기저귀는 기어이 거부하시니 뒤처리며 빨래역시 더 늘어나 그 모든 것이 한계치를 넘어 버겁기만 하다. 아무리 마음을 다잡아도 회복도 힘들 정도로 찌들어버린 수면 부족과 반복되는 징글맘의 막무가내 요구와 괴성은 수년을 겪으면서도 매순간 참 견디기 힘든 고문이다. 이 모든 일들이 그저 힘들고 지쳐서 나 역시 수건을 던지기 직전의 권투 선수처럼 그로기groggy 상태에서 허덕일 뿐이다.

"이렇게 쇠약해지셨네, 어머니. 젊으셨을 때 그 냉철한 성정은 어디로 다 가고……."

새벽 내 괴성과 버라이어티 퍼포먼스로 나를 공황 상태까지 이르게 만들어 놓았지만, 이렇게 조용히 잠든 징글맘의 모습은 온몸의 에너지를 다 소진하고 지쳐 쓰러진 듯 무력해 보이기만 한다. 이제 하루가 다르게 기력이 떨어지고 숨소리도 고르지 못해 말 한 마디도 길게 못하시는 모습을 보면, 순간순간 분노하고 지치고 고통스러웠던 감정은 어디로 가고 또다시 얼마 남지 않은 날들을 편하게 해 드리자고 마음을 다잡는다. 한밤중과 새벽마다 반복적으로 펼쳐지는 난장 앞에서 분노 조절 장애라도 온 것처럼 함부로 내뱉었던 막말들이 떠올라 가슴에 꽂힌 칼처럼 날카로운 통증에 시달리며 또 후회를 곱씹는다.

작년 6월에는 징글맘이 혼자 일어서지도 못할 정도로 위기를 겪었는데, 생명의 죽을 드시고 다행히 기력이 회복되었다. 지금은 혼자 몸을 움직일 정도의 건강을 유지하고 계시니 얼마나 다행인지. 누적된 피로와 스트레스 때문에 하루하루가 힘에 겨워 쓰러질 것 같은데도 징글맘 당신께서 살겠다는 의지를 놓지 않고 삼시 세끼를 악착같이 드시니 간병하는 입장에서도 포기하지 못하고 더 맛있고 영양가 있는 음식을 개발하려 애쓰고 있다. 만약에 징글맘이 내가 정성 들여 만든 음식을 거부한다면 나 역시 지금까지 노력하지 않았을지도 모르겠다.

문제는 징글맘의 수면 시간이 더 길어지면 이승에서의 그 괴롭고 힘든 여정도 종착역에 도착할 것이라는 예감이다. 징글맘이 지금보다 더 생리 현상을 조절하지 못하면 결국 기저귀를 강제로 착용시켜야 할 텐데, 이 역시 그 단계로 가는 것이라고 보인다. 요즈음 징글맘은 달걀노른자나 연명죽, 크림수프 외에는 다 뱉어 버릴 때도 있어서 대부분의 음식을 다시 국물 형태로 만들고 있다. 이렇게 8개월 만에 다시 노인들에게 공급하는 마지막 단계로 끼니를 잇는다는 것은 정말 끝이 보이고 있다는 것이다. 아직은 식사할 때 "맛있다, 맛있어." 하면서 밥그릇을 싹싹 긁어 드시는 것이나마 다행이라고 생각해야겠지. 아직은 '밥심'의 위력이 발휘되고 있는 것 같으니까.

반면에 징글맘이 밥을 못 드시고 연명죽이나 크림수프로 끼니를 때우니 내가 먹을 밥이나 반찬을 하는 것에 너무 신경을 쓰지 않아 내 건강도 점점 위험 수치를 향해 가고 있다. 요즘 '혼밥'이 유행이라고는 하지만 자기가 만든 밥을 혼자 먹는 것은 때때로 초라하고 서글프지 않던가. 이런 지경에 이르니 안중근 의사께서 말씀하신 '자애보自愛寶'의 뜻처럼 '스스로를 보배처럼 사랑하고' 내 몸을 아끼는 것도 소홀해서는 안 될 것 같다는 자성도 하게 된다. 이제는 징글맘뿐만 아니라 내가 먹을 음식도 제대로 만들어 먹어야 징글맘도 지키고 나도 산다는 것을 알고 있으니 말이다.

폭염주의보가 내려질 정도로 덥고 습기도 많아 시원한 게 뭐 없을까 고민하던 중 40년 전 경기도 포천에서 육군 병사로 복무할 때 먹었던 시원한 김치말이국수가 생각났다. 생각난 김에 기운도 차리고 정신도 깨워야겠다며 주방으로 향한다.

원래 '김치말이'는 황해도 지방의 향토 음식으로, 동치미 국물에 찬밥을 말고 동치미와 배추김치를 채를 쳐서 올리고 꿩고기나 닭고기를 얇게 저며서 고명으로 올려 먹던 음식이다. 긴 겨울밤에는 동치미 국물에 밥을 말아 먹기도 했고, 해방 후에는 경기도 포천 지역 등에서 '김치말이국수'를 팔아 유명해졌다.

김치말이국수를 만들기 위해서는, 먼저 김칫국에 얼음이나 생수를 반 컵 넣고 설탕(올리고당도 가능) 조금과 취향에 따라 식초를 첨가한 후 냉장고에 넣어 둔다. 김치를 잘게 썰고 쪽파도 약간 썰어 넣고 참기름을 첨가해 냉장고에 보관한다. 여기에 깨소금과 설탕은 취향에 따라 넣으면 된다. 소면을 삶아 흐르는 찬물에 씻고 체에 밭쳐 물기를 뺀 후 그릇에 담아 양념한 김치를 위에 올리면 된다. 취향에 따라 고명을 추가해도 된다. 마지막으로 차게 보관한 김칫국을 붓는다. 제일 중요한 것은 배추김치가 맛있어야 한다는 것! 다른 재료야 이차적인 것이니 김치 선택이 맛을 좌우한다는 것을 놓치지 않아야 한디.

예전에는 징글맘도 좋아하셨던 음식이지만 지금은 매운 것을 못 드셔서 김칫국 대신 곰국에 소면을 말아서 드렸다. 그런데 면을 내켜 하지 않으셔서 다시 밥으로 차려 드려야 했다. 덕분에 설거지만 더 늘어났지만 그래도 옛 맛을 재현해 모처럼의 별식을 맛있게 즐길 수 있으니 만족이다. 내가 군 복무할 때는 연천이나 포천에서 김치말이국수가 100원 정도 했는데, 지금과 비교하면 상전벽해보다도 더 어마어마한 차이가 느껴진다.

옛 추억은 한번 시작하면 고구마 줄기처럼 줄줄이 딸려 나오기 마련이지. 어렸을 때 징글맘은 《이솝우화》와 《천일야화》를 자주 읽어주셨다. 또한 옛날이야기처럼 외국의 동화나 이야기들을 들려주실 때면 흥미진진해서 눈을 빛내며 들었다. 천일야화는 우리가 보통 '아라비안나이트'라고 부르는 이야기이다. 그중에서도 내가 어렸을 때 들은 '알리바바와 40인의 도둑' 이야기는 나 역시 딸에게 들려주었고, 또 손주들에게 책을 사 주기도 했으니 대를 이어 이야기를 전하고 있는 셈이다.

징글맘이 거의 60년 전에 해준 이야기가 지금도 귓가에 생생하고, 또 나는 딸들에게 이 이야기를 한 것이 벌써 30년이 넘었구나 싶으니 아직도 추억은 생생한데 사람만 시들어 가고 있구나 하는 서글픈 마음에 쓸쓸함을 베어 물며 담배를 찾았다. 나는 만남이 있으면 헤어짐도 있다며 자연의 순리를 담담하게 받아들이지만, 우리 인생은 회차廻車하는 곳도 없이 그냥 한번 가면 끝이라고 생각하니 서글프기만 하다. 그래서 오늘은 징글맘에게 삼시 세끼를 차려 드리며 정情 한 숟갈이라도 더 넣으려 애썼지. 아직은 징글맘의 천일야화가 끝나지 않기를 간절히 소망하면서.

자물쇠와 열쇠

"목숨보다 더 귀한 사랑이건만 창살 없는 감옥인가 만날 길 없네……."

오늘은 너무도 힘이 들어 아침부터 박재란이 부른 〈님〉을 또 처량하게 불렀다. 밤새 징글맘의 난리굿 덕분에 자다 깨다를 반복하니 어지럼증으로 빙빙 도는데, 사고 수습용 빨래를 하고 아침 식사 준비까지 하니 너무나도 힘이 들어 마음을 다스리기 위해 불렀던 것이다.

며칠 전에 지난번 검사 결과로 위에 이상이 있다는 통보를 받아 마음이 심란한데, 심신이 미약하니 정신까지 희미해지고 있다. 위 전정부에 위암이 의심된다는 판정이 나온 터라 오늘 다시 병원을 가야 하는데, 마음이 저 혼자 복닥거려 가기도 전부터 지치는 중이다. 이제 하루하루 나도 지쳐 가는데 이런 문제까지 나타나니 여러 가지로 힘이 들고 기운이 빠진다. 아버지도 60대 초반에 위궤양 때문에 위를 절제한 병력이 있고, 얼마 전에는 여동생이 위암으로 위를 3분의 2나 절제했기에 이번에는 내 순서인가 싶어 기분이 더 다운되는 중이다. 아무리 내가 강심장이고 낙천적이라도 이런 상황이 오니 참 마음이 오르락내리락한다. 정말 목숨보다 더 귀한 것은 없는 거겠지.

악성이나 급하게 퍼지는 것이 아니라고 하니 다시 살펴보고 결과에 '에러' 처리해야지. 설마 바로 배를 째자고는 안 하겠지? 조영 검사 결과이니 아무리 믿고 싶지 않다고 해도 잘못되었을 거라고 부정할 수 없어서 더욱 갑갑하고 심란하다. 그런데도 옆에서 징글맘은 괴성을 지르고 변기에다 또 현란한 작업을 하고 계시니 차라리 여기서 쓰러지는 쪽을 택하고 싶다. 흉통과 어지럼증이 사라지자마자 또 이런 반갑지 않은 손님이 기다리고 있으니 어쩌면 좋은가. 그동안 이런 상태도 모르고 겉으로 드러나지 않으니 괜찮은 거라고 설레발친 것이 꼭 우리 속담에 '손톱 밑에 가시 드는 줄은 알아도 염통 밑에 쉬스는 줄은 모른다'는 격이 바로 나를 두고 하는 말인가 싶어 기운이 빠진다.

하루의 대부분을 정신 놓고 지내는 징글맘이지만 잠깐이라도 정신이 맑아지면 하느님께 기도를 하며 스스로를 지키려고 애쓰는 것을 가끔 지켜보게 된다. 징글맘의 기도를 듣고 있으면 정말 애처롭기만 하다.

"하느님, 저를 잃지 않게 하시고 편히 이 고통스러운 육체의 짐을 벗도록 도와주소서."

징글맘은 이제 92세로 그간 살아온 길을 세세히 기억하기 힘들 텐데도 아직도 십 대 때의 추억과 오빠들 이야기를 할 때는 소녀 시절의 풋풋한 정서를 그대로 간직하고 있는 듯하다. 징글맘은 우수한 성적으로 고녀를 마치고 더 공부를 하고 싶어서 언니 하나만 믿고 남한으로 내려와 대학 졸업까지 한 똑순이였지. 그렇게 자신의 삶을 스스로 개척하는 용기를 가졌고 또 실천으로 옮겼던 징글맘은 '자물쇠가 있으면 열쇠가 있다'는 신조를 품고 살았으며, 스스로의 삶을 통해 두드리면 문은 열린다는 교훈을 나에게도 새겨주셨다.

가끔 정신이 돌아오면 옛 이야기들을 들려주려 하는데 숨이 차서 말이 자주 끊어졌다가 다시 이어가면서도 뭐 하나라도 더 말하고자 노력하는 모습이 안타깝기만 하다. 오늘도 징글맘은 우리 형제들 이야기와 90여 년간 살면서 힘들었던 일들을 마지막 숨소리처럼 힘겹게 내뱉으며 아직 잊지 않은 이야기들을 이어가려고 하셨다.

그러다가도 정신이 또 외출하면 언제 그랬냐는 듯 괴성을 지르고 옷도 제대로 챙기지 못한 채 돌아다니는 등, 마치 영화 〈반지의 제왕〉의 골룸처럼 전혀 다른 인격으로 변한 모습을 보면 괴롭고 고통스럽다. 옆을 지키는 내가 이리도 힘든데 스스로를 잃어 가는 것을 뻔히 알면서도 아무것도 할 수 없는 징글맘 본인의 심정은 오죽할까 생각하며 당신의 평안을 위해 기도한다. 하지만 너무 힘들고 괴로울 때면 나도 모르게 하느님께 퍽퍽한 마음을 하소연할 때도 있다.

"나를 사랑하시고 내 어머니를 사랑하신다면 지금 여기에서 두 사람을 같이 거두어주소서."

이제 징글맘도, 나도 이만큼 늙었는데 끝도 없이 바위를 굴리는 시시포스처럼 매일매일 뜬눈으로 밤을 지새우다시피 하니 탈출구가 안 보여 그런 기도가 나왔겠지.

잠시 징글맘의 기행이 멈추고 진정되니, 또다시 내 문제가 머릿속을 복잡하게 만들어 어지럼증이 몰려오기 시작한다. 그러나 혼자 걱정하고 아무리 갈등해봤자 당장 해결될 것도 아니니 마음을 굳게 먹고 하나하나 부딪쳐 나가야겠지. 너무 조급하거나 불안한 마음으로 살면 건강도 더 악화되니 오늘도 다른 날과 다름없이 생각하며 징글맘의 점심상을 차려야겠다.

내친김에 '오이미역된장냉국'을 만들어 답답한 속을 좀 시원하게 풀어야겠다. 오이미역된장냉국은 제주도식이 알려져 있지만 나는 노인이나 환자를 위해 조리법을 약간 다르게 하려고 한다. 먼저 잘게 자른 미역을 물에 불려 놓고 오이는 채를 썰어 놓는다. 다시마와 멸치를 냄비에 넣고 끓이다가 된장과 얇게 썬 마

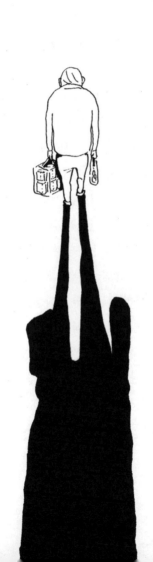

늘을 넣고 간을 보고 센 불로 2분 정도 더 끓이면 육수가 완성된다. 이 육수를 걸러내어 한 시간 정도 식힌 후 얇게 썬 오이채와 식초 섞은 물에 불렸던 미역을 깨끗이 씻어 물기를 빼고 넣으면 노인과 환자에게 좋은 국물이 된다. 냉장고에 보관하다가 다시 데워서 먹어도 된다.

날씨도 덥고 몸도 힘이 드니 과정을 단축해 된장을 풀고 생수로 차갑게 바로 조리하고 싶었으나 노인은 대부분 면역력이 약해지고 소화 장애가 있는 경우가 많으므로, 번거롭지만 육수를 끓인 후 다시 식히는 방식으로 조리를 하였다. 노인과 환자에게 그냥 생수로 만든 냉국이나 냉면 또는 차가운 콩국수 같은 음식은 위에 부담이 될 수 있으니 안전한 오이미역된장냉국을 준비해 드리는 것이 좋겠다.

"애비야, 괴기가 안 들어간 국은 맛이 없으니 내일은 곰국을 해 주거라."

기껏 번거로움을 무릅쓰고 정성껏 만들어 드린 냉국을 징글맞은 숟가락으로 한 번 휘휘 젓고는 '내 점수는요? 빵점!'이라고 할 것 같은 채점표를 던지시는 게 아닌가. 정말 '뒷골 땡긴다'는 말은 이럴 때 쓰는 거겠지. 한편으로 생각하면, 기껏 요리한 입장에서는 허무하지만 먹는 사람의 입에 맞지 않으면 욕만 바가지로 먹고, 건축가가 아무리 예술적으로 집을 지어도 사는 사람이 살기 불편하면 실패나 다름없으니 세상만사가 참 의욕만 앞선다고 되는 것은 아니구나 싶다.

비록 결과가 뜻대로만 되는 것은 아닐지언정, 분명히 '절망은 없다'고 믿고 사는 사람과 '희망이 없다'고 하면서 사는 사람은 인생의 그 종착역이 분명히 다르다. 죽음의 수용소에서도 매일 양치질과 면도를 하는 사람이 있었고, 감옥에서도 매일 독서를 하고 하루를 마치며 감사 기도를 드린 사람이 있었다고 한다. 절망 속에서도 희망을 버리지 않는 의지, 삶을 대하는 자세에서 이미 그들의 인생은 달라지기 시작한 것이리라.

그러고 보면 지난 9년이란 세월을 나 역시 징글맘처럼 '자물쇠가 있으면 열쇠도 있다'고 믿으며 지금에 이른 것 같다. 이 나이에도 꿈을 버리지 않고 새로운 일에 도전하고 매일 기록을 남기는 것은 아직 내가 살아 있다는 것을 증명하기 위함이다. 비록 드러내기 힘든 민낯일지라도 징글맘의 기록을 남기는 것이 곧 내가 걸어온 발자취이며, 한밤중에 겪는 고통도 갈대처럼 흔들리던 고뇌도 모두 내 삶의 한 페이지임이 분명하다며 오늘도 이렇게 기록을 남기고 있다. 그리고 어쩌면 차마 보고 싶지 않은 실상일지라도 나의 이런 기록이 조금이라도 다른 사람들에게 참고가 되고 도움이 되길 바라는 바람도 담아본다. 더불어 꼭 열쇠를 찾아 자물쇠를 풀고 굳게 닫힌 문을 열어젖히겠다는 다짐도 다시 해본다. 그 문이 내 건강이든 징글맘의 남은 시간이든, 나는 마지막까지 희망을 버리지 않을 것임을!

멈출 수 없는 길

선조들은 부모가 죽으면 3년간 시묘살이를 했는데, 나는 살아서 9년째 하고 있다. 징글맘과 지내는 처음 3년은 그냥 뭣 모르고 살면서 하였고, 다음 3년은 지옥의 투쟁을 하며 고통스럽게 보냈다. 지금 3년은 언제까지 이어질지 모르는 채 모든 것을 초월한 득도得道의 단계로 들어가고 있다. 순간순간 '이제는 그만 멈추었으면 좋겠다'며 간절한 구원의 기도를 올리다가도 다시 돌아보며 나를 바로 세우려 애썼다. 지금껏 버텨 왔으니 포기하지 말고 마지막 유종의 미를 거두는 것이 이곳에서의 내 사명이라고 믿으며.

오늘 새벽에도 기상나팔 대신 난리굿이 하루의 시작을 알리고 생리 현상의 오작동으로 안방과 화장실에 꽃놀이를 벌였지.

오늘따라 징글맘의 발작 증세가 심해 처방받은 수면제를 투여했는데 도리어 증세가 심해지고 눈동자도 돌아가서 오늘은 의사와 상의해 다른 조치를 취해야 할 것 같다. 증상에 놀라기도 했지만 징글맘이 벌여 놓은 사태가 너무 시급해 비닐장갑을 착용할 틈도 없이 급히 수습하느라 내 손과 옷도 엉망이 되었다. 흐릿한 정신의 징글맘에게 무엇이 어쩌니 따져봐야 소용이 없는 노릇이니 이제 징글맘의 생리 현상으로 벌어지는 문제는 딸이 손자의 그것을 처리하듯 담담하게 마음을 비우고 처리할 뿐이다.

아무리 일신우일신日新又日新 하며 마음을 다잡아도 '네버 엔딩 스토리'처럼 끝없이 반복되는 이 패턴에는 문득문득 터져 나오는 한숨을 막을 수가 없다. 오늘도 치우고 닦고 빨래까지 하고 다시 또 취사병의 일과를 시작하려니 이 현실이 기가 막혀서 먼동이 희붐하게 밝아오는 하늘을 바라보며 베란다에서 담배를 또 식전부터 피워댔다. 내 건강 상태를 생각하면 삼가야 하는 줄 알면서도 손은 먼저 담배를 찾는다. 뒤처리만이 아니라 징글맘을 통제하는 것도 너무 어려운 일이다. 이제 징글맘은 바지를 벗고 다니면서도 부끄러움을 모른다. 징글맘이 먹는 음식의 양은 늘었는데도 정신 상태는 점점 나빠지니 상황은 더욱 수습이 힘든 정도로 치닫고 있다. 벌써 2년이 넘게 밤에 잠을 제대로 못자다 보니 그로 인한 고통과 여파가 내 몸과 마음의 한계치를 넘어선 지 오래고, 이런 상태가 더 진행되면 아무래도 내가 먼저 쓰러질 것 같다.

한밤중에 괴성으로 잠을 깨운 징글맘께 코코아우유와 과일 즙을 드리고 나는 잠시라도 쪽잠을 자려고 누웠다가 금세 다시 일어날 수밖에 없었다.

"6시 50분이 지났다."

식사 때만은 정신이 돌아오는 징글맘이 시간을 보며 중계방 송까지 하시니, 무한 반복 밥 타령이 또 시작되기 전에 밥상을 차려야 하기 때문이다.

"니가 요새 게을러빠져 반찬도 안 하는구나. 오늘은 새우젓 을 넣고 호박을 볶아서 주거라."

아들 상태는 안중에도 없는 징글맘은 여전히 큰 소리로 당 당하게 주문하신다.

"야, 똥강아! 뭐가 힘드니?"

혼자 구시렁거리고 있으려니까, "애비야, 그래도 너밖에 없 어." 하신다. 정말 병 주고 약 준다. 에휴.

애호박을 십자 모양으로 썰어 새우젓을 넣고 식용유로 볶았 다. 밥을 하며 달걀찜도 동시에 만들고 국도 끓이고 크림수프도 만들려니 숟가락 두드리며 기다리는 징글맘 때문에 아침부터 진땀 나도록 바쁘다.

나는 속도, 겉도 다 숯덩어리가 되었다. 유일한 낙은 자전거 를 타고 질주하는 것이다. 평일에 섬심 설거지를 마치고 요양보호사가 오면 내게 주어지는 하루 3시간 30분의 자유 시간 동안 자전거를 타며 모든 시름을 날려버릴 수 있어서 그나마 다행이다. 그 시간 동안 40~50킬로미터를 달려 어느 날은 오이도 빨간 등대까지 다녀오고 인천대공원과 소래포구, 도당산과 원미산을 돌기도 한다. 또는 공원 트랙에서 무념무상 경지에 이르도록 땀을 빼고 들어오면 숨통이 트이는 것 같다. 지난번에 일어난 전복 사고로 요새는 자동차 도로에서의 주행은 가급적 피하지만, 더 소심하며 거의 매일 20~30킬로미터를 주행하니 도리어 컨디션이 좋아졌다. 젊은이들도 내가 타는 거리를 닷새만 타면 봄살이 날 정도의 운동량인데, 이 나이에 내가 이렇게 충분히 해내고 스트레스를 풀 수 있는 것만도 정말 감사할 일이다.

지금 이렇게 피폐해지고 고통을 곱씹으며 지내지만, 하느님께서는 나에게 견딜 수 있는 강단을 주신 것 같다. 거의 매일 날밤을 지새우다시피 하고 괴성의 스트레스에 시달리면서도 내가 하고자 하는 일들을 추진하는 집중력과 끈기는 정말 최고의 축복이다. 만약 내가 건강이 더 나쁘고 집중력이 부족하다면 자전거도 못 타고 책도 읽을 수가 없고 글도 쓸 수가 없겠지. 그러니 내가 이렇게 자리를 잡고 징글맘의 마지막 길을 책임지고 갈 수 있는 것에도 감사하며, 내가 나를 구해야 사는 것이라고 믿고 기어이 끝까지 가려고 한다. 지금 이 모든 것들이 나중에 돌아보면 하나하나 다 아쉬운 내 삶의 한 자락으로 남을 테니 말이다

"애비야, 오늘은 새콤한 서양 국시가 먹고 싶구나."

새벽부터 돋아났던 뽀족한 마음을 또다시 한 움큼 베어내고 집으로 돌아오니 종일 잠들었던 어머니가 밥때가 됐다며 나를 기다리신다. 오늘은 빵을 구워야겠다고 마음먹고 들어왔는데 어머니의 주문을 받고 스파게티로 급선회하기로 한다. 불과 3년 전만 해도 어머니께서 스파게티를 좋아해서 자주 해 드렸고, 항상 맛있게 잘 드셨다. 하지만 징글맘은 전과 달리 서양식 파스타는 소화가 어려워져서 가능한 부드럽게 내가 개량한 한국식 스파게티를 만들어야겠다.

먼저 궁중팬에 물을 붓고 저민 마늘, 채 썬 양파, 감자, 당근, 파프리카를 넣는다. 체다슬라이스 치즈 한 장과 버터 한 덩어리를 넣고 센 불로 가열한 후 스파게티용 토마토소스를 붓는다. 자숙 새우, 후춧가루, 화이트와인을 넣고 좀 더 끓인다. 파스타는 보통 8분 정도 끓는 물에 삶는데 최근에 더 나빠진 상태를 고려해 어머니께서 드시기 좋게 15분 이상 푹 삶았다. 체에 밭쳐 면의 물기를 쏙 뺀 후 올리브유나 버터 또는 식용유를 넣고 엉키지 않게 살살 비빈다. 마지막으로 접시에 삶은 파스타를 담고 만들어 놓은 소스를 붓는다. 스파게티 끝!

"애비야, 국물도 맛있는데 밥을 여기에 비벼 먹으면 어떨까?"

면을 다 드시고는 밥을 더 넣고 비벼서 국물까지 싹 비워서 참 뿌듯했는데, 이제는 면을 뚝뚝 잘라 드려야 겨우 오물오물 드시는 것도 조심스럽기만 하다. 그래도 숟가락을 내려놓은 후 오페라 〈사랑의 묘약L'Elisir d'amore〉 제2막에서 주인공 네모리노가 불렀던 '남 몰래 흘리는 눈물Una furtivalagrma'을 흥얼거리시는 것을 보니 오늘의 요리도 어머니께 합격점을 받은 것 같다.

"어머니, 제가 해 드리는 100가지 요리 다 드실 때까지 오래오래 사세요."

요리를 시작한 지 얼마 안 되었을 때 내가 했던 말이 떠오른다. 어느덧 그동안 해 드린 요리가 100가지를 훌쩍 넘어 500여 가지가 되어 가는데 아직 징글맘은 내 옆에 머물러 계신다. 정말 감사한 일이다. 그러니 조금 더 나를 연단하며 이 고개를 올라야겠다. 자전거 페달에 좀 더 힘을 주고 바람을 가르며 이 언덕길을 올라가야겠다. 언덕 정상에서 불어오는 시원한 바람에 땀을 식히며 그동안 올라온 그 길을 홀가분하게 바라볼 수 있을 때까지, 결코 내 자전거의 페달은 멈출 수 없다.

아주 작은 일

정말 인생은 일장춘몽과 같은 걸까. 젊은 시절 누구보다도 명철하고 이성적이었던 징글맘도 지금은 하루하루를 살아내는 것에만 온 힘을 쏟고 있는 것 같다. 사실 하루하루 살아내기 바쁜 것은 누구나 마찬가지이긴 하다. 치매 환자인 징글맘이나 일반인이나 어찌 보면 각자들 무엇인가를 얻으려고 또는 잃지 않으려고 정신없이 살아가는 것이 아니겠는가. 물론 그 시간의 질은 확연히 다르겠지만. 하루 종일 미몽 속에서 살아가는 징글맘과 하루 종일 꿈을 위해 살아가는 이들이 피안彼岸과 차안此岸의 종이 한 장 차이처럼 느껴지니 이런 우스운 생각을 하는 나를 보면 누군가는 개똥철학 헛소리 그만하라고 할지도 모르겠지.

　징글맘도 정신이 돌아올 때 보면 과거에 대한 기억뿐만 아니라 자식들에 대한 성향이나 장단점 파악 등 사리 판단이 정확해서 놀랄 때가 많다. 자식의 잘잘못에 대해서도 무조건 보듬고 편을 들기만 하는 것이 아니고, 나에 대해서도 냉철한 시각으로 말씀하시니 아니라고 부인도 못하고 그저 쓴웃음을 베어물 수밖에 없었다.

"니는 자라면서 맏이로서 동생들을 챙기느라 늘 양보하며 커서 그런지 착하긴 한데, 포기하는 것도 참 빨랐지."

사실 어머니의 지적처럼 나는 젊은 날에 끈기가 부족하여 무슨 일을 해도 끝까지 버티지 못하고 쉽게 포기하는 일이 많았다. 그로 인해 끝을 보지 못하고 실패도 많이 하다 보니 지금껏 무엇 하나 제대로 남긴 것이 없다. 특히 나는 꾸준히 한 직장을 10년 이상 다닌 적이 없었다. 길어야 7년이고 대부분 5년에 한 번씩 옮겨 다녔다. 나 스스로도 좀 더 진득하게 뭔가를 쌓았어야 했음을 느끼는데, 요새 징글맘이 들려주는 지난날들의 이야기 속에서도 그런 내 모습을 제삼자의 눈으로 다시 돌아보게 되었다.

정말 지금까지 제대로 이룬 것이 하나도 없다. 조직에서는 뛰어난 재능을 발휘해 성과도 얻고 인정도 받았지만, 내가 오너가 되면 일을 엉망진창으로 만들어 쪽박을 찼으니 정말 문제가 있는 것이다. 이유는 내 머리보다 더 큰 감투를 쓰려고 하니 제대로 될 리 없었다는 것인데, 원인을 이제라도 알았으니 정말 다행이기는 하다. 세상을 살면서 무슨 일이든지 돌아가는 상황이 정상적인 방향으로 흘러가지 않을 때는 빨리 판단하고 바로 포기해야 한다. 산행 중에도 길을 잘못 들어섰을 때는 과감하게 물줄기를 따라 하산해야 살 수 있는 법이듯 우리들의 인생사도 그런 것 같다.

오늘도 징글맘이 점심으로 물냉면을 드시겠다고 해서 나도 회냉면을 먹겠다고 준비하며 양념장도 아주 맛있게 만들었다. 그런데 메밀 면 양이 부족했는데 사러 가기가 귀찮아서 남아 있는 파스타로 만들어 먹어보자고 도전을 했다. 나름 '참신하고도 새로운 아이템이 또 하나 개발되는구나.' 하며 즐거운 마음으로 기대했건만, 결과는 냉면도 아니고 파스타도 아닌 이상한 비빔국수가 되어 도저히 못 먹을 맛이 되었으니 귀찮다고 대충 때우려 했던 선택을 후회할 수밖에 없었다. 원인을 따져보자면 우선 횟감도 아닌 동태포로 회를 대신하려 했지만 그 맛이 채워질 리 없었다. 또 메밀 면 대신 파스타로 만들었으니 회냉면과는 거리가 아주 멀 수밖에 없었다. 그래서 징글맘은 달걀노른자 반쪽짜리 네 개를 다 드시고 포식하셨지만 나는 그냥 흰자만 먹고 '파스타 회냉면'은 다 버리는 것으로 사태가 막을 내렸다.

젊은 날에 수많은 시행착오와 판단 부족으로 많은 것을 잃고 가족들을 어렵게 했었는데, 지금도 그 버릇을 못 고치고 이런 작은 일에서조차 어선히 반복하고 있으니 참 한심하다. 내 잘못

이 무엇인지 알았으니 이 작은 일을 통해 돌아보고 반성하는 것은 다행인 셈인가. 앞으로는 또 망각하고 교만해져 같은 실수를 반복하는 일은 정말 없도록 해야겠다고 되뇌인다.

"애비야, 그거 있지? 감자하고 달짝지근하게 해서 먹는 거. 그런데 음식도 똑 부러지게 해야 하는 거 알지?"

내 점심은 모두 쓰레기통으로 향했건만, 혼자 맛나게 드시고도 징글맘은 금세 또 간식을 찾으신다. 하는 수 없이 일어나시 치아가 부실한 징글맘을 위한 특별한 감자샐러드를 만들기 시작한다. 노인은 틀니를 하더라도 씹는 힘이 부족하여 맛있는 고기나 좋은 반찬도 잘 드시지 못하니 이런 경우에 감자샐러드는 아주 좋은 간식거리가 된다.

우선 큰 감자를 껍질째 30분 정도 푹 삶는다. 옥수수나 콩을 삶아 믹서로 잘게 만든다. 노인에게는 콜레스테롤의 위험보다도 단백질 섭취가 우선이니 달걀도 삶아서 껍질을 잘 벗기고 믹서로 잘게 썰거나 숟가락으로 으깨어 준비한다. 야채를 끓인 냄비에 옥수수와 콩을 넣어서 약간 익히도록 한다. 사실 국산 옥수수와 콩을 사용하면 더 좋겠지만 동네에서도 쉽게 구할 수 있는 캔을 이용해도 된다. 삶은 감자들을 식힌 후 껍질을 벗기는데 식을 때까지 조용히 인내를 갖고 기다려야 한다. 삶은 감자를 으깨야 하는데 나무 절굿공이로 빻는 편이 좀 더 제 맛이 나는 것 같아 번거로움을 감수하고 일일이 절구질을 하고 있다. 이제 감자와 삶은 달갈 으깬 것을 야채 국물에 넣고 섞는다. 이후 다시 마요네즈를 넣고 비비면서 곱게 잘 섞는다. 오늘 감자샐러드에는 생략했지만 비타민C 흡수를 위해 야채를 넣는 것도 좋다. 하지만 치아가 좋지 않은 노인을 위해 가능하면 야채는 가늘게 썰어 넣는다.

생각보다 과정도 많고 정성도 가득 담아 완성된 감자샐러드를 징글맘께 드리니 "아, 꼬시다, 참말 꼬시다." 하면서 열심히 드신다. 그 모습을 지켜보면서 징글맘과 지내면서 내가 많이 변한 것 같다는 생각이 들었다. 처음에는 나도 옛날의 생활 태도나 마음가짐을 그대로 유지한 채 어영부영 3년을 살았다. 솔직히 '길어야 2년이겠지.' 하며 징글맘의 취사병을 자청했던 까닭이었다. 시간이 길어지면서 상황도 달라졌고 그에 따라 마음가짐도 달라져야만 했다. 그러면서 작은 것 하나부터 내가 할 수 있는 온 정성과 혼을 쏟고 임하기 시작하니 결과적으로는 나라는 사람이 모든 면에서 많이 바뀔 수밖에 없었다. 그 변화의 동기는 바로 '나와의 약속'을 지키기 위한 스스로의 다짐이었다. 참 신기한 것은 '나와의 약속부터 지키자.'라는 각오를 한 이후부터 같은 상황이라도 대하는 마음이 달라지고 그에 따라 임하는 태도도 바뀌기 시작했다. 모든 것은 마음먹기 나름이라는 것을 직접 겪게 된 것이다. 처음에는 과연 내가 할 수 있을까 걱정도 했지만 그 일에 집중하니 방향이 보이고 틀이 만들어지기 시작한 것이다. 지난날 같으년 포기하거나 목표마저도 세우지 못하고 허투루 지

나갔을 시간 동안 일상에서의 작고 사소한 일들부터 하나둘씩 바뀌면서 지금에 이르고 있다.

아주 작은 일이라도
일주일을 계속하면 성실한 것입니다.
한 달을 계속 한다면 신의가 있는 것입니다.
일 년을 계속한다면 생활이 변할 것입니다.
십 년을 계속한다면 인생이 바뀔 것입니다.

세상의 모든 큰 일
아주 작은 일을 계속 하는 것에서 시작됩니다.

- 강미정, 〈아주 작은 일〉

내가 바로 이 말대로 된 것 같다. 처음부터 무슨 큰 변화를 기대한 것은 아니었는데, 지나고 보니 이런 변화가 뒤따르면서 깨닫게 된 것이 있다. 요리를 하든, 다른 무엇을 하든 바로 그 순간 그 일에 미쳐 모든 것을 잊고 혼을 다 쏟아야 작은 것 하나라도 이룬다. 음식 하나를 만들어도 똑 부러지게 만들기 위해서는 재료에서부터 완성까지 온 정성과 최선의 노력을 아끼지 말아야 한다는 것을 직접 체득하기도 했다. 어쩌면 징글맘의 까다로운 입맛이 나의 요리 실력을 키웠지만, 내 인내력의 성장과 끝까지 해내는 성취에도 지대한 영향을 준 것이라 할 수 있겠다. 비록 사회적으로 명예와 부를 얻는 큰일에 비하면 하찮은 일에 불과할 수도 있지만, 지금껏 삼시 세끼를 챙겨 드리는 것은 물론 설거지와 청소, 빨래를 하며 포기하지 않고 징글맘을 모신 것에 대해서는 나 스스로도 놀라지 않을 수 없다. 지난날 무슨 일을 해도 제대로 똑 부러지게 못했던 것을 반성하면서 징글맘의 취사병 9년 차에 접어들어 작은 것 하나라도 제대로 하는 인간이 된 것 같아 감사할 뿐이다.

한편으로는 그 어느 곳에서도 10년을 못 채워본 내가 징글맘의 취사병을 10년 채우는 것으로 마지막 직장을 마무리하는 것은 아닐지 걱정스럽기도 하다. 내 인생에서 끈기 있게 무엇을 해낼 마지막 기회라고 생각하고 징글맘을 끝까지 챙겨 드려야겠다고 다시 한 번 마음을 단단히 잡아본다. 징글맘의 말씀처럼 이왕에 할 것이라면 무엇이든 똑 부러지게 해야겠지.

사랑할 수 있으므로

'사랑이란 무엇인가요? 남에게 자기 자신을 완전히 여는 것입니다. 그렇기에 끝내는 그 사람을 위해 목숨까지 바칠 수 있는 것이 참사랑입니다. 그래서 참사랑은 행복하지 않습니다. 정말 그것은 함께 괴로워할 줄 아는 것이랍니다.'

몇 년 전 읽었던 김수환 추기경의 《그래도 사랑하라》라는 책을 다시 보다가 줄을 그어 놨던 부분에 눈길이 머물렀다. 사랑이란 말 뒤에 따라오는 말은 당연히 행복일 줄 알았던 때가 있었다. 자식으로 인해 부모는 행복하고 연인을 사랑하기에 세상을 얻은 듯 충만해지는 것이 바로 사랑과 행복의 관계라고 생각했었다. 그러나 김수환 추기경의 말씀처럼 사랑에는 고통과 희생과 책임이 뒤따르기도 한다는 것을 이제는 깨닫고 있다. 얻은 것이 있으니 내어주기도 하겠다는 등가식이 아니라 오롯이 내 모든 걸 내어주고 나를 버리고 지워야만 하는 것이고, 상실의 아픔과 고통마저 내 것으로 껴안아야 하는 것임을 징글맘과 보낸 시간 속에서 새롭게 배우고 있다.

'크게 버리는 사람만이 크게 얻을 수 있다. 아무것도 갖지 않을 때 비로소 온 세상을 갖게 된다는 것은 무소유의 또 다른 의미다.'

같은 맥락에서 법정 스님의 '무소유'에 대한 말씀 역시 내게 커다란 가르침으로 각인되었다. 집착도 아쉬움도 모두 버리고 자신의 삶 전체로 증거해야 하는 것이 바로 사랑인 듯하다. 삶의 그릇에서 스스로를 비우는 결단을 실행하지 않으면 어느 것 하나도 채울 수 없을 뿐만 아니라 행복을 찾을 수도 없는 거라고. 그러므로 내 모든 것을 내려놓고 징글맘을 위해 모든 시간을 채우고 있는 지금의 삶이야말로 내 인생에서 가장 큰 배움을 얻는 기회가 된 것이라고 믿는다.

냉장고 속 식재료도 비워야 새로운 식재료를 넣을 공간이 생긴다. 아무리 아깝고 비싼 식재료일지라도 오랫동안 냉장고 한 귀퉁이에 묵혀 두기만 한다면 맛있는 음식을 먹을 기회를 잃어버릴 수 있다. 아끼다가 잊어버린 채 유통 기한을 넘기거나 본연의 식감을 상실해버려 제 맛을 음미할 수 없는 상태가 되어버릴 수도 있으니 말이다. 그러니 냉장고를 비우듯 마음도, 집착도, 상

처도, 옛사랑도 비워내고 털어 버려야 새로운 마음을, 희망을, 인연을 채워 넣을 수 있다.

오늘은 징글맘 밥상을 준비하다가 냉장고에 있는 자숙 새우를 발견하고는 묵은 재료도 치울 겸 새우볶음밥이나 만들어야겠다며 재료를 준비한다. 최근에는 거의 죽이나 수프 위주로 드시지만 불과 얼마 전까지만 해도 참 좋아하시던 음식이었기에 조금이라도 입맛을 북돋워 드려야겠다 싶다.

새우볶음밥은 중국요리에서도 고급 요리지만 일식과 양식에도 있다. 들어가는 부재료는 제각각이라 그냥 냉장고에 들어 있는 것을 사용하기로 한다. 먼저, 자숙 새우를 물에 불려 해동시켜서 체에 밭쳐 푸짐하게 준비한다. 양파를 아주 얇게 썰어서 궁중팬 바닥에 간다. 볶은 마늘 특유의 맛을 느끼기 위해 마늘은 아주 얇게 썰어서 넣고, 당근은 채로 썰 듯 올려놓는데 여기에 다른 채소들을 추가로 넣어도 좋겠다. 궁중팬 바닥으로 스며들도록 식용유를 붓고 채소류를 먼저 센 불로 빠르게 볶아야 한다. 약 5분 정도 볶은 후 자숙 새우를 넣고 센 불로 열정적으로 비비고 볶는다. 찬밥을 그 위에 붓고 주걱으로 눌러가며 잘 섞어 볶아야 한다. 볶음밥은 갓 지은 밥보다 이렇게 찬밥을 활용하는 것이 꼬들꼬들하고 밥통도 비울 수 있으니 일석이조다. 이제 버터(마가린도 가능) 작은 조각 하나를 넣고, 양조간장으로 간을 맞추는데 산상이 소금보다 염도를 조절하기가 편하다. 이 단계에

서 후춧가루를 약간 뿌리고 약한 불로 5분 정도 볶으며 마무리
한다. 이렇게 해서 맛있는 새우볶음밥이 아주 간편하고 쉽게 완
성이 되었다.

"니 아버지한테 내가 이런 건 못해 주었지. 정말 나도 무심한
여편네였어."

징글맘은 3년 전만 해도 새우볶음밥을 해 드리면 이렇게 마
음 깊은 곳에 눌러두었던 아버지에 대한 회한을 들추어내셨다.
억척스럽게 살아낸 덕분에 그나마 어려움 속에서도 자식들 모두
교육시키고 집안이 다시 일어서기까지 든든한 기둥이 되었던 어
머니였다. 92년 평생을 돌아보면 시간의 행간마다 숱한 회한들
이 켜켜이 박혀 있었을 것이다. 이제 60 고개를 넘어선 나도 매순
간 돌아보고 반추하며 마음을 다잡아야 하는데, 놓을 것 이미 다
놓으신 어머니일지라도 아직 진한 회한 몇 조각쯤은 남아 있으
리라. 추억과 아픔과 상처로 범벅된 시간들의 많은 부분이 기억
의 그물망 사이로 흘러 나갔어도 60여 년을 함께 산 부부이기에
아직 남은 감정의 부스러기 중에 가장 큰 비중은 그래도 아버지
에 대한 미안함과 안타까움이겠지.

나 역시 기억의 그물망이 헐거워졌을 때 아쉬움과 회한으로
징글맘을 남기고 싶지는 않기에, 지금껏 붙잡고 걸어온 징글맘
의 손을 놓지 않으려 하는지도 모른다. 지난달에도 징글맘이 감
기로 골골거리다 폐렴으로 진행이 되어서 큰 고비를 겪으셨다.

평소에는 '어여 건너가세요.'라며 손 흔들고 싶다가도 갑자기 이렇게 일이 생기면 또 이리 뛰고 저리 뛰어다니며 허망하게 보내지는 않으려 애를 쓴다.

이번에 한 달 이상을 동네 의원과 대학병원을 성지순례 하는 늙은 수도승처럼 다니면서 새삼 내 삶의 근간에 대한 성찰과 앞으로 어떻게 살아가야 되는가에 대해 깊이 생각하게 되었다. 먼저 덜어내야 할 것과 다시 채울 것이 무엇인가 돌아보았지. 물론 크고 작은 것들이 있지만 지극히 단순한 삶의 명제만 남은 지금의 나에게는 먼저 덜어내야 할 것은 번뇌와 회한이고, 채워야 하는 것은 흔들리지 않고 걸어가야 하는 길과 놓지 말아야 할 책임과 사랑임을 딱히 구분하지 않아도 분명하게 알 수 있지. 기쁨 이면의 슬픔, 환희 이면의 절망까지도 내가 짊어져야 할 사랑의 무게임을 되새기며 나는 징글맘의 손을 놓지 않고 내 앞에 놓인 그 길을 끝까지 걸어갈 것이다.

징글맘께 드리는 편지

어머니!

이제는 내가 어린 손주를 업었을 때보다도 더 가벼워져서 더 가여운 우리 어머니. 젊은 날 그리도 당당하고 예쁘셨던 엄마, 홀홀 타버릴 것 같은 모습에 가슴이 아파.

엄마, 우리 5남매를 낳고 키우느라 자존심도 다 버리고 추운 겨울날 손바닥이 갈라지고 손등이 터져도 리어카를 끌며 광화문 네거리에서 밤을 새워 지내셨잖아요. 뜨거운 여름날에 이글거리는 아스팔트 위에서 행상을 하며 우리를 키웠잖아요.

하루 종일 배를 곯았으면서 그 흔한 꽁치를 구워서는 자식들 입에만 넣어주셨어요. 그때 철없던 셋째놈이 "엄마는 왜 꽁치를 못 먹어?" 했었잖아요.

엄마, 내가 나쁜 놈이야. 치매 걸린 엄마를 간병 좀 한다고, 이깟 것 가지고 힘들다고 구시렁거리고 틈만 나면 "어여 그 강을 건너가세요. 아버지께 가세요." 하니 말이야.

엄마가 하루 종일 정신이 없어 나를 힘들게 했던 어느 날 밤, 잠깐 정신이 돌아온 엄마가 늙은 아들 춥지 말라고 이불을 덮어주고 토닥거려준 걸 알아요.

그런데 화장실이 급한 엄마가 나를 찾을 때, 이 아들놈은 뒤돌아 누워 못 들은 척하고 있었어. 자다가 일어나려니 어찌나 귀찮은지 엄마가 몇 번이나 소리를 질렀을 때 겨우 깨어나서는 "아이고, 내 팔자야. 내가 먼저 죽겠네."라며 덩달아 소리쳤어. 정말 힘들고 화가 나서. 엄마는 밤새 잠 한숨 못 자면서 우리 5남매 기저귀를 다 갈아주며 키워주셨는데……. 나 정말 나쁜 아들놈이지.

엄마, 이제 엄마에게 신경질 그만 낼게요. 오늘은 엄마 젊었을 때 좋아하셨던 소고기야채수프를 만들었는데, 이렇게 맛있게 드시니 내가 너무 좋아.

엄마, 너무 빨리 가지 마세요. 아들이 맛있는 요리 만들어 드릴 테니, 많이 드시고 추운 겨울도 잘 견디고 엄마가 내게 말씀하신 대로 99세의 그 어느 봄날에 예쁘게 가세요. 연애 시절에 아버지께 불러주신 '영춘화가 야들야들 핀 봄날'에 그리운 아버지 만나러 가세요.

엄마, 내일은 새우 요리를 할게요. 스태미너에 좋데. 그리고 국물 자작하게 소갈비찜도 만들 테니 밥에다 비벼서 많이 드세요. 고기를 먹어야 힘이 나.

엄마, 엄마! 오래오래 살아야 해! 사랑해요, 엄마.

감사의 글

많은 분들의 관심과 따뜻한 격려로 1인 출판사 헤이북스의 8번째 책,
〈나는 매일 엄마와 밥을 먹는다〉가 출간되었습니다.
헤이북스는 스머프할배(저자 정성기)와 함께 크라우드 펀딩(텀블벅)에 참여해주신
여러분의 응원에 진심으로 감사 드립니다.
더욱더 정진하여 좋은 책으로 보답하겠습니다.

강민경 강은영 계미경 고세린 고승원 고우리 구자인(상큼제리) 권회란 김남규 김남희
김미양 김민선 김민형 김민희 김선미 김선아 김소진 김송아 김승연 김안영 김영지
김영희 김완채 김원희 김윤경 김익찬 김정은 김지웅 김창준 김태희 김하림 김환태
김효연 남이섬팬션하늘사랑 노영은 노혜주 류지혜 문성식 민경미 민지수 민지혜
박성희 박소연 박에스더 박여은 박영글 박원 박유진 박인선 박재한 박태수 박현경
박형준 박혜리 변유진 사님 서모란 서현주 선주영 손미정 송예지 심준식 심지수
안중찬 양수진 양승균 양용준 엄태규 오진 우혜영 유솔 유승숙 윤부경 윤태영
이가은 이경민 이경재 이광아 이광효 이덕희 이보영 이서윤 이수영 이승훈 이여진
이옥순 이종식 이지현 이진우 이진일 이창식 이채윤 이치원 이푸른 이희숙 임경준
임수아 정기조 정남순 정석기 정수경 정연재 정영훈 정유진 정일국(보일러아저씨)
정지운 정판섭 정현숙 조명광 조명숙 조미호 조용성 조유정 조은혜 조재원 조재혁
조재황(선달) 조형준 주형남 채이배 최성욱 최성은 최연숙 최은하 최재현 최지은
최형석 최형식 축하미덕 카페포근해 한상아 한서윤 한옥성 한태임 한하림 허남윤
홍순미 황인성 황지현